Library of
Davidson College

ISABEL Y MARIA

MERCÈ RODOREDA

ISABEL Y MARIA

Traducción del catalán por
BASILIO LOSADA

Seix Barral ⚘ Biblioteca Breve

Cubierta: «Clavel, azucena, azucena, rosa» (fragmento),
cuadro de John Singer Sargent

Título original:
Isabel i Maria

Primera edición: octubre 1992

© 1991 Institut d'Estudis Catalans, Barcelona
© 1991 y 1992 de la revisión, preparación
y prólogo: Carme Arnau i Faidella

Derechos exclusivos de edición en castellano
reservados para todo el mundo
y propiedad de la traducción:
© 1992: Editorial Seix Barral, S. A.
Córcega, 270 - 08008 Barcelona

ISBN: 84-322-0669-5

Depósito legal: B. 33.022 - 1992

Impreso en España

Ninguna parte de esta publicación, incluido el diseño de la cubierta, puede ser reproducida, almacenada o transmitida en manera alguna ni por ningún medio, ya sea eléctrico, químico, mecánico, óptico, de grabación o de fotocopia, sin permiso previo del editor

PRÓLOGO

A su muerte, acaecida el año 1983, Mercè Rodoreda dejó inéditas dos novelas, *La muerte y la primavera* e *Isabel y Maria*, que fueron publicadas póstumamente en los años 1986 y 1991, respectivamente. En ambas obras trabajó durante un dilatado espacio de tiempo, pero por distintas circunstancias no llegó a ponerles un punto final. El Institut d'Estudis Catalans, heredero de la propiedad intelectual de Mercè Rodoreda, por voluntad expresa de la autora, me confió la preparación de *Isabel y Maria* de cara a su publicación en una edición destinada a un lector que, siguiendo la conocida expresión de Virginia Wolf, podemos denominar corriente. Teniendo en cuenta el público al cual iba dirigida la obra, he dejado de lado todos aquellos criterios que requiere una edición académica, que sería de un gran interés y que un día u otro se tendrá que emprender —como lo sería, también, la de *La muerte y la primavera*. La edición de *Isabel y Maria*, que he llevado a cabo con el máximo cuidado y respeto, era un trabajo delicado por las circunstancias que expondré a continuación, pero lo ha facilitado el hecho de haber podido trabajar con el manuscrito original, que se encuentra en el citado Institut.

Los dos tratamientos claramente diferenciados de la novela imponían que *Isabel y Maria* se dividiera en dos partes distintas. La primera, «La calle del deseo», recurre a diversos puntos de vista, expresados en monólogos interiores, que convergen en la recreación de la vida de un personaje femenino, Isabel. Esta técnica, las distintas voces narrativas, la empleará también Mercè Rodoreda en otras obras y de una manera especial en su novela más ambiciosa y compleja, *Espejo roto*, con la que la primera parte de *Isabel y Maria* tiene más de un punto de contacto. En cambio, la segunda parte de *Isabel y Maria*, «Diario de Maria», se basa en un recurso narrativo igualmente intimista y que acostumbra a suscitar verosimilitud, el diario de la hija de Isabel, Maria; en este caso había, pues, un único punto de vista, de manera semejante a la obra más universal de la autora, *La plaza del Diamante*. El período temporal más ampliamente evocado en el diario de Maria es su infancia, anunciando así la gran importancia que tendrá esta época en la obra de la autora. En cambio Maria, al recordar su vida, al escribirla en su diario, pasa por alto su juventud o la trata con poca amplitud. «Diario de Maria» termina en el punto en que este personaje, huyendo de un ambiente familiar muy cerrado y de escasos horizontes, se halla en París, donde quiere aprender pintura. Separados de ello, no por su tratamiento, sino por un salto temporal sin explicar, había un par de capítulos que se centraban en el personaje de Maria, que se ha convertido en una exiliada madura que vive pobremente en Burdeos. He dado esta breve parte como un epílogo, porque se trata del final de la historia; lo que resulta una incógnita imposible de elucidar es saber si Mercè Rodoreda hubiese completado la vida de Maria durante el período temporal que queda en el aire, y más aún cómo lo hubiera hecho.

Cuando la acción se sitúa en ciudades extranjeras —en París o Burdeos, donde la autora vivió durante su largo exilio— la narración es más descriptiva que intimista y, de hecho, Mercè Rodoreda no situará ninguna novela en estos escenarios, a pesar de su deseo de escribir «su gran novela del exilio», un deseo que confía a su amiga de aquellos años, la escritora Anna Murià. Pero, probablemente, a la hora de redactar *Isabel y María*, la autora descubrirá lo que apunta en el prólogo de *Espejo roto*, es decir, que la novela es «un acto mágico» que arrastra al creador, a menudo a pesar suyo, hacia el tratamiento de unos temas determinados, que son aquellos que anidan de una manera más profunda en su inconsciente —y éste es claramente su caso.

Dividida en dos partes, y ordenados los distintos fragmentos siguiendo un orden temporal, la obra tenía un desarrollo continuado y lógico —encadenándose a menudo el final y el principio de los distintos fragmentos, como es una constante en la narrativa de la autora— y era, por lo tanto, perfectamente comprensible para el lector. Sin embargo, y por el hecho de no haber una numeración seguida y continuada de la obra, sino fragmentos seguidos de extensión variable, dos circunstancias dificultaban, inicialmente, la ordenación: las segundas versiones de algunos capítulos, por un lado, y el hecho de que, en contados pasajes, algún personaje tuviese un nombre distinto. Se trataba, de todas maneras, de una labor hacedera, porque no había cambios sustanciales entre las versiones iniciales y las segundas —únicamente un mayor cuidado en la redacción, incluso pulcritud—; por lo que se refería a los nombres, la misma autora, al dorso de una hoja, corregía los iniciales por los definitivos, que dominaban a lo largo del grueso más importante de la novela. Por lo tanto, una vez hecha la selección de las segundas versiones y unificados los nombres de los personajes —es decir, superados estos dos escollos—, el mismo desarrollo de la historia daba el orden de la novela; la distinta longitud de las partes venía determinada por la misma obra, por la propia autora, atraída más por un tema que por otro. Por lo demás, he seguido la transcripción del manuscrito original de una manera fiel, y he subsanado únicamente aquellos errores debidos, en general, a la precipitación en la redacción —olvido de acentos, de alguna letra o, raramente, palabra, siempre fácilmente deducible por el contexto.

Referente a la época de redacción de *Isabel y Maria*, no había, entre los materiales que la constituían, ninguna fecha que permitiese datarla —diversamente de lo que ocurre en el caso de *La muerte y la primavera*—. Posiblemente la autora la debió empezar a mediados de los años cuarenta, en Burdeos o París, y continuó trabajando en ella durante bastante tiempo en esta última ciudad, donde residió de manera fija hasta bien entrada la década de los cincuenta. Se trataría, por lo tanto, de la primera obra que Mercè Rodoreda inició después de las dos guerras con las cuales se enfrentó —la civil y la mundial—, unas guerras que paralizaron momentáneamente su producción, iniciada con notable éxito con *Aloma* (1938); abonaría esta hipótesis, entre otros puntos que se deberían tratar en una edición crítica, el hecho de que hallemos en ella numerosos elementos biográficos —expresados a través de una confesión que parece aquí muy distinta y sentida—, y que posteriormente la autora retomará y disfrazará en otras obras, gracias a la lejanía temporal y a una gran variedad de tratamientos literarios, entre los que destacará la ironía y la mitificación.

El público de Mercè Rodoreda, muy numeroso y fiel, reconocerá en *Isabel y Maria* el estilo característico de la autora, a la vez coloquial e intensamente poético. Pero también a sus personajes femeninos, encerrados a cal y canto en un mundo personal, a menudo obsesivo y secreto; o en unos problemas familiares de difícil o imposible solución; sin olvidar la presencia de un imaginario propio, al cual se mantendrá fiel la autora a lo largo de su producción. De aquí la doble importancia de *Isabel y Maria*, por su valor intrínseco, pero también por todo lo que anuncia de cara a las futuras obras, unas obras que situarán a Mercè Rodoreda como uno de los más destacados, sólidos y universales valores de la novela contemporánea catalana.

CARME ARNAU

Mayo, 1992

Primera parte

LA CALLE DEL DESEO

LA OPERACIÓN

Crisantema

Hoy que estoy sola tendría que hacer lo que ya quería hacer mi madre: tirar una botella de salfumán en la buganvilla. Y tendría que hacerlo ahora, cuando por primera vez me siento dueña de esta casa tras quince años de limpiarla. «Cuidado con las telarañas, Crisantema.» «Que no quede borra debajo de la cómoda...» «Recuerde que el cuarto de mi hija tiene que estar siempre tal como ella lo dejó el día de su marcha...» ... Si le pegara un hachazo en el tronco, la planta no sufriría tanto, pero ¡madre mía, qué escandalera! Aquella tarde, cuando Maria la sacudía desde la azotea con una caña para que cayeran las hojas secas, ¡los gritos que pegó!... Era el día de san Luis, y entonces aún se celebraban fiestas en esta casa. Había venido el notario de Badalona, el abogado Casas y el inquilino de la calle Mallorca; el inquilino había traído un pastel redondo, cubierto de chocolate migado. Estaban todos en el comedor, y la señora Isabel, sentada en esta misma butaca donde yo ahora estoy sentada, que es la más mullida de la casa, nos contaba sus fantasías. Y vino Maria a verme a la cocina: llevaba un vestido rosa y un lazo rosa que le hacía como una mariposa en lo alto de la cabeza. Y me dijo: «Crisantema..., tendría que hacerme un favor; no quiero que me vean pasar por el jardín, vaya al cobertizo de las herramientas y tráigame una caña, la más larga que encuentre. ¡Ya verá lo que vamos a reírnos! Estoy harta de estar sentada y de aguantar visitas como una mona disfrazada y con las manos juntas... Me parece que no va a tener que barrer más las hojas de la buganvilla.» Le fui a buscar la caña, y entonces ella va y sube a la azotea y empieza a golpear la buganvilla a diestro y siniestro, y empiezan a caer hojas como una lluvia de papelillos... Y el señor Lluís que se levanta y va a ver qué pasa, y no sé qué debió de pasar, pero al cabo de un rato el señor Lluís entró en la cocina, muy enfadado, y me dijo: «Llévese esta caña.» Y cuando la dejé donde estaba, y estaba ya otra vez en la cocina secando las copas de cristal con cuidado, entró Maria, y no llevaba ya el lazo en la cabeza y tenía el vestido desgarrado por delante, y el dobladillo caído. Y nos echamos a reír porque oímos que el notario de Badalona decía: «Es muy mona su niña, doña Isabel... Va a ser muy guapa.» Y la señorita Isabel, que aquel día se había puesto el chal de las rosas a la espalda, contestó: «¿Usted cree, señor Rosés?» ¡Cuánta comedia se gastan los que no tienen que trabajar!... Y yo, deslomándome a barrer y barrer las hojas secas y espantar a las salamanquesas que se esconden en ese montón de hojas malditas. Un día voy a coger una y se la meto en el armario, a ver si se lo come todo... Y las avispas, que parece que se vuelvan locas cuando está florida. «Es como si la casa se volviera de color rojo por todo lo que entra», como dice la señora Enriqueta.

Cuando llegué a esta casa por primera vez para ayudar a mi madre a lavar los platos —porque aquel día me dijo mi madre: «Crisantema, estoy muy cansada. Le he pedido permiso a la señorita Isabel para que te deje venir a ayudarme»—, me quedé un momento como encantada ante la yedra, que estaba toda florida, y una avispa me picó en el cuello, y cuando iba a echarme a llorar, porque era pequeña y lloraba por nada, va mi madre y me pega un pellizco y me dice: «¡Cállate!» Y la señora Isabel, que estaba sentada como una figura, me dijo que me acercara, y me dio una palmadita en la mejilla. «Así que ésta es la pequeña...» Y mi madre me dijo: «Di: ¿Cómo está, señora Isabel?» Y la señora Isabel me contestó: «Muy bien, gracias a Dios. ¿Y tú?» «Es un poco cortita», dijo mi madre. Y me puse colorada, y, cuando nos íbamos, la señora Isabel me regaló tres caramelos de menta.

Desde que se fue la María, la señora Isabel me da un poco de pena, claro, pero es un poco comedianta, ella. Cuando le expliqué a mi cuñada la historia del hilo, no podía creérsela. «¿Pero lo pone y lo quita?» «¡Sí! —le dije—. Lo pone y lo quita.» Lo hace medio a escondidas, pero a mí no se me escapa nada: es un hilo blanco del último carrete, del que enhebró su hija para coserse el tirante de la combinación, que se le descosió al descolgar la ropa del armario para meterla en la maleta. Esta hebrilla quedó enganchada en un recanto del sofá —el sofá de delante de la caja gótica, en la salita de confianza—. Cuando hago zafarrancho, los sábados, el hilo desaparece; y cuando he acabado de limpiarlo todo, el hilo vuelve a estar allí, y siempre encaracolado de la misma manera y con un cabo hacia abajo, que se mueve un poquito con el aire que uno hace al entrar y salir. ¡Cuántas manías tiene la gente cuando se pasa el día sin dar golpe!...

¿Qué diría si me viera ahora? ¡Si no fuese tan aburrido, no está nada mal eso de hacer de señora! «Crisantema, ¿me quiere preparar un cafetito?... Que no esté muy caliente..., ya sabe cómo me gusta.» «Crisantema, ¿quiere abrocharme el vestido?» Y la casa se viene abajo, claro. Es una casa para dos criadas, y dos que no paren en todo el día. Al menos, a la Maria le gustaba ir a la compra y me ayudaba a quitar el polvo. Creo que se fue por no oír la letanía del tío: «Un céntimo es un céntimo.» ¡Y aprovecha por aquí, y estira por allá, y escatima y recorta! ¿Y eso es gente rica? Y siempre peleas con los inquilinos, y pleitos, y porfías. Aquel día, cuando la señora Enriqueta bajó de sacar la ropa de la lejía y tuvo que esperarse para que le pagasen, ¡vaya cuadro!, don Lluís y el inquilino de las muñecas habían bajado ya discutiendo del despacho, y al llegar al jardín empezaron a pelearse en serio. El inquilino, que es un hombre gordo y tranquilo, estaba que le ardía la cara, colorado como si le fuera a dar algo, y se le salían los ojos, y gritaba: «¡No, señor! ¡Le digo que no! No me iré aunque venga la policía y quieran llevarme a rastras.» Y el señor Lluís, muy duro y secándose a cada momento la frente con el pañuelo, le decía que si se quería quedar tendría que pagar más. Y la señora Enriqueta haciéndole señas con la cabeza, como diciéndole: «¡Hay, señor, qué hombre este!» Y el inquilino decía: «Va a ser mi ruina. Usted no ignora mi situación, señor Roca. Le aseguro que si me echa en este momento, que es cuando necesito producir más, porque se acercan Navidad y Reyes, será mi ruina.» Y el señor Lluís perdió la paciencia y lo iba empujando hacia la verja, y le decía: «No exagere, que aquí nos conocemos todos. ¡Usted lo que quiere es hacer los negocios a mi cuenta, y eso de ninguna manera!» Y no entendimos lo que respondió el inquilino porque ya estaba del lado de fuera, pero el señor Lluís gritaba: «¡Amenazas, no! ¡Ojo, no se pille los dedos! ¡Vamos, venga! ¡Se acabaron los miramientos!...» Y cerró de golpe, con tal furia, que la campanilla, que no la usan desde que pusieron el timbre, empezó a sonar.

Y, entretanto, la señora Isabel va poniendo y quitando el hilo... Quiero decir ahora, porque entonces, cuando ocurrió lo del fabricante de muñecas, aún no se había ido Maria. Pero la señora Isabel ya tenía manías. Por aquel entonces cogió la manía de vivir a oscuras: no quería claridad. «Crisantema, ¿quiere entornar la persiana? Hágalo por el lado de fuera, así no se enfriará el cuarto.» Y un día me dijo, con cara muy compungida: «¿Qué es lo que queda de mí? Cuando me veo estas manos..., se me han hecho viejas muy deprisa. A mis años, no tendría que tener unas manos tan feas... Usted era muy pequeña cuando yo me peinaba con el pelo hacia arriba para que se me viese el cuello... ¿Y qué queda de mi cuello? Corra la cortina, ajuste la persiana. Me gustaría que siempre los días fueran nublados...» ¡Santa comedia! ¡Como si no nos pasara a todos, que nos vamos haciendo viejos!...

¿Qué dirían si me pudieran ver sentada en esta butaca tanto rato? El señor Lluís, sobre todo: «¿Qué hace aquí tan arrellanada? ¿Mirando el paisaje?» Y yo diría, sin levantarme: «Sí, señor, es eso. Estoy contemplando el paisaje, porque hace quince años que lo tengo delante de las narices y aún no sé cómo es. No sabía que se viera desde aquí ese pedazo de cielo, y los árboles del jardín, y todos esos colgajos de la buganvilla. Y, si lo sabía, no lo había visto nunca sentada; sólo la había visto en pie o arrodillada.» Y él diría, ajustándose el nudo de la corbata —lleva aún las corbatas de su hermano, que murió hace ocho años—: «¿No le da vergüenza, con el trabajo que hay por hacer? ¿No ve que está seco el jardín con el viento de estos últimos días? Y no sé cómo decirle ya que riegue las macetas poco a poco, si no la tierra salta fuera...» Y yo le contestaría: «¿Con este viento quiere que riegue? ¿No ve que iré a regar una planta y el viento se llevará el agua una hora lejos?» Y, de momento, callaría, rezongaría un poco y volvería a la carga. Qué rabia debe de tener, con el montón de dinero que tiene que desembolsar por la operación. Dicen los médicos que una operación de apendicitis es muy sencilla. Y es lo que le dije para animarlo un poco cuando me dijo que tenían que operar a la señora Isabel, que llegó ya medio mala de Badalona. Y me contestó: «Sencilla, pero cara.» Y no dije nada más. Yo, callada. Ya se arreglarán.

Y con la pereza que tengo, tendré que empezar ahora a preparar la cena, y llevársela luego. Todo se lo cargan encima a la Crisantema. Y eso que la señora Enriqueta se ofreció y ofreció a su hijo que, pobrecillo, hace ya tres semanas que no trabaja: «Ya sabe, señor Lluís, si servidora puede serle útil... usted disponga. Y el chico estará también muy contento si le manda a algún recado.» Y el señor Lluís, nada, le dio las gracias. ¡Y, mientras tanto, que la Crisantema se deslome! Y cuando le lleve la cena, ya lo estoy oyendo, la misma canción de ayer: «Vamos, Crisantema, vamos, no se entretenga —irá diciendo—. ¿Me ha traído ya la lista? A ver las cuentas...» Y lee la lista pegadito al balcón, porque, generalmente, cuando yo llego no han encendido aún la luz. Al cabo de un buen rato, se vuelve, me mira y empieza: «¿Cincuenta céntimos aquella miseria de bistec de ayer? Usted no sabe comprar», «¡Más que usted!» Y la señora Isabel, con la cara blanca como una sábana, y estirada en la cama como un madero, cada vez que él me riñe se vuelve y dice: «No discutáis... Siempre estáis discutiendo...» Y ayer encontró que el tronco de merluza no estaba fresco. ¿Qué sabrá él? Y yo, con unas ganas de marcharme que se me comían, porque el olor del éter me mareaba, y tuve que quedarme allí, plantada como un farol, para explicarle que si la merluza no le parece fresca es porque es del Cantábrico, que es la más barata, pero la más sabrosa, y que si la quería llena de sabor, que comprase palangre, pero yo ya le avisaba: «... El palangre le va a costar un ojo de la cara... ¡Ya lo sabe!» Y, hoy, ya estoy temblando. Dirá que el bistec es pequeño. Y tendré que explicarle que cuando estaba crudo era más grande, pero que cuando los metes en la sartén, se encogen. A ver si lo entiende. ¿Qué le costaba irse a comer a la fonda los quince días que ella va a estar en la clínica? Con el sueño que me está cogiendo aquí, y pensar que voy a tener que meterme en la cocina... Hoy he tenido ganas de cantar durante todo el día, y era por la tranquilidad de no verlos. No oír a nadie diciéndote: haz esto, haz lo otro... Ya empiezan a asomar las violetas y todos los árboles están verdes, con un verde de señorita fina, y los rosales están llenos de pimpollos. Las Mister Clack serán las primeras en abrirse. Eran las que más le gustaban a Maria. «Mis rosas.» De color fuego, con las hojas como la palma de la mano, encaracoladas hacia fuera, y las del medio apretadas, formando pimpollo... «Mis rosas...» Y yo que por todas partes tendría flores artificiales, de trapo... He descubierto dos piezas de tela para sábanas en el cajón de abajo del armario del pasillo, que siempre tienen cerrado con llave. ¡Qué poca vergüenza» El señor Lluís, los días en que viene la lavandera, no para de decirle: «Enriqueta, ponga poca lejía a la ropa, porque la tela se quema y las sábanas son cada día más caras; cuando éstas se acaben, sabe Dios cuándo podremos comprar otras... En vez de castigar la ropa con la lejía, frótela bien, use las manos, que para eso las tiene.» ¡Vaya si le digo a la señora Enriqueta que tienen dos piezas de la marca Tolrá! Para que se quede helada. Me da no sé qué pensar que cuando el señor Lluís tuvo la última gripe y vomitó, y toda la sábana quedó manchada, cuando iba a venir el doctor Riera me hizo poner una toalla sobre la vomitona: «Así no tenemos que cambiar la sábana.» Mañana, voy a registrar toda la casa de arriba abajo a ver si hay más cosas escondidas... Tanto ahorrar..., y tienen un montón de escrituras que da grima, y cada escritura debe de ser una casa. Y la historia que me armó el día que me contrataron, y eso que yo tenía aún los ojos colorados de tanto llorar la muerte de mi madre: «Como su madre, Crisantema. Aquí tiene un trabajo para siempre... Si se porta bien.» ¡Y ponía una cara de buen hombre!... «Aquí, en esta casa, tiene un trabajo seguro, y todos los días, ¿sabe? No tiene que ir de un lado a otro, perdiendo tiempo yendo de aquí para allá. Con eso quiero hacerle comprender que, si la hora es a dos reales, a mí me lo puede hacer por cuarenta y cinco céntimos... Es como si vendiera un género al por mayor en vez de venderlo al menudeo. Usted vende su tiempo, otros venden automóviles.» Y acabó liándome. Me pasé unas cuantas noches cavilando qué tendría que ver el vender coches con ir a hacer faenas por las casas... Qué diferencia entre él y su hermano..., qué diferencia... Siempre mueren los mejores. ¡Venga, chica, levántate! ¡A preparar la sopa para el amo, y, luego, a la clínica! Y en cuanto asome por la puerta, tendré que hacer el cumplido: «¿Cómo está, señora Isabel?», y, como si la oyera, me contestará: «Muy débil, muy débil. Si la pequeña me pudiera hacer compañía...» A ver si me acuerdo de comprarle las pastillas Valda que me encargó ayer... Y el señor Lluís me mirará como queriéndome decir: «¡Qué le vamos a hacer, paciencia!» Y yo dejaré la cena sobre la mesita, y me quedaré de pie esperando a que me digan que me puedo ir o qué tengo que hacer, y la señora Isabel, con su voz remilgada, dirá: «La conocí en el andar; antes de que llamara a la puerta ya sabía yo que era usted...» Es una manera como cualquier otra de decirme que soy coja. Y es posible que entre la enfermera y le ponga el termómetro, y luego, sin decir nada, apuntará la fiebre en un cartón que cuelgan a los pies de la cama; y quizá en la escalera me encuentre con el doctor Riera, que se reirá como si acabara de volverse bobo, y me dirá: «Buenos días, Crisantema», o «Buenas tardes, Crisantema». Y se parará, y me mirará fijamente con aquellos ojitos azules tan relucientes. «Yo, aquí, ¿sabe? Visita de amigo, visita de amigo... Todo va bien, gracias a Dios... Y qué, y qué, ¿cuándo la casamos?» Y yo le diré lo que le digo siempre, añadiendo cada año uno más. «Treinta y cuatro años, y coja... Me parece que como no se decida usted...», y él dirá: «Quién sabe, quién sabe... Pero quizá sería usted la que no me querría...» ¡Qué pasmarote! Con el hijo, que va a acabar la carrera dentro de cuatro días, y la mujer paralítica...

Lluís

Isabel, desde la cama, donde se pasó toda la tarde haciendo que dormía, me preguntó: «¿Sabes qué hora es?» Y, en seguida, pensé en la historia del reloj. Ha sido rápido; y es curioso: mirando los coches y la gente que entra y sale de la clínica, se me subió otra vez la sangre a la cabeza, y por una milésima de segundo fue como si tuviera las narices llenas del humo que salía entre las ruedas y de la chimenea del tren. Como no contestaba, insistió Isabel: «¿No crees que deben de ser ya las siete?» Desde el balcón, y sin volverme, le dije: «¿Ahora? Deben de ser las siete menos cuarto.» Y por aminorar la crudeza de la respuesta, añadí: «¿Necesitas algo?» «No, nada... Pronto llegará Crisantema...» Todos los días, al atardecer, a Isabel le sube la fiebre, y yo lo atribuyo, más que a las consecuencias de..., a la presencia de esa mujer. En cuanto cruza la puerta se da uno cuenta de que Isabel se pone nerviosa. Y es que entra, deja mi cena sobre la mesita y, o se queda en pie sin abrir la boca, como si se hubiera vuelto muda, o bien empieza a explicar los comentarios de los vecinos sobre la operación de mi mujer, o, lo que es peor aún, empieza a hablar de sus problemas, y no sé cómo decirle que todo lo que nos cuenta no nos interesa nada... Y, cuando se pone a hablar de Maria, peor. Es de lo único que no se le debería de hablar a Isabel. Ayer tuve que hacerle una señal al doctor Riera para que se callase. No se dan cuenta de que mi mujer está neurasténica desde hace años y de que esta separación le ha hecho daño. Y todo se complica con la debilidad que le ha quedado después de haber perdido tanta sangre. «¿Qué debe de estar haciendo Maria?»

Maria quiso seguir los consejos estúpidos que le daba mi hermano, que en paz descanse, cuando era pequeña. ¡Que los siga! Lo único que yo le pido es que nos deje tranquilos. Por su culpa, Isabel ha hecho algo que no tenía derecho a hacer. Si estamos en la clínica, es por culpa de Maria. Si no me hubiera robado el reloj... No es que me duela y que ande refunfuñando por el valor que pudiera tener el reloj; es el hecho en sí. El cinismo con que me miraba desde la ventanilla del tren era una mezcla de odio, de ironía. ¡Cómo debía de estar riéndose por dentro!... No tendría que haberle dado la satisfacción de verme correr como un desesperado. El tiempo me ayudará, y la veré volver mansa como un pardillo. «¿Qué estará haciendo ahora Maria?» «Tú no tienes talento —le dije—. París lo gana quien tiene talento. Te engañas. Tú y tu madre os engañáis. Yo sí tengo los pies muy plantados en el suelo. Lo que te pasa es que eres joven y tienes ganas de ver mundo; disfrazas las ganas de ver mundo con las palabras "vocación", "ideal", "la gloria". Tu lugar está en casa, al lado de tu madre. Pinceles y pinturas los hay también en Barcelona.» Realmente, es difícil. No puedo pensar en eso. No es por el valor que pudiera tener un reloj viejo, sino por el hecho en sí. ¡Con qué cara de rabia me miraba desde la ventanilla del tren! ¡Y cómo se debió de reír luego!... No tendría que haber ido a la estación. No tendría que haberle dado la satisfacción de verme correr desesperado. En definitiva... ella va a perderlo todo. Ahora que... no lo entiendo. ¿Cómo es posible que esta chiquilla, a quien nunca he molestado, a quien no he hecho nada que pudiera atormentarla, me tuviera ese odio? Últimamente, con sólo oírme la voz parecía que se volviera loca. Acepto que sea lunática, extraña, que me detestara. Pero que detestara a su madre... porque se casó conmigo... Isabel siempre había oído decir que su hija no la quería. Pero si hacía ya tantos años que mi hermano estaba muerto... Si de todo lo que pasó hubiera que echarle la culpa a alguien... Oh, no, claro, para justificar el odio de Maria olvido el mío. Olvido el pasado. Pero hay que reconocer que yo, con Maria, me he portado bien, desde siempre. Desde cuando ella era pequeña, desde cuando iba a verlos. Yo era el tío de los domingos, que a veces pasaba el día refunfuñando. Isabel, aunque no lo diga, cree que ha habido algo entre Maria y yo, que alguna vez le he explicado cosas que habría tenido que callarme. Pero Isabel se equivoca. Si Maria nos ha dejado, yo no tengo la culpa. Me opuse a este viaje hasta el último momento. Me opuse porque, por desgracia, he tenido siempre un sentido muy agudo de la realidad. Algún día se acordará, cuando sea demasiado tarde, porque yo no perdono. Desde ahora, desde el día en que me robó el reloj, Maria no existe para mí. Se han salido las dos con la suya, pero yo voy a salir ganando. Maria está muerta. Muerta como una piedra. ¿Quién iba a imaginársela así, cuando era pequeña? ¿Cuando, todos los domingos, me daba un abrazo y un beso en la mejilla? Cuando estaba tan contenta de verme, y más que nunca aquel año, cuando por Reyes le regalé veinticinco duros, y gritaba: «¡Los reyes del tío Lluís!, ¡son los reyes del tío Lluís!» Y puse los duros desparramados por los peldaños de la escalera de la azotea, y salió al jardín, y le dije yo que subiera a la azotea, que iba a llevarse una sorpresa. Y mientras iba cogiendo los duros estaba pálida. «¿Podré comprarme juguetes?» «No. Son para comprar cosas útiles: vestiditos, para que vayas bien guapa...» Y me parece oír aún a mi hermano burlándose de mí: «No guapa. Son para meterlos en una bolsita y que se llenen de verdín...»

¿Qué diantre debe de estar haciendo el doctor Riera? Los otros días llegaba antes... y siempre con esa actitud de: «Yo aquí no pinto nada.» «Mira, mira la enferma, qué progresos, ¿eh? Va por buen camino, va por buen camino.» Y se encontrará con la Crisantema, y tendré que echarlos de aquí a patadas para que no mareen a Isabel... Si cuando era joven la hubiera matado, habríamos salido ganando todos. ¿Quién podría pensar cómo era antes, viéndola tendida en la cama, estirada, como si no tuviera huesos ni sangre, y con esta cara de víctima? La última sangre. Lo ha hecho adrede, para darse un motivo de vivir. Y me ha arrastrado a mí. No quiere estar sola. Nunca ha querido estar sola... El doctor Riera está atravesando la calle... y da la vuelta. ¿Qué diablos le pasa? El viento le viene de cara y lo empuja. Y con el viento que hace, ya sé de qué hablarán. La conversación de los días de viento. Sostienen que Maria nació en el mes de marzo y que hacía viento; como si no supiera yo el día en que nació; yo, que acompañé a mi hermano al registro civil para inscribirla... El día de la gran escena. Mi hermano llevaba el traje de alpaca y la corbata azul —como todas sus corbatas— con puntitos blancos. En todo el camino no habíamos abierto la boca; hacía calor, y de vez en cuando nos secábamos el sudor de la frente con el pañuelo, y yo hacía un esfuerzo para evitar secarme al mismo tiempo que él, por no coincidir. Y cuando estábamos delante del funcionario, un hombre de mediana edad, pequeño y calvo, que nos miraba por encima de las gafas cuando nos preguntó el nombre del padre, mi hermano se volvió hacia mí y me preguntó, en voz baja, muy seco: «¿Qué nombre quieres que dé, el tuyo o el mío?» Y estos dos con esa manía de asegurar que Maria nació en el mes de marzo, y un día de viento. Y ya sé por qué lo creen así: mezclan los hechos. Hasta después de ocho años de la muerte de mi hermano no descubrí por qué se equivocan. Mi hermano tuvo el accidente un día como el de hoy. Un día nublado y ventoso. Cuando Crisantema me vino a buscar, alteradísima, en el momento de abrir la puerta se abrió una ventana de las de delante y se rompieron los cristales. Ahora, ahora lo entiendo. Y con las facturas del entierro de mi hermano estaba la factura de los cristales de la ventana. Y yo no recordaba de qué era aquella factura de cristales, y Crisantema me dijo: «Son los que rompió el viento el otro día, cuando vine a decirle que se estaba muriendo su hermano... ¿No se acuerda?» Y mi mujer y el doctor Riera en el día de viento, en vez de plantarle lo de la muerte de Joaquim, le sueltan lo del nacimiento de la niña. «¿Estás durmiendo?» Me vuelvo y le digo que no. «¿Estás durmiendo?...» Es lo que preguntaba cuando venía a mi habitación... entonces... Ni cuando era niña tenía aquella voz de entonces. La voz de cuando la encontré casada con mi hermano. Entra la enfermera con una taza en la mano; la taza humea, y se percibe un olor a caldo. «¿Cómo está, señora Isabel?» Deja la taza sobre la mesita y sacude el termómetro. «¿No ha dado aún a luz la vecina?», pregunto mientras le pone el termómetro a Isabel. «¿Cree que si hubiera dado a luz estaría gritando de ese modo?» Es bonita, nuestra enfermera. Alta, de pelo negro. «Lleva ya quizá media hora sin gritar.» Y, de pronto, mi mujer rompe a llorar, y la enfermera se acerca a ella, y yo también me levanto, para que la enfermera no diga que soy un cafre. Como si no hubiera podido llorar antes de que entrase la enfermera. «¿Qué le pasa?» «Está un poco nerviosa... Llorar le hará bien.» La enfermera me mira y sonríe. «Hoy que te encuentras tan bien, ¿estás triste?» Le doy unas palmaditas en la mano que tiene sobre el embozo. Parece la mano de un muerto: amarillenta y con la piel arrugada. La enfermera mira la temperatura... «Sólo tres décimas. Está mejor que ayer a esta hora.» Voy a decir algo, y no me atrevo. Querría decirle que hoy no voy a quedarme en la clínica, que estoy cansado y que se quedará a hacer compañía a mi mujer una especie de criada, medio asistenta, coja y un poco retrasadilla. Quisiera decirle que esta mujer es una chismosa y que preferiríamos que no supiera la verdad, aunque sea una verdad sin demasiada importancia. Pero que, de todos modos, preferiríamos que todo quedase entre nosotros. Al fin, mientras espera a que mi mujer se tome el caldo, le digo: «Hoy no me quedaré, ¿sabe? Se va a quedar la criada, bueno, no es una criada, es una especie de mujer de confianza, ya la conoce...» La enfermera me mira, y en este mismo momento la parturienta rompe a chillar. Isabel le devuelve la taza y se tapa las orejas con las manos. «Quisiera hacerle una recomendación... Es algo un poco delicado...» Y la enfermera, con expresión absolutamente indiferente, dice: «No estaré de turno esta noche.» Y se va. Cuando ya está fuera, me acerco a Isabel, le cojo la mano con furia y se la estrecho fuertemente: «Las escenas, guárdatelas para cuando estemos en casa.» Vuelve la cabeza y se pone a llorar de nuevo. No sé qué le haría. Este viento empieza ya a ponerme nervioso. Ante el balcón, las hojas de la palmera van y vienen de un lado a otro sin parar. Entra una ambulancia con los faros encendidos, e ilumina las hojas de la palmera. Llaman a la puerta. Será la Crisantema, o el doctor Riera, y digo: «¡Adelante!», y no entra nadie. Alguien que se ha equivocado. Ayer hicieron esta broma dos veces y esta mañana han llamado también, y cuando dije «Adelante» entró un médico con bata blanca seguido de dos enfermeras, y al verme dijeron: «Perdone, nos hemos equivocado.» Me preocupa el que Crisantema pueda andar cotilleando con la enfermera, y hablo con Isabel, pero Isabel ni me contesta. Está llorando aún, con calma, como si todo el tiempo fuese para llorar. «¿No ves que va a hacerte daño lo que has tomado?» Y ni me mira. «Lloras como si te hubieran traído aquí a la fuerza, como si no te hubieras salido con la tuya. Lo que hiciste, no lo apruebo, no me interesaba en absoluto. Quizá me ilusionaba un poco. ¿Te extraña que me hiciera ilusión una cosa que a ti te desesperaba? ¿No lo entiendes? ¿Me oyes? Y el temor a que la gente supiera la verdad, tendrías que tenerlo tú, no yo. Si estás viva, es gracias a mí. Y gracias a mi dinero. Porque a mí me odia todo el mundo, pero a la hora de pagar, veo que todo tiene que salir de mí. ¿Me oyes? Todo tiene que salir de mí. Y, si me detestas, es porque de vez en cuando me escapo de ti, y eso hace que te des cuenta de que no eres nadie. No eres nadie cuando yo quiero. Debes de estar pensando en MAAAARIA. ¡Y ya estoy harto de tanta clínica y de tanto drama, y de tanto llorar! ¡Y de todo, y de todo!» Me siento de nuevo junto al balcón. «Cuando naciste, mataste a tu madre.» Y lo decía agresiva, muy inclinada hacia delante. Me lo dijo cuando se fue, y me lo había dicho ya otra vez, el día en que le dije que, en mi casa, quien no trabaja no come. «Estoy en casa de mi madre, y hago lo que me da la gana.» Le aticé una bofetada. Y entonces, me dijo: «No me extraña que mataras a tu madre cuando naciste.» Mi madre murió de parto. Y murió porque, según me había explicado mi padre, «se le ocurrió la mala idea de encaramarse a una escalera para limpiar la lámpara del salón, porque había quedado polvo —y era la mujer más limpia del mundo—, y cayó, y se le rompió la telilla del bajo vientre». Y eso que mi madre era una persona que no se quejaba y a quien no le gustaba nada molestar. Al cabo de unos días de aquella caída, nací yo y murió ella. Claro está que, sin mí, no habría muerto joven..., pero de eso a decir que soy el culpable de su muerte... Siempre he tenido esta sombra en la conciencia; pero decir que... Habría matado a mi sobrina cuando... Eso son cosas que, si se piensan, se callan. Son cosas que no se le echan en cara a uno...

Crisantema-Enriqueta

Cuando pensaba: «A ver si pondrá tan mala cara como ayer», tropecé con la señorita Enriqueta, y me dijo: «¿Dónde va con ese paquetito?» Y yo le dije: «Sí, mire, pues a la clínica.» Y ella me dijo: «¿Qué hace la enferma?» Y yo le dije: «Va bien, gracias.» Y ella me dijo que le dijera al señor Lluís si la semana que viene en vez de venir a hacer la colada el lunes por la mañana, podía venir el lunes por la tarde, porque el lunes por la mañana tenía que ir a ver a un gran jardinero que tenía el campo más allá de la Bonanova, y que tenía que ir con su hijo a ver si lo quería a trabajar allí, aunque sólo fuera para regar, que su hijo hacía ya tres semanas que estaba en huelga, y el amo le había dicho, a él y a todos los otros, que quedaban despedidos y que se fueran a hacer huelga a otro barrio. Y yo le prometí que iba a hablar con el señor Lluís, pero que quizá sería mejor que se lo dijera ella misma. Y entonces me dijo: «¿Cuándo puedo encontrarlo en casa?» Y yo le dije: «Mire, señora Enriqueta, lo veo muy difícil, porque se pasa el día y la noche en la clínica, pero venga a verlo a la clínica.» Y me dijo que le daba no sé qué y que no lo quería molestar: que era mejor que le hablara yo. Y empezamos así, y fuimos hablando mientras bajábamos, y de pronto nos paramos porque me dijo unas cosas que me parece que no pueden ser, vamos, que no. Y aún me da vueltas la cabeza. Si no fuera que me dijo que *conoce a la persona que lo hizo*, no sé si me lo creería. Claro que yo no entiendo mucho de todo eso, y que por lo que a mí respecta es como si fuese una niña; pero la señora Enriqueta es una persona de fiar y siempre decía mi madre que cuando el río suena agua lleva y que no hay humo sin fuego. No diría nunca que la señora Isabel fuera quien de armar una cosa así, a los cuarenta y cinco, y con la hija, que ya debe andar por los veinte... «El herbolario me dijo que la veía muy decaída y que le dijo que si le podía dar unas hierbecitas, fíjese bien, "unas hierbecitas" que la dejaran como nueva. Yo le dije al herbolario: "¿A su edad anda aún con líos de éstos?", y él me dijo: "Es cuando se corre más peligro." Y entonces dice que ella empezó a explicarle una historia que dormía a las piedras, que si se había mojado los pies el día de la tormenta, y dice que se veía que todo lo iba armando a medida que hablaba, y que se cayó, y que se pegó un susto tremendo, y que a partir de entonces, pues, mira, nada. Y que necesitaba una cosa para ayudarla a tenerlo otra vez, porque se encontraba mal, y le daba vueltas la cabeza como si perdiera toda la sangre, y, otras veces, toda la sangre se le venía arriba y sentía como una niebla roja en los ojos. Y se ve que el herbolario le dijo: "A mí, no me líe", vete a saber la verdad.» Pero ahora viene lo gordo. Entonces fue a ver a esa que conoce usted, señora Enriqueta, y se ve que pagó fuerte y le empezaron los dolores en los bajos... «Yo, ¿sabe?, me lavo las manos. Pero la culpa de todo la tiene el marido, que es un roñoso, un miserable, un usurero que sólo piensa en pisar a la gente y engordar la bolsa. ¡Y va a misa, y anda siempre a golpes en el pecho! Y mi cuñada, por culpa de haberlo conocido, paga ahora alquiler. Dice que le dijo: "Señora, yo protejo la propiedad: con mi dinero, podrá usted hacerse una casa nueva." Y se apretaba el nudo de la corbata mientras hablaba, y la Rosario dice que no sé qué le daba, que no acababa de apretárselo nunca. Y, mire, ya ve cómo la protegió: antes de que tuvieran tiempo de acabar las obras, como el Rafael se quedó sin trabajo y ni podían pagar los intereses, ¡a la calle! Y nada que hacer. No valieron lágrimas ni súplicas. "El dinero es sagrado, el dinero es sagrado", dice que iba diciendo. Y, al final, aún les echaba la culpa: "¡Los dolores de cabeza que me dan! Con todas estas obras por acabar y un terreno allá arriba, en una montaña, que no vale nada."» Pero mientras me decía esto, yo no la escuchaba, porque pensaba sólo en la historia de la señora Isabel. Y pensaba cómo habría hecho para tenérmelo tan callado, ella, que todo me lo explica. Y no pude aguantármelo más, y le dije: «Estoy pensando todo eso de la señora Isabel, ¿sabe?, y no acabo de creérmelo. A su edad se va con más cuidado. Y, además, vamos a ver, ¿por qué, si lo hizo, no iba luego a quererlo?» «Eso son cosas de mírame y no me toques.» Y me dijo otra cosa: «¿Por qué se cree que el señor Joaquim se fue de casa con la niña de pañales y dejó a los cuñados solos? Porque se entendían ya en vida de él. Y vaya a saber quién es el padre de la Maria... El padre de la criatura que se quedó a medias, sí sabemos quién es..., pero el de la Maria...»

Lluís

... Y el amor de mi padre se inclinó completamente hacia mi hermano y yo lo noté ya desde muy pequeño: él fue el primer hijo y el más querido; yo llegué sin que me quisieran y me instalé en casa con la desgracia. Cuando tenía mi padre un día de mal humor, era yo quien lo pagaba, y crecí sintiéndome arrinconado. Una de mis pocas alegrías era cuando, en verano, venían los vecinos de al lado a pasar tres meses en Badalona. Los vecinos tenían sólo una niña: Isabel. Lo primero que recuerdo con nitidez de mis relaciones de niño con Isabel, es el color de una cinta y su historia. La pared medianera se derrumbó una noche en la parte de abajo de los dos jardines. Y cuando llegó el verano, aún estaba arruinada. Mi hermano y yo solíamos pasar de un jardín al otro, y una mañana en que estaba yo solo, pasé al jardín vecino y salió Isabel de detrás de unas matas. Era una mañana de mucho sol y de aire con olor a mar. Se le había caído el lazo de una trenza y no podía rehacerlo: era un lazo de un azul intenso, y ella, de pequeña, tenía el pelo muy rubio. Me quedé plantado, mirándola; estábamos los dos como sorprendidos, y yo hasta un poco molesto al encontrar habitado un jardín que consideraba medio mío. Me dijo: «Átame el lazo.» Me acerqué y cogí la cinta que me daba, y, mientras se la ataba, me dio un palmetazo en la mano diciendo que le tiraba del pelo, y entonces le arranqué el lazo de la otra trenza y ella corrió llorando al interior de la casa. Y al cabo de un rato, cuando yo ya estaba en mi jardín, la encontré plantada ante mí, con lazos de otro color en las trenzas; alzó la mano, y amenazándome con el dedo dijo dos o tres veces: «¡Malo!» Y luego se volvió muy poco a poco. Pero pronto me habitué a su presencia, y cuando mis padres y los de ella decían que tendrían que mandar que rehicieran la pared, yo me quedaba triste en un rincón, y ella y mi hermano protestaban. Y fuimos creciendo. Yo esperaba ansioso los veranos espiando cada mañana por ver si abrían las persianas o la criada barría la acera. Isabel parecía un ángel, y nuestros padres empezaron a decir, riéndose, que cuando fueran mayores la casarían con Joaquim. «Cuando sean mayores, los casaremos... Harán una buena pareja.» Cuando decían eso, me iba a mi cuarto y me encerraba allí, y pensaba en Isabel. Desde mi balcón se veía el mar, y el mar, por la tarde, tenía el mismo color que aquellas cintas que llevaba Isabel en las trenzas cuando era pequeña. Fue cuando me dejé crecer las uñas de los pulgares y me las cortaba en punta: «Para arañarle la cara a mi hermano el día que se case con Isabel.» Y veía las gotas de sangre que manchaban el vestido de novia de Isabel. Y un verano, Isabel vino y estaba muy cambiada. Estaba más alta, y tenía las piernas como palillos. Iba peinada con todo el pelo hacia atrás y atado con un lazo como una cola de caballo. Tenía el cuello delgado y, cuando merendaba, mientras masticaba, se le veían los tendones y una vena hinchada al lado derecho. Cuando sea mayor, pensaba, será un desastre de mujer. ¡Que se la confite, mi hermano! Al cabo de unos años, mi padre hizo reconstruir el muro caído, y ya no pudimos pasar de un jardín al otro como antes; pero en verano, cuando venía Isabel, a veces saltábamos la pared: colocamos unas cajas vacías de champán en nuestro jardín y en el de Isabel y, pese a que nuestro padre refunfuñó un poco, no se atrevió a decirnos que las quitáramos. Un día en que mi hermano había salido con mi padre a cobrar los alquileres de las que llamábamos «las casas pequeñas», porque la casa en la que vivíamos era «el chalet grande», fui a leer un rato en la parte baja del jardín. No hacía ni dos minutos que estaba allí cuando Isabel saltó: y, en el momento de saltar, la caja de champán, quizá porque ella puso el pie de lado, volcó y cayó Isabel al suelo. Se quedó sentada, y se echó a reír porque se había caído, y dijo que no se había hecho nada de daño. Me senté a su lado. «¿Dónde está Joaquim?» Y yo le dije que no estaba. Entonces me explicó que, cuando era mucho más pequeña, una vez en Barcelona, bajando de un tranvía, se torció el pie y no podía andar y tuvo que pasarse en cama dos días, y aquello le gustó mucho, porque sus padres entraban a menudo en su cuarto para preguntarle cómo estaba y para darle besos. «También yo habría entrado a dártelos.» Y en aquel momento lo dije mucho más por suponer que a ella le gustaría que porque me gustara a mí. Y al verle la cara que puso, me entraron ganas de añadir: Si hubiera estado a tu lado cuando no podías andar, te habría leído cuentos para distraerte. Y se me subió una oleada de sangre a la cara, y la miré, y se veía en su rostro tanta felicidad como nunca más he visto en la cara de nadie. Y el sol brillaba entre los cristales de los balcones y, un poco sesgado, en el pelo y en las pestañas de Isabel, y como entornaba los párpados, parecía que tuviera los ojos de agua. Y me empezó un dolor muy fuerte en el estómago como si me hubieran pegado con furia un golpe. Y quizá no teníamos aún catorce años, pero los dos nos dimos cuenta de que pasaba algo más allá de los cristales relucientes y de la tarde que iba muriendo. Y ella lo utilizó todo para mal. No había pasado ni una semana desde todo esto, y yo ni lo recordaba ya, cuando un día, mientras estaba estudiando en mi cuarto, oí que alguien subía por la escalera muy poco a poco: por el ruido particular que hacían los zapatos, adiviné que era mi hermano. Se quedó un momento parado en la puerta y, al fin, entró. Se sentó en un rincón sin decir palabra, y yo notaba que me estaba mirando fijamente. Yo no sabía qué hacer con las manos, y me costaba trabajo permanecer inmóvil: al fin ya no pude aguantarme, y le pregunté: «¿Qué miras?» Y no parpadeaba. Seguía mirándome como si quisiera leer mis pensamientos. «La bajeza —dijo—, ya ves, tu bajeza.» Le contesté: «¡No me des la lata!», e hice como si siguiera estudiando, pero no podía leer ni una palabra. Pasaba el tiempo, y él no se movía ni dejaba de mirarme. Pasó quizá media hora, y me parecía como si alguien estuviera haciendo un nudo con mis nervios. El sol del crepúsculo empezó a rozar los cristales del balcón y en un rayo oblicuo que entraba en la habitación había millones de motitas que oscilaban. De pronto, me entró como una tiritona en los ojos y sentí que un velo rojizo me cubría la vista: cogí el tintero y se lo tiré. Mi hermano estuvo atento, esquivó el envío, y el tintero se estrelló contra la pared. Quedó allí para siempre la señal de tinta, punteada de salpicaduras. No podría explicar por qué relacioné la actitud de mi hermano con Isabel. Ella iba a comprarse caramelos y me pidió que le guardara el secreto, porque iba a escondidas de su madre, que le decía que ya era mayor para andar gastándose el dinero en golosinas. Al verme, me sonrió con una sonrisa artificial que más bien parecía una mueca. Yo no quería irritarla, sólo quería hacerla hablar. Me puse a su lado, y empezamos a andar juntos sin abrir la boca. Todo lo que había estado pensando aquella noche, es decir, todo lo que había proyectado decir y hacer para impulsarla a hablar el día en que la encontrara, se fue diluyendo con la sorpresa de verla allí, y no quedó nada. Como la droguería estaba un poco más allá del estanco, le dije que la acompañaría; y cuando estábamos ya cerca, se me puso delante, se me quedó mirando, me cogió suavemente por el brazo, como si yo no me atreviera... Y la sangre se me heló en las venas. «Mis padres y el tuyo querrían que me casara con tu hermano... cuando tengamos edad para hacerlo..., pero yo... no es con él con quien quiero casarme...» Y me apretó el brazo un poco, con una leve presión de los dedos, y me miró adentro de los ojos, porque yo también la miraba y no pude apartar la vista y fue como si me ahogara. Ya jugaba conmigo de pequeña, siempre. Al día siguiente, por la mañana, en el bolsillo del delantal de estar por casa encontré un papelito, plegado en muchos dobleces, que decía: «Ella me ha confesado que la has amenazado de muerte porque se quiere casar conmigo.» La letra aparecía desfigurada, pero era, evidentemente, la de mi hermano. Guardé el papel y quise que Isabel lo viera: lo leyó y me lo devolvió en seguida como si fuera una brasa, y no se movió ni un solo músculo de su cara. «No sé qué significa todo esto.» No me atreví a insistir, porque cuando ella estaba cerca de mí desaparecía todo lo que me atormentaba como si no hubiera existido nunca. Más tarde le enseñé el papelito a mi hermano. No quiso ni tocarlo. Sólo me dijo, con una voz muy baja, pero con una expresión dura: «No te metas donde no te llaman.» Pensé: «¡Infeliz! Si yo hablara, no quedaría nada de tus ilusiones.» Este estado de espíritu me duró bastante tiempo. Nuestros vecinos, que siempre volvían a Barcelona por setiembre, prolongaron las vacaciones hasta el primero de octubre. Mi hermano y yo habíamos empezado ya el curso, y, pese a que Isabel estaba allí, en la casa de al lado, teníamos otras preocupaciones y quizá pensábamos menos en ella. Pero a mediados de octubre pasó algo. Algo que creo que fue decisivo, tanto para mí como, a continuación, para el destino de los tres. En el cobertizo que había en la parte de abajo del jardín guardábamos herramientas, trastos viejos y, además, la leña y el carbón para todo el invierno. Un día mi padre se dio cuenta de que la leña y el carbón, que apenas hacía un mes que lo habían traído, iba menguando. Nunca pude aclarar si fue una pura impresión de mi padre o si realmente desaparecían la leña y el carbón. El caso fue que mi hermano y yo empezamos a interesarnos por el hecho y, en todo el día y por todas partes, no hablábamos de otra cosa, hasta que se nos ocurrió jugarle una mala pasada al ladrón. No dijimos nada a nuestro padre para que no nos estropeara el proyecto, pero hablamos con Isabel y con una criada que teníamos, ya mayor, la madre de Crisantema, que se llamaba Soledat. Entre todos, hicimos un muñeco de paja con ropa vieja de mi padre que había en el cobertizo, con un sombrero de copa del padre de Isabel y con unos guantes viejos, color garbanzo, también del padre de Isabel. Y una noche, cuando nuestro padre estaba ya en la cama, bajamos al jardín y plantamos el muñeco de paja a la entrada del cobertizo. No le habíamos dicho a Isabel que viniera, pero debía de estar acechándonos, porque, apenas habíamos empezado, saltó la pared y se unió a nosotros. Cuando tuvimos el muñeco de paja bien asentado en el suelo, nos metimos en el cobertizo, ocultos tras los montones de sacos. Estábamos muy nerviosos, y sólo pensábamos en el susto que íbamos a meterle al ladrón. El cielo estaba cubierto, y al cabo de media hora empezó a caer una leve llovizna, y eso nos preocupó mucho porque nos dijimos que seguramente el ladrón no vendría si hacía mal tiempo. La lluvia, repiqueteando sobre el tejado, nos calmó un momento, y acabó amodorrándonos. Si estábamos muy quietos, oíamos una rata; si hacíamos el más leve movimiento, cesaba el ruidito que la rata hacía. Y ninguno de nosotros podía precisar de dónde venía aquel ruidito tan leve que hacía la rata al roer. Estábamos alebrados tras las pilas de sacos: Isabel entre nosotros dos, pero bastante separados unos de otros. Nos agrupábamos cuando teníamos que decirnos algo, pero luego volvía de inmediato cada uno a su lugar. Cuando llevábamos un par de horas esperando, empezamos incluso a arrepentirnos de la idea de intentar sorprender al ladrón fantasma. No se veía nada más allá de un palmo de la nariz. Y el frío otoñal iba aumentando a medida que la noche se iba instalando en el espinazo. Además del rumor de la lluvia, oíamos el respirar del mar. La resaca, algo amortiguada por la distancia, nos iba aletargando. En algún momento, de tanto escuchar, no oía nada. Todo se me convertía en deseo de escuchar. Hasta que me daba cuenta de que dentro del cobertizo no había más que la respiración de los tres. De pronto, Isabel estornudó, y fue como si alguien hubiera disparado una escopeta. Mi hermano y yo nos pusimos de pie, y una pila de sacos se derrumbó. Volvimos a apilarlos. Si no hubiera estado allí Isabel, estoy seguro de que nosotros dos, al cabo de una hora de espera, habríamos renunciado. Mi hermano dijo: «Me parece que eso que dice mi padre, que le roban la leña, lo ha soñado. ¿Quién se va a tomar la molestia de saltar la pared, una vez para entrar y otra para salir, para llevarse cuatro maderas y un cubo de carbón? Me voy a estirar las piernas un rato.» Salió, y, por un segundo, su sombra se recortó a la entrada del cobertizo: una sombra espesa, poco precisa: la sombra de mi hermano. Y fue justo en aquel momento cuando Isabel se me acercó y apretó su cuerpecito contra el mío. La lluvia había cesado, y poco a poco fuimos viendo los árboles más próximos, un tanto irreales, bañados en una claridad tenue, y, ante los árboles, el espantapájaros, ligeramente inclinado por el peso del agua. Y un vientecillo le hacía mover los brazos, y aquel vientecillo debió de separar las nubes porque apareció la luna. «¿No tienes frío?», me dijo Isabel, y se me acercó aún más, y le pasé el brazo por el hombro, y cuando le hube pasado el brazo por el hombro, me dijo muy bajito, tan bajito que a veces no puedo saber si lo soñé, o si me lo he ido inventando a medida que han pasado los años, o si realmente lo dijo: «¿Por qué no dices nunca que me quieres?» Y cada vez que vuelvo a pensar en esto, siento una especie de nudo en la garganta y me ahogo, y puedo jurar que es la misma sensación de hace más de treinta años. Y es esta sensación tan exacta la que me hace creer que realmente me lo dijo, que no es una frase imaginada. Y, de pronto, la voz de mi hermano, a quien no habíamos oído acercarse, hizo que nos separásemos. «¡Chicos, ya me he cansado, lo dejo, estoy hasta el gorro!» No pude contestar, porque no me quedaba saliva en la boca. Isabel me dijo, con un tono de burla: «¿Tienes miedo?» «Tengo lo mismo que tú: ganas de dormir.» Salimos al jardín y arrancamos del suelo el espantapájaros, en un esfuerzo común como si nos hubieran dado una orden. Isabel le arrancó un brazo y yo el otro. Mi hermano le arrancó la cabeza, le dio una patada

y lo lanzó al jardín de Isabel. Y nos echamos a reír...
En aquel momento nos reíamos como si fuéramos
hermanos los tres.

Crisantema-Enriqueta

«¿Quiere decir que los dos hermanos?» Y la señora Enriqueta asintió con la cabeza, y yo seguía cavilando, cavilando, y entonces la señora Enriqueta me dijo: «¿Y su madre, que estaba ya en la casa, no se dio cuenta de que los dos cuñados ya se entendían antes de que naciera la niña? ¡Ay, Dios mío, qué cándidas son! ¿Y que cuando el señor Joaquim se llevó a la niña, ellos se quedaron como pez en el agua? ¿Y que la señora Isabel respiró hondo cuando tuvo fuera al marido y a la criatura, y que entonces hizo su luna de miel de verdad con el cuñado? Durante los doce años que la niña pasó fuera, de día mucho sentimiento y mucha cara de bondad y de tragedia, pero de noche, buenos revolcones se pegaba con el cuñado. Sé yo más de esta casa con dos días de venir a lavar ropa a la semana, que usted con todos los años que lleva aquí de asistenta. Porque yo adivino las cosas, ¿sabe? Tengo como una especie de poder de adivinación. Y me he preguntado muchas veces por qué esta pareja, que pasó toda la vida disimulando, al final van y se casan. Yo, eso, aún no he podido sacarlo en claro, pero ya llegará: es cuestión de paciencia. ¡Y no ponga esa cara, mujer, no ponga esa cara!» Y yo creía que no podía verme la cara, porque estaba ya bastante oscuro y aún no había pasado el farolero. Y yo estaba preocupada, aunque me gusta mucho charlar con la señora Enriqueta, porque el bistec, de tanto rato estar en el paquete, soltaba agua y humedeció el pan, y cuando pasa esto, al destaparlo, apesta, y el señor Lluís se va a dar cuenta de que he estado perdiendo el tiempo. Y la señora Enriqueta, que es una charlatana, y el tiempo pasa, y ella como si nada. Y al final se va animando y habla con voz cada vez más alta, y yo lo paso mal: «Un ataque de apendicitis... A ver quién se va a creer que ha sido un ataque de apendicitis...» Y yo pensé una cosa, y se la dije: «Usted habría visto la ropa, si es lo que dice.» Nos callamos un momento, porque venía el farolero. Encendió el farol y se fue después de darnos las buenas noches, y la señora Enriqueta me acercó la boca al oído y dijo bajito, y muy poco a poco: «Hay muchas maneras de matar pulgas. En una casa, siempre hay noches. Y en los cuartos de la azotea también se puede tender ropa, y esta ropa se puede secar dentro sin que nadie la vea. ¿No se ha dado cuenta de que el cuarto de la azotea estuvo cerrado toda una semana? ¿Eh? ¿Qué me dice ahora?» «¿Cerrado?» «Sí, señora, cerrado a cal y canto.» «¿Y quiere decir entonces que el mal ese del vientre?...»

Lluís

... Y de tanto reír teníamos que aguantarnos la barriga, y no sé muy bien por qué nos reíamos. Y cuando el espantapájaros estuvo hecho trizas, Isabel saltó a su jardín y ella y mi hermano empezaron a tirarse los brazos y las piernas y la cabeza del espantajo, y se fueron animando y se tiraban palitos y puñados de arena, y de repente, Isabel se puso a gritar: «¡Me habéis hecho daño! ¡Me habéis hecho daño!...» Y empezó a tirarnos piedras, y una piedra me dio en el hombro y, entonces, rabioso, cogí un pedrusco y me subí al muro, pero la luna se había ocultado otra vez, y no se podía ver nada, y aunque me parecía que el ruido que hacía Isabel al apedrearnos venía de detrás de un seto de boj, no lo podría asegurar. Y salté la pared como un gato y desde abajo me pareció que el boj se movía, y tiré la piedra en aquella dirección, pero entonces salió el padre de Isabel a la galería y se acabó todo. Volví a saltar a nuestro jardín y, de puntillas, pegados a la pared, sin mirar qué plantas aplastábamos, nos metimos en casa. Y al día siguiente, me levanté cuando amanecía, con todo el mundo durmiendo aún, para ir a recoger lo que quedaba del espantajo. Pero ni en nuestro jardín ni en el jardín de Isabel quedaba ni rastro: como si el espantajo no hubiera existido nunca. Y aquella tarde, mientras paseábamos por la playa, Isabel nos dijo que Soledat había recogido el espantapájaros y lo había quemado en la cocina económica. Yo dije: «¡De primera!» Y me froté las manos, y fue entonces cuando Isabel se dio cuenta de que llevaba las uñas de los pulgares cortadas en punta. «¿Quieres volverte rosal?» Y mi hermano las vio también y dijo: «¿Rosal? ¡Si parece el demonio!» Y yo me metí las manos en los bolsillos de los pantalones. Eran nuestros primeros pantalones largos. Los estrenábamos aquella tarde, eran blancos, y los llevábamos con una camisa azul oscuro, e Isabel también llevaba un vestido blanco con una faldita plisada, y medias y zapatos blancos. Y cuando estábamos ya en la entrada de la casa de Isabel, dijo ella: «¿Crees que está de moda llevar las uñas de dos dedos cortadas en punta?» Y sonreía, y me cogió una mano delante de mi hermano, y pasó las puntas de sus cinco dedos por la uña. Apenas me rozó, pero yo temblaba. Y, sin que yo pudiese evitarlo, con mucha energía aproximó la mano a los ojos de mi hermano: «Es moda en Pekín.» La habría aplastado; pero después, por la noche, pensándolo y reviviendo la escena..., porque allí, delante de mi hermano, con mi mano en la mano de Isabel, me quedé sin sentidos ni sentimientos, como si los tres fuésemos un retrato para siempre. Y me fui de casa un poco por todas esas cosas, pero también un poco por lo de las uñas. Un día, a la hora de la cena, mi hermano dijo: «Mire cómo se corta las uñas Lluís.» Mi padre, que era un poco sordo, le dijo: «¿Qué dices? Con el ruido que hacéis con los tenedores, no te he entendido.» Y mi hermano lo repitió sin hacer caso de la mirada de través que le eché: «Le decía que mire las uñas de los pulgares de Lluís...» Mi padre me hizo levantar y dijo que me acercase. Me cogió una mano y la miró detenidamente; después me cogió la otra: «¿Qué significa esta mala educación? Joaquim, ¡trae las tijeras!» Mi hermano obedeció con el rostro congestionado de aguantarse la risa. Mi padre las cogió, y, con un movimiento de cabeza, le dijo a mi hermano: «¡Siéntate!» Y me cortó las uñas al ras, con mucha parsimonia. «¡Y que no vuelva a verte nunca más con las uñas de esta manera!» Salí corriendo del comedor y me fui a la parte de abajo del jardín; entré en el cobertizo y la emprendí a puñetazos con la pared hasta que me sangraron los nudillos. Me fui de casa un invierno, apenas acabé el servicio. Y me fui contra la voluntad de mi padre. En el cuartel me había hecho amigo de un chico que tenía parientes en Burdeos. Estos parientes tenían una frutería y, en principio, quedamos en que yo iría a trabajar a la tienda. Cuando llegué a Burdeos, estos parientes no existían; de una manera vaga me enteré de que el hombre había muerto y de que su mujer había vendido la tienda. Me encontré, pues, completamente colgado y sin nadie a quien acudir. Y con la dificultad de una lengua que apenas conocía. Durante un año, hice de todo: descargador en el muelle, ayudante de barbero, repartidor de paquetes de una tienda de tejidos, guarda nocturno en una empresa de obras públicas... Cuando escribía a mi padre, le decía que las cosas iban bien y que me iba defendiendo. Las cartas de mi padre eran lacónicas, frías, y sólo hablaban de su estado de salud. Mi hermano se pasó años sin escribirme. Cuando empecé a ir un poco mejor, tenía ya un concepto bastante malo de la gente y de la vida. Y fue entonces cuando me ocurrió la cosa más extraordinaria que uno pueda imaginar. Un día, recibí una carta de amor: venía de Barcelona, no llevaba firma y la letra del sobre no era la misma que la de la carta. Entonces, es decir, en aquel momento, estaba demasiado centrado en mis asuntos para darle importancia y pensé que sería de alguien que tenía ganas de reírse, o que quizá alguien, llamado como yo, había vivido en la misma dirección. Dejé la carta entre otros papeles. Pero cuando ya ni la recordaba, recibí otra. Como en el caso de la primera, la letra de la dirección no era la misma que la de la carta. Y el contenido era tan curioso como el de la primera: era un estilo impersonal, toda la carta era impersonal, una especie de divagación amorosa que tanto podía ir dedicada a mí como a otra persona. Cartas como éstas recibí once a lo largo de dos años; las tenía guardadas en una caja y siempre me decía que cuando tuviera tiempo dedicaría un rato a averiguar qué significaban. Pasé siete años en Burdeos, y al séptimo mi hermano me escribió diciéndome que si quería ver a mi padre con vida, que dejase las cosas y volviera de inmediato. Y al cabo de una semana recibí un telegrama diciendo que mi padre había muerto. Y al telegrama siguió una carta extensa en la que mi hermano me explicaba detalladamente la muerte de mi padre y el estado de nuestros intereses. Mi padre había dejado a mi hermano nuestra casa y «las casitas»; y, a mí, una cantidad en metálico. Parece que el testamento decía que, considerando que yo me había instalado en el extranjero, me sería más útil tener dinero líquido, del que podría disponer en seguida, que fincas, de las que desde lejos no podría cuidarme. Poco tiempo después recibí una carta del notario de mi padre, acompañada de una copia del testamento. El testamento decía que «si mi hijo Lluís, o sea el pequeño, que está en el extranjero, no piensa volver, le dejo todo mi dinero líquido. Ahora bien, si piensa volver, mi voluntad es que la cantidad de dinero líquido la dividan mis hijos en partes iguales. En cuanto a las fincas, dejo el chalet de veraneo a mi hijo Lluís, o sea al pequeño, y las casitas a mi hijo Joaquim.» Aquello me hizo cavilar mucho. Claro está que mi hermano podía estar distraído o preocupado el día de la lectura del testamento, pero lo que me había escrito era tan diferente de la verdad... Llegó luego otra carta de mi hermano, en la que me hablaba de su «confusión», y me proponía lo siguiente: si yo renunciaba a nuestra casa, él me daría lo que mi padre había dejado en metálico para los dos. Es decir: me compraba la casa. Intenté enterarme de los precios de las fincas en Badalona; la cantidad ofrecida me pareció suficiente, pero le dije que, además, quería todas las joyas de la casa, y no cedí hasta que aceptó. Yo no tenía ningún interés especial en ser propietario de aquella casa, ya un poco vieja, que me traería muchos quebraderos de cabeza e iba a costarme dinero. Al cabo de dos años de la muerte de mi padre sentía ganas de ir a pasar un par de meses a Cataluña, mejor dicho a Barcelona, donde vivía mi hermano, casado con Isabel. Se habían casado poco tiempo después de morir mi padre —también los padres de ella habían muerto— y la noticia de la boda no me causó la menor emoción.

Llegué a Barcelona cuando agonizaba un verano rabioso. Mi hermano vino a recibirme a la estación. Volví en tercera, porque nunca me ha gustado tirar el dinero, y no olvidaré nunca la cara de pena que puso mi hermano al verme. Nos abrazamos con cierta alegría, y en seguida me dijo que disculpara a Isabel, que estaba muy cansada. Mi hermano estaba desconocido: más gordo, casi reluciente, con toda la pinta de un hombre rico vestido a la última moda; yo, a su lado, parecía un pobre. Me hizo subir a un coche, y hasta que llegamos al Pasco de Gracia no supe que era suyo. Isabel estaba en su cuarto cuando llegamos. Mientras mi hermano ordenaba que llevaran las maletas a mi cuarto, salí al jardín. La casa era de Isabel, la había heredado de sus padres; mi hermano me lo había explicado por el camino. La buganvilla era una cortina de hojas, y, de vez en cuando, asomaba una flor magenta abierta tardíamente. Mi hermano me llamó desde el balcón para que subiera a lavarme y a cambiarme de ropa. Y, cuando bajamos, Isabel estaba de pie en el comedor. Era alta y delgada, su pelo rubio estaba más oscuro que hacía siete años. Llevaba un vestido color humo, complicado y vaporoso, y una rosa de seda, una rosa color rosa, en el pecho. Luego, una camarera con delantal blanco y cofia nos sirvió el aperitivo, y yo dije que no bebía ningún tipo de licor. Mi hermano me ofreció un puro, y le dije que no fumaba. La primera noche no podía dormir: la cama era demasiado blanda, el cuarto de baño olía demasiado a colonia y a jabones. Tuve el balcón abierto hasta la madrugada, y antes de cerrarlo cogí una flor de buganvilla y la olí maquinalmente: no tenía ningún olor. Isabel, cuando me dio la mano, evitó mirarme; aun así, la comida fue bastante cordial e incluso estábamos de bastante buen humor. Cuando tomábamos el café —nos lo sirvieron en el jardín, bajo unos granados cargados de fruto—, Isabel me preguntó riendo si tenía novia. Riendo como ella, le contesté que no había tenido tiempo de cortejar a ninguna mujer. Y mi hermano añadió: «Ha pasado estos años trabajando para enriquecerse, y no ha tenido tiempo de ocuparse de las cosas del corazón.» No les hablé, claro, de mis años de miseria, de mis años difíciles, de los que no me arrepentía, pero que ellos no habrían comprendido. Cuando ya llevábamos hablando un buen rato, se abrió la verja del jardín y entró una mujer gorda con un pañuelo en la cabeza: era Soledat, que ya no estaba en casa de criada, y sólo ayudaba a la limpieza y lavaba los platos al mediodía. Me saludó avergonzada, y nos dejó en seguida. Y, no sé por qué, al verme se puso colorada. Al cabo de una semana, mi hermano me preguntó qué pensaba hacer, qué intenciones tenía: le dije que había venido a verlos y que tenía ganas de ver el país, que posiblemente estaría un mes, pero que luego volvería a Burdeos a seguir atendiendo el negocio. El día en que se lo dije estábamos solos, pero debió de hablar por la noche con Isabel porque, al día siguiente, en la mesa, ella empezó a decir que ya había dado bastantes vueltas por el mundo, y que lo que tenía que hacer ahora era instalarme en Barcelona, que viviría con ellos, y que no me preocupara de buscar casa, porque ya la tenía, y que, si tenía ganas de hacer negocios, también los podía hacer en Barcelona. Y luego, después de esta conversación, tanto ella como mi hermano no dejaron de insistir para que me quedara con ellos. A mí, realmente, tanto se me daba estar aquí como en cualquier otro sitio, todo me era indiferente, sobre todo teniendo dinero, como tenía; quizá no todo me era indiferente, quizá me halagaba la insistencia de ellos para que me quedase, especialmente la insistencia de Isabel. Ella salía todas las mañanas, antes de comer, a dar un paseo en coche. Cada día un vestido diferente; yo empecé a calcular los gastos de aquella casa, y quedé horrorizado. Un día que hablé de eso con mi hermano, me dijo que Isabel tenía dinero, que había heredado la casa de al lado de la nuestra, en Badalona, y que, además, el año pasado él había hecho un buen negocio con nuestra casa de Badalona, que había vendido a una compañía hotelera; en el lugar donde estaba la casa, encontraría ahora un hotel magnífico. «Es el progreso.» Se debió de dar cuenta de que yo me ponía amarillo, porque me preguntó qué me pasaba. «¡Un día iremos a Badalona y verás qué edificio!...» De pronto, se metió la mano en el bolsillo, sacó una llavecita y me la dio diciendo: «Es de la caja de caudales donde están las joyas. Guárdala.» En aquel momento entró Isabel y me miró de una manera curiosa; no podía definir su mirada, tan compleja me pareció: una mezcla de afecto, de desconfianza, de temor... Entró silenciosamente, hizo un gesto de sorpresa como si no supiera que estábamos allí, cogió no sé qué cosa de un mueble y se fue. Después de ocho días de vivir con ellos, Isabel no era la misma de cuando llegué. Los primeros días estaba de charla con nosotros con toda naturalidad; poco a poco se fue acentuando en ella un aire ausente, un poco triste, un poco inmaterial. En su presencia, mi hermano y yo empezamos a llamarle el ángel. Y se inició un juego peligroso. Todo empezó el día en que mi hermano se fue por la mañana a cobrar los alquileres de las casitas de Badalona. Cuando bajé a comer, ella estaba ya sentada a la mesa, esperándome. Llevaba una bata de seda blanca, toda bordada de crisantemos blancos, y el pelo atado alto con una cinta de terciopelo negro. Tenía al lado una libreta y un lápiz, y cuando la camarera terminó de servirnos la comida, empezó a escribir no sé qué lista que tenía que darle a la cocinera para que la llevara al mercado. Luego, arrancó la hoja escrita, se la dio a la camarera, y en la hoja siguiente escribió unas palabras. La arrancó, me la pasó empujándola con un cuchillo, y me dijo: «Lee, ¿quieres? ¿No recuerdas mi letra?» Y en la hoja de papel había escrito tres veces «sentir»; cuando levanté los ojos, había desaparecido. De momento no supe si levantarme e irme, o quedarme y esperarla. Oí rechinar los goznes de una puerta al abrirse y cerrarse... y nada más. Al fin, me levanté, cogí el papel y lo metí en el bolsillo. Cuando lo tuve en el bolsillo recordé algo, y el recuerdo sobrevino tan violentamente como un disparo. Subí las escaleras saltando los peldaños de tres en tres y me encerré en mi cuarto. Abrí la maleta pequeña, donde tenía las cartas misteriosas que había ido recibiendo en Burdeos. Saltó el retrato de la negra, y lo metí dentro. Como había pensado, la letra de las cartas y la letra de Isabel eran idénticas. Y me senté ante el balcón abierto, y no me levanté hasta que llamaron a la puerta para arreglar el cuarto. A la hora de la comida, bajé y salí al jardín a esperar a Isabel. Y la camarera vino a decirme que la comida estaba servida ya y que disculpara a la señorita, que no se encontraba bien, y que, por tanto, comería solo. Respiré, porque no habría sabido qué hacer, y menos aún qué decir. Cuando, caída la tarde, volvió mi hermano, estaba yo en mi habitación; y a la hora de la cena, cenamos solos. Isabel se excusó. Cuando volví a verla, habían pasado tres días y su aire era tan natural como el día de mi llegada. Si no hubiera guardado el papel, habría creído que todo había sido un sueño. El día en que mi hermano fue a Badalona, mientras cenábamos solos, salió el tema de las joyas y me dijo que, si quería, me acompañaría cuando decidiera ir a verlas. «A Isabel no le gustó mucho nuestro trato..., ¿sabes? Los pendientes de mamá...

se los ponía bastante... ¿No podríamos arreglar las cosas de manera que pudiera volver a tenerlos? Tengo que confesarte que, pese a ser tuyos, alguna vez, en contadas ocasiones, claro, se los volvió a poner...» Eran unos pendientes de diamantes: formaban un racimo de uvas, y cada uva era una piedra. Me molestó que mi hermano me hablara de eso, y me molestó que se hubieran tomado la libertad de usarlos. Y lo dije sin miramientos: «Tendrías que enseñarle a Isabel a ponerse sólo lo que es suyo.» Con la cara que puso mi hermano me di cuenta de que quería a su mujer profundamente: la quería mucho. Por eso, cuando Isabel reanudó su juego, mi primer impulso fue hablar con mi hermano. No sé qué fue lo que me detuvo. Quizá la mala conciencia que todos llevamos dentro. Y quizá... Los ojos de Isabel no tenían nada de extraordinario, más bien pequeños, un poco verdes, un poco marrones, con la córnea azulada. Las pestañas, largas y negras, contrastando con el pelo. Unas pestañas terriblemente negras. Y, entonces, su juego consistió en mirarme, mirarme, mirarme, nada más. Cuando estábamos juntos los tres, en cuanto mi hermano estaba un poco distraído y yo la miraba, me encontraba siempre con sus ojos. Me miraba fríamente, tranquilamente, con calma. Y cuando estaba solo, sentado cara al balcón, por la noche, veía los ojos, fríos, reposados: una especie de agua muerta que me hacía daño. Es así, sólo mirándola, como llegué a odiarla como sólo he odiado a una persona: a Maria.

Doctor Riera-Isabel-Lluís

«¡Ave María!», y entró el doctor. Isabel quiso incorporarse y yo le dije: «No te pongas nerviosa...» Y el doctor Riera dijo: «Señora Isabel...» Y yo le di la mano: «¿Cómo está, doctor Riera? Lleva todo el día con unos nervios... Necesitábamos que viniera, porque necesitábamos compañía... ¿Verdad, Isabel? Y este viento del diablo, que se arremolina y hace temblar la persiana...» Isabel se volvió hacia el doctor Riera y le dijo con voz llorosa: «Si estoy nerviosa es porque Lluís me ha dicho...» «No haga caso de las palabras, señora Isabel..., no haga caso de las palabras. Si en la vida tuviéramos que hacer caso de todo lo que nos dicen... Yo sólo doy importancia a las acciones, ¿sabe? Las palabras...» Isabel está pálida y tiene la mirada febril, y vuelve a lloriquear: «Sabe usted cómo soy yo, ¿no, doctor Riera? Me conoce usted desde hace años, sabe que soy una persona que se queja muy poco... Debe de ser la debilidad lo que me trae tantos pensamientos negros. Y, cuando pienso en mi hija, no lo puedo soportar.» «Usted ha hecho todo lo que ha podido y no tiene nada que reprocharse, créame. No se reproche nada.» «Usted no conoce a mi mujer, doctor Riera, es capaz de atormentarse diez años seguidos obstinadamente.» E Isabel empezó, y no acababa, entre llantos y cara enfurruñada. «Todos estos años que la tuve en casa hice todo lo que pude... Y ahora me doy cuenta de que no me había pedido nada, y yo no podía adivinar qué quería.» Y volvió a lloriquear, y yo no sabía ya qué decir ni qué hacer, y el doctor Riera tampoco sabía a dónde mirar. No entiendo por qué Isabel no se puede tomar esta estancia en la clínica como una cura de reposo: casi como unas vacaciones. No le duele nada: ha salido del caso bastante bien. ¿Qué pasa, pues?... «Calma, calma... Ahora tiene que recuperarse, esta tristeza es puramente fisiológica: ha perdido mucha sangre, mucha sangre...» Y cuando el doctor Riera dijo la palabra «sangre», vi un velo ante los ojos y sentí como una especie de náuseas. No puedo evitarlo, no puedo. Cuando dicen «sangre», la «veo», y la veo saliendo del cuerpo de una persona: sangre viva, carne viva, espesa, roja, pegajosa, sin olor, o quizá con aquel olor leve de los gusanos. Noto que estoy blanco como una sábana y apenas puedo seguir el hilo de lo que va diciendo el doctor Riera. «... Doce años con el señor Joaquim, son un montón de años. Cuando vino... ya era una mujer..., padre, madre y toda la familia... extranjeros..., ustedes eran unos extranjeros... Se encontró inesperadamente con una madre a la que no conocía, y eso es muy gordo si lo unimos a la muerte del señor Joaquim...» Si pudiera hacerle callar... Sabe que mi mujer tendría que hablar de todo menos de Maria. E Isabel prolonga la conversación: «A veces pienso que no me quiso nunca. Que para ella fue una alegría poder irse de casa. La única cosa que me había pedido: irse. Porque, ¿sabe?, ella nunca me había pedido nada...» No puedo soportar tanto gimoteo y digo: «Va a tener un mal fin.» Me mira con odio, y yo aguanto la mirada hasta que la desvío hacia la palmera que va y viene como si una mano muy grande la inclinara de un lado al otro. «Usted, señora Isabel, ha hecho todo lo que podía hacer; no tiene nada que recriminarse... Lo que sí le aconsejo, es que no se preocupe de lo que dice la gente...» Sólo faltaba que el doctor Riera saliese con ésta. «La gente es mala... Esta estancia suya en la clínica ha disparado un poco los comentarios, como cuando Maria se fue de casa. Ya lo sé, ya sé que ustedes se tratan con poca gente y que no se meten en la vida privada de nadie..., pero, justamente por eso, la gente se interesa más. Pero no se preocupe usted: del mismo modo que hablan dejarán de hablar.» A mi mujer, parece como si sólo le interesase un tema. «Si al menos escribiera... Tendría que haber sido un niño. Aunque tenía lágrimas en los ojos cuando subió al taxi, se veía que deseaba irse...» No puedo contenerme, y digo: «Creo que estamos hablando demasiado de una persona que no tiene ninguna importancia.» Y se callan un momento. Y es verdad, lo digo porque lo pienso así; además, es una chica tozuda como una cabra de esas que cuando meten el cuerno por un agujero..., ¡siéntate si quieres esperar a que lo saque! «... Usted que la vio nacer, que sabe de qué modo me separaron de ella... Por eso no quise otro hijo, aunque tuviera que arrancármelo de..., arrancármelo con las manos.» Y respiro, porque empieza a llorar, y así se calla. Evidentemente, el doctor Riera está al corriente de lo que pasa; pero hay cosas que hay que dejarlas morir. El viento y los sollozos de ella es lo único que oímos dentro de la habitación. Se suena ahora con un pañuelo de esos de puntillas, que le había regalado Joaquim. Y aprovecha la pausa de las lágrimas para exprimir el tema, como si sólo tuviese una obsesión: seguir abriéndose la herida con las uñas. «Si supiera lo que me pasó cuando me encontré con mi chiquilla en la falda... Mi vida ha sido eso: encontrarme con cosas en la falda y no saber qué hacer de ellas...» No puedo aguantar más, y salgo al pasillo; y nadie me pregunta a dónde voy. No quiero oír hablar de todo eso que me sé de memoria.

Isabel-doctor Riera

«Este viento me hace recordar el día en que nació la niña.» «No me hable, señora Isabel, no me hable. El viento y yo, es como si estuviésemos en guerra: él, quiere pasar, y yo, que no lo dejo pasar.»

«Cuando nació la niña, hacía una ventolera como la de hoy. Es como si fuera el mismo viento de hace diecinueve años. Y lo es: el viento, cuando se levanta, es el de siempre. Es el que me abrió el balcón cuando empezaron los dolores, y entró con aquel olor a hojas, y se llevó el olor a lejía: Soledat había fregado con lejía, y yo no lo podía soportar.» «Ahora que habla de Soledat... Yo fui a su entierro... ¿Ve?, ahora me acuerdo de una cosa: un día estaba hablando del señor Lluís y me preguntó qué significaba el anillo que siempre llevaba en el meñique de la mano izquierda: ¿sabe cuál digo? Aquella especie de alianza con dos diamantes y tres rubíes... Muchas veces lo había pensado yo también. Es curioso, un hombre que nunca ha llevado ni una triste aguja de corbata...» «Oh... es la alianza de su madre... Usted sabrá sin duda que su madre murió de parto...» «¡Ah!, ya entiendo, ya entiendo... Hay gente que tiene esta especie de culto a los muertos; yo lo respeto todo. ¿Seguro que no se cansa mucho hablando?» Y el señor Lluís, que había salido hacía un momento, entra y se queda de pie junto a la cama y se ajusta el nudo de la corbata, y hay un gran silencio. De pronto, se mete las manos en los bolsillos de los pantalones, se vuelve un poco hacia el balcón, y dice: «¿Habéis hablado ya del viento que hacía el día en que nació Maria?» Y sonríe un poco, porque él y Crisantema sostienen que Maria nació al final de la Semana Trágica. Como si la señora Isabel y yo no supiésemos cuándo nació... Y noto que molesto, y les digo que tengo que ir a ver al niño del abogado Cases, y el señor Lluís me pregunta qué tiene, y yo le digo que tiene lo de siempre, un resfriado; y cuando salgo me dice que dé recuerdos al señor Cases y que le diga que él irá a verlo mañana por la tarde, y me voy, porque tengo aún que visitar a dos enfermos.

Tiene que ser pesado andar viendo enfermos y enfermos toda la vida. Tarda en salir; no puede andar rápido; en dos años ha envejecido mucho, sólo los ojos siguen siendo jóvenes: azules y brillantes, con la viveza de siempre... Nos cruzamos por el pasillo: dio un paso atrás, me cogió por el brazo y me dijo bajito, y tan de cerca que junto a mis ojos veía los suyos abiertos e inquietos: «Es horroroso: estoy embarazada.» Oímos pasos junto a la escalera y nos separamos en el acto. Una especie de sudor frío me cubrió la frente y resbaló hasta el cuello. Y la camarera que hacía las habitaciones pasó ante mí, y tuve que hacer un esfuerzo para devolverle los buenos días. Y estaba aún en el pasillo, junto a la ventana, cuando mi hermano salió de la habitación, vestido y lavado, con aire feliz, y me dijo: «Vístete hoy para cenar: tenemos una pequeña fiesta de familia. Va a haber una sorpresa.» Entonces se me llevó con él, a pesar de mis protestas. Fuimos al banco a buscar dinero, y al decirle yo por qué sacaba una cantidad tan grande me respondió que tenía que hacerle un regalo a Isabel, porque toda la fiesta se hacía para ella. «Hoy es un día de felicidad en casa.» Entramos en dos o tres joyerías, y no encontraba nada que le gustara: «Quiero hacerle un regalo, ¿sabes? Pero quisiera una cosa que le gustara mucho y que, además, fuera bonita.» Al fin encontramos lo que quería. Compró un colgante: un corazoncito de platino cubierto de brillantitos. Cuando salíamos, me preguntó por qué ponía aquella cara: «Creo que gastas demasiado, haces muchas tonterías, y me pregunto a ver cómo acabarás.» Me dio una palmada en la espalda, riéndose, y me dijo: «Si te encontraras en mi lugar, también tú harías tonterías. Es verdad que soy un poco manirroto, pero prometo que de ahora en adelante todo va a cambiar.» Por la tarde vi que Soledat se había quedado y que estaba ayudando a las chicas. Todo el mundo estaba en el comedor y los muebles y las sillas estaban fuera de su sitio. A medida que iba avanzando la tarde, iba dominándome el miedo de que Isabel se traicionara un día u otro, que no supiera sostener la situación. Por la cara que puso cuando me habló por la mañana, imaginé qué tortura iba a ser la cena... y todo lo que, fatalmente, vendría luego. Por primera vez desde mi vuelta, añoraba mi vida de Burdeos, sólo con preocupaciones de carácter material, y me arrepentía de haber liquidado mi negocio y haber accedido a vivir con ellos... Isabel y mi hermano se pasaron la tarde encerrados en su cuarto. Al anochecer, me vestí, y cuando bajé ya estaba ella en el comedor. En la mesa había sitio para siete personas. Habían puesto las servilletas de punta, y habían sacado las copas de cristal antiguas y los platos de porcelana transparente. En el cubo de plata lleno de hielo había tres botellas de champán. Isabel estaba sentada de cara a la chimenea, y las llamas le llenaban la cara y los brazos desnudos de sombras y claridades. Llevaba el corazón de brillantes, y de vez en cuando pasaba la mano por encima de él como si quisiera protegerlo de la luz. Llevaba un vestido negro que yo no le conocía, muy ceñido y brillante, con rosas rojas en la cintura. Y su pelo rubio y ahuecado formaba como una aureola de oro. Por un momento la vi como antes, como el primer día, furiosa porque no le había sabido hacer el lazo azul. Y, en seguida, la volví a ver tal como era: muy llena de sí. «No pienso en mí..., no sabes verme como soy: pienso en todo menos en mí.» No era sincera cuando decía eso: era sincera ahora, haciendo de reina junto al fuego, con los ojos brillantes de alegría por aquellas cuatro piedras que mi hermano le había colgado al cuello, un poco lejos de la alegría de mi hermano y un poco lejos también de mi temor. Y cuando, a través de los años, a veces he pensado en aquel día, he pensado... eso: que se complacía en la situación. Yo pensaba encontrarla con los ojos desesperados de la mañana, atenta a no traicionarse, distraída, preocupada, y encontré una Isabel serena, una princesa que se ofrecía a la admiración de todos. Yo estaba de pie y le veía el pelo peinado hacia arriba y el cuello blanco. Por la mañana me había pasado su inquietud para deshacerse de ella. Soledat, con un paño de hilo, frotaba los cuchillos, porque mi hermano no los había encontrado «perfectos», y mi hermano los iba poniendo en su lugar mientras decía: «La felicito, Soledat, la felicito.» Cuando Soledat volvió a la cocina, mi hermano se acercó a mí y me abrazó afectuosamente, y afectuosamente me dijo: «Te voy a dejar un traje mío. Ése que llevas, me deshonra.» Yo estaba frenético y me puse más frenético aún, y sólo veía el pelo peinado hacia arriba y el cuello tan blanco de Isabel, y le dije entonces a mi hermano: «Mira, Joaquim: si mi traje te molesta, la cosa la resuelvo encerrándome en mi habitación.» Y él respondió, imitando mi tono: «Mira, Lluís, mañana podrás hacer lo que te dé la gana: peléate conmigo o con mi mujer, mata a Soledat si te parece y te estorba; pero hoy, aguanta. No nos vayas a aguar la fiesta, te lo ruego.» Obedecí, y subimos y me puse el traje que quiso él que me pusiera. Cuando volvimos abajo, estaba ya Cases, el abogado de mi hermano: un hombre gordo, vanidoso y susceptible, que sólo hablaba de sí mismo. Su mujer había muerto de parto, como mi madre, y él se había quedado con un hijo. El doctor Riera fue el segundo en llegar: llevaba un chaqué color aceituna y un sombrero duro de color canela. Ya entonces tenía ese aire de «Yo no sé nada, a mí que me registren», pero menos acentuado. Los últimos en llegar fueron el notario de Badalona y su hija, una muchacha diabética, por casar y ya un poco madurita. Traían un ramo de flores, y la chica se lo ofreció a Isabel, y en toda la cena no dejó de devorarla con una mirada de envidia. Aquella cena no sé qué tuvo de sórdido. Cases sólo habló de su hijo y de los resfriados de su hijo y de la habilidad con que había organizado su casa de viudo. El notario de Badalona, el señor Rosés, alababa los méritos de su niña y la niña no cesaba de decir: «¡Papá!...», y él: «¡Calla, niña!» El doctor Riera empezó a hablar de flores, e Isabel lo siguió, lo que provocó cierto malestar en el señor Cases, el señor Rosés y la chica, que se sintieron marginados en la mesa. Isabel estaba sentada en un extremo, y en el otro estaba la hija de Rosés. Mi hermano y el señor Cases estaban uno a cada lado de la chica de Rosés; el señor Riera y yo estábamos sentados uno a cada lado de Isabel, y el señor Rosés entre el señor Cases y yo. La persona feliz de aquella cena fue Joaquim. Mi hermano respiraba felicidad y nunca como aquella noche comprendí hasta qué punto la felicidad está hecha de inconsciencia. De repente, el señor Rosés interrumpió la charla de Isabel y el doctor Riera y empezó a alabar a su hija y, en serio o en broma, habló de mi situación y de qué pensaba hacer, si pensaba casarme o qué... Fue entonces cuando Isabel, autoritariamente, puso un pie sobre el mío, y así estuvo toda la cena. A la hora del champán, la mesa se había animado: la chica de Rosés había dejado de mirar a Isabel para mirarme a mí, y el señor Cases tuvo un éxito explicando que había hecho un estudio sobre la manera de vestirse deprisa sin hacer ni un solo movimiento inútil. Mi hermano destapó la botella de champán y llegó la hora del brindis. Cuando el tapón saltó, la chica de

Roses dio un gritito y se tapó la cara con las manos, y no la destapó hasta que mi hermano, de pie y con la copa en la mano, empezó a decir que nos había reunido para darnos una buena noticia... «Reunidos... la amistad que nos une... para que participéis de mi alegría...» Isabel parecía una figura de cera, y acentuó un poco la presión de su pie sobre el mío. Soledat había entrado a retirar unos platos, y mi hermano la hizo acercarse a la mesa, le puso una copa en las manos, y se la llenó. «... Una casa sin niños es como una jaula sin pájaros... No puedo expresar con palabras todo lo que siento...» Y la voz se le estranguló un poco, y, cuando acabó, aplaudieron todos, y el señor Cases y el señor Rosés se levantaron y lo abrazaron. «El futuro padre...», decían. El doctor Riera sólo le dio la mano; Isabel, con la copa en los labios, bebía lentamente y sólo sonrió, sin dejar la copa, cuando mi hermano, con los ojos brillantes por la emoción, la besó en la frente y le pasó levemente la mano por el pelo. El señor Cases dijo: «Si es un chico, nada; pero si tenéis una niña, ya tiene pretendiente: yo.» Y todos se echaron a reír. La hija del señor Rosés se acercó a Isabel y le dijo que desde el día siguiente se pondría a hacer zapatitos de lana, y que haría unos de color rosa y otros azules, y, mientras lo decía, me iba mirando un poco de ladillo, y de pronto se le cayó el pañuelo y yo hice un gesto rápido para retirar el pie, pero Isabel me pisó con furia y no pude retirarlo. Cuando la chica de Rosés se levantó, estaba sofocada y no dijo una palabra en todo lo que quedaba de noche. Se puso el pañuelo en la cintura, muy lentamente, fue hacia la chimenea, acercó las manos, y se quedó así un buen rato. A medianoche se fueron todos, y cuando nos quedamos solos, mi hermano me dijo: «No me has abrazado..., ¡vamos, hombre, abrázame!» Y nos abrazamos, e Isabel, cogiéndose la falda, miró a su marido y dijo: «Nunca pensé que pudieras ser tan ridículo.» Y mi hermano, cuando Isabel estaba fuera, cogió un puro y, mientras lo encendía, dijo: «Es su estado lo que le da este malhumor.» Y añadió, mirándome los pies: «¡Vaya rozadura que tienes en el zapato!... Parece que lo hayas hecho adrede.» Y, de pronto, oímos que se abría la verja del jardín y alguien gritó al pie del balcón: «¡No se asusten, no se asusten!» Era el doctor Riera, que se había dejado el sombrero y volvía a buscarlo. Mientras mi hermano iba por él, nos quedamos solos. El fuego se había apagado ya, pero las cenizas aún estaban rojas, y el doctor Riera se acercó a ellas, y yo lo veía de espaldas, con el chaqué color aceituna y el pelo que empezaba ya a blanquear. Se volvió y me sonrió. Tenía aún la piel de la cara tirante y en la frente ni una arruga. Y de todo esto hace ya casi veinte años...

Doctor Riera

... Debe de hacer ya unos veinte años que nació la niña; yo la asistí, y ya la conocía de antes, de cuando vino a instalarse en Barcelona. No tenía muchos principios, no. No tenía muchos principios... Si quisiera hablar... No quiero decir que fuese lo que la gente llama una cualquiera. Ni creo que lo hiciera deliberadamente. Era un poco novelera. Y creo que ha acabado creando una novela a su alrededor. Cuanto más difíciles eran las situaciones en que se colocaba, más satisfecha estaba. Si hubiera tenido una vida como la que tienen las mujeres normales, se consideraría una desgraciada. La tragedia, digamos el drama, la ha elevado de su nivel de persona digamos mediocre. Yo tenía entrada en la casa cuando aún no se había desencadenado el drama, y seguí teniéndola después, y, a decir verdad, no me di cuenta de nada de lo que estaba pasando en aquella casa. Luego, sí, luego fui atando cabos. Pero ni uno solo de los personajes del drama enseñó sus cartas. Desde luego, daba que pensar el que Lluís, el hermano de su marido, no se casara y anduviera siempre pegado a sus faldas. Pero la actitud de Joaquim ponía coto a cualquier mal pensamiento. Porque Joaquim quería mucho a su hermano, aunque el otro, no. Pero Joaquim lo habría dado todo por su hermano y por su Isabel. Hoy, mientras estaba en la clínica, me vino a la memoria aquella cena... Aquella cena en la que se desbordaba la alegría de Joaquim, y que había dado sólo para decirnos a sus íntimos que su mujer iba a tener un niño. Cuando el señor Rosés se hacía la ilusión de casar a su chica con Lluís..., aquella chica diabética y encogida, criada entre monjas y llena de mala idea... y que no sabía qué era el calorcillo de un rayo de sol a la espalda. Creo que oí decir que se bañaba vestida: no en la playa, en su casa. Se bañaba vestida en su casa porque debían de haberle metido en la cabeza que era pecado verse la barriga. Aquella noche parecía una monja disfrazada de persona. No sabía moverse dentro de su vestido blanco, con una faja azul, del color de la Virgen, no sabía mover la cabeza dentro de un cuello alto, ni cómo coger el tenedor con una mano cubierta por los encajes de la manga. Debía de estar escandalizada por las espaldas desnudas de la señora Isabel, porque recuerdo que le preguntó si no tenía frío, tan escotada. Y su padre dijo: «Admira, admira y calla.» Y el señor Cases tuvo que soltar la suya: «Tendría que ser pintor, y pintarla. No se mueva, Isabel, un momento. Y no olvide, Joaquim, que si miro a su señora es con ojos de artista.

Sólo con ojos de artista.» Y como soy tan distraído, cuando me fui me dejé el sombrero, y cuando me di cuenta de que no lo llevaba, porque la noche se había puesto un poquillo fresca, volví a buscarlo. Los dos hermanos estaban en el comedor, y fue Joaquim quien me dio el sombrero, y en el momento en que cerraba la puerta tras de mí se abrió el balcón del primer piso y la señora Isabel salió al balcón y preguntó: «¿Qué pasa?», y yo le dije que me había dejado el sombrero. «¡Ah! ¿Es usted, doctor Riera?» Y cuando cerré la verja del jardín después de haberle dado las buenas noches, aún estaba ella allí, en su balcón, con toda la habitación iluminada, y tengo que confesar que no me fui hasta que cerró el balcón. Entonces era una mujer muy fina, muy espiritual. La recuerdo sobre todo en verano, siempre con vestidos blancos, vaporosos. Con el pelo rubio y bien peinado, con bucles como de ángel sobre las orejas... Pocos días antes de la cena famosa, había venido a verme. Vino impecable: llevaba un traje de chaqueta blanco. Me parece verla: delgada, muy erguida, sabiendo que impresionaba. Se había casado con uno, aunque, sin duda, quería al otro. Había idealizado al que estaba fuera... Es lo que siempre pensé yo. Y como al morir sus padres se encontró sola, necesitaba casarse, y se casó: casándose con Joaquim, daba solidez a su posición y no perdía contacto con su juventud... y siempre quedaba la esperanza de volver a ver al que estaba en el extranjero..., al otro... En los primeros tiempos de casada, era de una coquetería impresionante: las mejores sábanas, la mejor ropa interior, lo encontraba en su cuarto. Las mejores flores: cada tres días llegaba Batlle, el florista, llamando a la verja, cargado de flores. Y yo tuve alguna vez la impresión de que le gustaba estar enferma para poder exhibir todo aquel bien de Dios. Y daba la absoluta impresión, cuando volvió Lluís, de que tenía dos hombres suyos, uno en cada mano. Todos eran jóvenes entonces, y puedo asegurar que, en aquella época, tanto un hermano como el otro tenían buena planta. Los dos llevaban bigote y, altos y bien plantados, pocos hombres de nuestro país podían comparárseles. Y ella hacía de flor. Cuando se dio cuenta de que estaba en estado, vino a verme y me dijo: «Me encuentro en una situación que no me gusta nada... Habíamos hecho mi marido y yo unos proyectos para este año, que esta... sorpresa nos destroza... ¿No podría usted...?» Llevaba un abanico blanco con una flor roja; es como si lo viera: como un ala de pájaro manchada de sangre, yendo y viniendo mientras le decía: «Le aconsejo que renuncie a esos proyectos de que me habla. Estoy seguro de que su marido opinará como yo.» Se mordió los labios y me miró con rencor. Fue una mirada muy rápida y muy pronto controlada. Cerró el abanico nerviosamente, y el pecho le palpitaba: «Así que usted cree que es mejor...» «Estoy convencido. Se trata de una cosa muy seria que quizá su juventud no le permite valorar debidamente. Además, valoro demasiado su salud para arriesgarla...» Entonces se hundió, con los codos en las rodillas y las manos abiertas tapándose los ojos. Y no lloraba, no. Estuvo un rato así. Yo no abrí la boca, y, cuando se levantó, había recobrado ya su seguridad. «¿Me perdona? No se puede imaginar qué contrariada estoy...», me miró de hito en hito, «... por haberlo colocado en esta situación...» Le dije que no era nada, que podía disponer de mí como siempre, y se fue.

Cuando nació la niña, me mandó buscar. No sé por qué me gustaba ir a aquella casa. Quizá por aquella buganvilla maravillosa que, cuando estaba florida, parecía una ola de fuego. Me he pasado la vida plantando buganvillas en casa, y nunca he conseguido nada que valiera la pena. Si alguna ha arraigado, ha ido creciendo raquítica y sin vigor. Claro es que mi jardín no está tan bien orientado como el suyo...

Era un atardecer, y en cuanto llegó el aviso salí para allá a la carrera. La niña había nacido aquella madrugada, y todo había ido bien, pero al mediodía la señora Isabel había tenido una pequeña hemorragia, y, al repetirse, mediada la tarde, todos en la casa habían perdido la cabeza. Era una tarde de viento, como hoy, exactamente como la tarde de hoy, tan igual que, por eso, me ha venido a la memoria todo esto del pasado, y cuando abría la verja, una ventolada se me llevó el sombrero, que se fue rodando, y tuve que correr tras él... Tenía la habitación a oscuras y, al lado de la cama, había una cuna. Me recibió el cuñado: el señor Lluís me dijo que Joaquim había tenido que ir a no sé dónde. Lo recuerdo, cerrado y sombrío, con un no sé qué de mala leche que no podía disimular. Ah, no..., calla, el marido estaba... Sí, eso: el marido estaba allí y me parece que fue él quien abrió y comentó algo sobre el viento. De eso no me acuerdo con exactitud, pero de ella, sí me acuerdo. Me hizo un efecto muy, muy teatral y sé por qué: había desaparecido de ella toda coquetería, ni sábanas finas, ni camisón de encajes, ni flores en el pelo. Todo estaba muy limpio, pero todo era muy sencillo: como si la niña que acababa de nacer hubiera roto costumbres y tradiciones. Encendieron una lámpara de pie que había en un rincón del cuarto y daba una claridad suave sobre la cara de Isabel. Tenía fiebre, y era extraño, porque el parto había sido completamente normal. Su pelo, extendido sobre la almohada, parecía un río de oro. Yo siempre he sido muy sensible a la cabellera de las mujeres. Tenía, pues, el pelo extendido, y al verme sonrió con una sonrisa triste: nunca había visto yo una sonrisa tan triste. Y me pareció que no era la misma persona que yo había conocido. He de decir qué efecto me hizo: como si el nacimiento de la niña la hubiera vaciado de sí misma. Como si la niña, mientras la llevaba en el vientre, hubiera sido su alma y su alma hubiera huido de ella al dar a luz. Y mientras le estaba tomando el pulso, ocurrió algo... Entró Joaquim, cogió a la niña con un movimiento rápido y violento, y se fue sin mirarnos siquiera. Ella no movió ni un músculo de la cara. Me miraba como si quisiera adivinar lo que yo estaba pensando, y al cabo de un rato me dijo: «Doctor Riera, ¿cuándo cree que podré levantarme? Dígame, ¿van a retrasar el restablecimiento estas hemorragias? ¿Tienen importancia? ¿No tendrán malas consecuencias?» Mientras hablaba, yo la notaba ausente, como si estuviera fuera de la habitación. «Estoy cansada. Si supiera qué cansada estoy...» Seguí visitándola hasta que se puso bien. No pudo criar a la pequeña. La niña era muy poca cosa, y no quería mamar, y ella tenía poca leche. La primera semana sufrió mucho: se le cortaron los pechos, pero de una manera tan espectacular que era algo horroroso, y eso que, en este terreno, estoy ya curado de espantos. Y la niña, que había nacido como un gorrioncillo, iba decayendo cada día más. Hasta que decidimos, después de muchas dudas, criarla con biberón. Y como, a pesar de que en aquella casa había tres personas pendientes de aquel gorrioncillo, aquel gorrioncillo estaba enfermo, cogieron un médico de niños y yo tardé bastante en volver por allí.

Un invierno me telefonearon. Lluís, el señor Lluís de ahora, estaba enfermo: creo que tenía una gripe. En la casa no vi ni a la niña ni al padre de la niña, y como ya había oído decir cosas, me pareció que lo más correcto era hacerme el distraído y no preguntar por nadie. A ella, de momento, no la conocí: no podría explicar qué tipo de cambio había hecho. En poco tiempo se volvió como es ahora: insignificante, como acorralada. Físicamente... aquel pelo no existía, es decir, existía, sí, pero debían de haberle caído muchos, como ocurre con la gente que tiene una enfermedad larga. Y los que le quedaban eran opacos, medio muertos. Andaba poquito a poco, y levemente curvada. Y la cara... Ella, que era una mujer de piel rosada y blanca, tenía la piel de color terroso, sin brillo. «Entre, doctor Riera, entre...», y, al darse cuenta de que yo iba a subir al piso: «¡No!... Hemos cambiado de cuartos. Hemos puesto los dormitorios abajo, ¿sabe?... Es más cómodo.» Y, mientras hablaba, me sonreía, pero sólo sonreía con la boca: los ojos los tenía tristes y hundidos, como si fueran unos ojos que ya no pudieran ver nada de lo que es hermoso. «¡Virgen santa!», pensé. Llevaba un vestido oscuro. Me acompañó a la habitación del enfermo, y nos dejó solos. Cuando acabé la visita, me esperaba en la puerta del dormitorio y me preguntó qué había que hacer, y mientras yo se lo explicaba, me cogió por el brazo y, yendo hacia el comedor, me preguntó: «Está asustado, ¿no? Le da miedo estar enfermo, se vuelve como un niño.» Le dije que no me había parecido que estuviera asustado. «Además, no tiene ningún motivo para asustarse. No tiene nada grave.» Respiró profundamente como si quisiera decir algo y no se atreviera: «¿Volverá mañana?» Le dije que si eso la tranquilizaba, volvería. «Gracias.» Calló un momento, y al fin dijo: «Quizá no era necesario que se molestara en venir... Total, por un resfriado... Porque tiene sólo un resfriado... Aunque desde hace algún tiempo tiene tanto miedo... Tiene miedo. Cree que está volviéndose tuberculoso: es como una obsesión. Yo siempre le digo que vaya a un especialista, pero no quiere. Dice: "No quiero saberlo", y, en cuanto se encuentra un poco mal, llena la casa con su malhumor. Le da miedo la sangre... A veces lo veo escupir en un pañuelo, y luego se lo mira un buen rato, por si puede descubrir una estría de sangre en la saliva... Si lo pudiera convencer usted para que fuese a un especialista..., no porque piense que es verdad lo que se imagina, sino para que el especialista le convenza de que no tiene nada, ni el más pequeño síntoma. Si tose un poco, a veces, es en invierno. Y no le sudan las manos, ni tiene fiebre..., en fin, no tiene ningún motivo para hacerme creer que se está volviendo tuberculoso. Pero si supiera usted cómo me atormenta, cómo me atormenta...».

Al día siguiente, cuando fui a verlo, sin insistir demasiado, y con todo el tacto de que soy capaz... propuse lo que ella me había pedido; y se armó una escena. Saltó de la cama como si se hubiera vuelto loco, la llamó y empezó a vociferar: «¡Estoy enfermo y no quieres creerlo!... ¡Nadie se lo cree!... ¿Crees que quiero que me roben? Especialistas... Mi enfermedad no va a ayudar a vivir a los especialistas. Al primer vómito de sangre, se va a acabar, porque lo acabaré yo. No me mire, no me mire... Si no fueran mis creencias, hace años que lo habría hecho. Hiciste venir al doctor Riera, y no sabes que un amigo no dice nunca la verdad cuando la verdad es mala... Y yo quiero morir de mi enfermedad y con mi enfermedad... Y morir pronto, para no alimentar más microbios. Estoy harto de decir, doctor Riera, que lo que necesito es que me dejen en paz: eso es todo lo que necesito.» Se metió en la cama temblando, y salimos Isabel y yo de la habitación. Le receté un calmante, y no volví más. Y no me llamaron hasta después de muchos años. Cuando Maria estaba ya otra vez en casa... ¿Diez años? ¿Doce? No lo sé. Pero durante los años que no fui por allí, pasaba a veces por delante de la casa cuando iba a hacer mis visitas: si la buganvilla estaba florida, me paraba a mirarla, y si había alguien en el jardín, pasaba de largo. Oí decir muchas cosas. Me llegaron a los oídos muchas historias sobre el cuñado y la cuñada; pero, por ejemplo, el señor Cases, que había seguido visitándolos, nunca me dijo nada de ellos. Cuando Maria empezó a dar el cambio, me llamaron. Sentía yo cierta ternura por aquella niña, como por todas las criaturas a las que vi nacer y luego las he visto ir haciéndose mayores; pero, por aquella, sentía una ternura quizá más acentuada, porque en parte era un poco responsable de su nacimiento, y porque no había vuelto a verla hasta que ya era mayor. Su aspecto era de buena chica, quieta, dulce, un poco tímida... ¿Pero quién puede hacer caso de una chica tan jovencilla, en esa edad en la que se cambia tan a menudo? Le gustaban las flores. Muchas veces hablábamos de flores, y creo que es eso lo que hacía que cayera simpático a sus ojos. Una vez me preparó seis esquejes de buganvilla. Plantó cada uno en un tiesto, porque «de seis, malo será que al menos no viva uno...». Y parecían todos muy capaces de vivir, pero al cabo de quince días de tenerlos en casa, ya estaban esmirriados todos. Me dijo: «El invierno que viene haré un injerto, y ya verá como esta vez no falla.» No se acordó más, porque hizo la primera comunión, y se ve que aquello la impresionó mucho, y sólo quería flores blancas. No es para reírse, no: los mejores jazmines que he visto en mi vida, los vi en el jardín de Maria Roca. Y las varas de Jessé...

Crisantema-doctor Riera

«¡Le digo que son varas de Jessé!» Y el doctor Riera dijo, un poco picado: «¡Le digo que son lirios de San Antonio!» Y yo le dije: «Mi madre, que en el cielo esté, siempre decía "la caja de las varas de Jessé".» Y el doctor Riera sonrió entonces y dijo: «Claro. ¿No ve que Soledat no sabía distinguir una rosa de un clavel?» «¿Y la señora Enriqueta? Cuando viene, y todos están durmiendo aún, me dice a veces: "Crisantema, déjeme ver la caja de las varas de Jessé".» Y el doctor Riera me dice: «La caja gótica», y un día me explicó que el joven del traje azul y rojo, con la espada en la mano, es el patrón de Cataluña, San Jorge; y que la chica que hay más arriba, toda así, como caída a un lado, con las varas de Jessé en la mano, es Santa Eulalia: y que el dragón cubierto de escamas de oro es el diablo. Y yo le dije que con los años que llevaba trabajando en aquella casa nunca nadie me había explicado qué figuras eran aquellas de la caja de la salita de confianza. Y un día que le dije a la señora Isabel que si en vez de tener aquellas cortinas con aquellos pájaros tan oscuros pusiera un visillo blanco, los colores de la caja lucirían más, ella fue y me contestó que yo no entendía nada. Parezco boba, estar pensando estas cosas después de lo que hemos hablado la señora Enriqueta y yo. Ahora que, por mí, ¡que se apañen!... Y, entonces, la señora Isabel, cuando le dije que sería mejor cambiar las cortinas, me dijo: «Estas cortinas no las puedo mirar sin que se me llene de tristeza el corazón... Cuando la niña tenía justo tres meses, en cuanto las veía chillaba de alegría. Y cuando Joaquim la llevaba al cuello y con la mano libre las hacía moverse, que talmente era como si los pájaros se pusieran a volar, la niña abría las manos y estiraba los brazos y se echaba toda para delante con una furia...» Y cuando Maria volvió, la señora Isabel me dijo: «¡Ay, Crisantema! ¡Si hubiera visto a la niña cuando entró en esta sala!... Se quedó como si la hubieran clavado en el suelo, y dijo: "Esta cortina, con estos pájaros, no sé qué me recuerda..."» Y yo me digo: «A ver si se iba a acordar de unas cortinas que había visto cuando tenía tres meses...» Y dice que tocó las cortinas y dijo: «Me parece que una vez soñé con unas cortinas como éstas...» Lo que yo pienso es que el señor Joaquim, cuando la niña era muy pequeña, a veces le debía de hablar de esta casa, y ella no se acordaba de que él le hubiera hablado, y por eso dijo que le parecía que lo había visto en sueños... ¡El doctor Riera!... Ya pensaba yo que íbamos a encontrarnos... Después de la señora Enriqueta, él. Y también me dice: «¿Adónde va con el paquetito?» Y yo le digo: «Sí, mire, a la clínica... Usted viene ya de vuelta, ¿no?» Y él me dice, aguantándose el sombrero con la mano para que no se lo lleve el viento: «La amistad es la amistad...» Y yo le digo: «¿Y cómo está la señora Isabel?...» Y él me dice: «Fuera de peligro, Crisantema, fuera de peligro. Dentro de cuatro días la llevaremos a casa, y como si no hubiera pasado nada... Y, a propósito, le querría hacer una pregunta... ¿Tienen noticias de Maria?» Y yo, como sé que el doctor Riera es de confianza y si no se lo pregunta a ellos es porque no se atreve, y sólo lo pregunta por simpatía, le digo la verdad: «Debe de hacer ya cuatro o cinco meses que marchó, y ni una palabra. Como si hubiera hecho cruz y raya.» Y él se queda todo triste y un poco como si pensara, y cuando lo pensó un poco, le dije: «La herida de la apendicitis, ¿de qué lado es?», y entonces él se pone así, tieso, y me mira desde arriba y tarda en responder, y al fin dice: «Siempre en el lado derecho, siempre...» «¿Y abren mucho trozo?» Y él dice: «Bueno, perdone, pero me están esperando, ¿sabe?... No, a veces no hay que abrir mucho, depende...» Y me dice: «Buenas tardes», y cuando ha dado la vuelta a la esquina, el viento me levanta la falda y unos chicotes desvergonzados empiezan a gritar: «¡La coja! ¡La coja!...» Y cuando llego a la clínica ya está negra la noche.

Lluís

Aunque sea de noche, creo que el hijo de la señora Enriqueta me hará el favor de ir a avisar a casa de Crisantema que Crisantema se quedará hoy en la clínica. Para mí es más cómodo, porque ir a casa de Crisantema es perder un tiempo terrible, mientras que la casa de la señora Enriqueta me cae de camino... Tengo las narices llenas del hedor del éter de todos estos días sin moverme de la clínica, y tengo la cabeza pesada. Este cambio en mis costumbres ha sido una vuelta atrás, y las vueltas atrás no son buenas para la salud. ¡Burro! Estos chóferes, si te descuidas, te mandan al limbo... ¡Con lo tranquilos que eran estos barrios hace veinte años!... Y, ahora, si atraviesas distraído la calle te juegas la cabeza. ¡Burro! Me da vueltas la cabeza. Estoy ya en una edad en que lo único que se necesita es tranquilidad. Vida tranquila, calles tranquilas, casa tranquila... Veo que está... Tiene luz en la ventana del comedor. Y cuando me ve, me mira con sorpresa como si viera a un fantasma, y me pregunta: «¿Dónde va a estas horas, señor Lluís? Ahora sí que no pensaba en usted... ¿Le pasa algo?...» «No..., pero vengo a pedirle un favor. Esta noche se quedará Crisantema a velar a mi mujer... Yo estoy muy cansado, y tengo ganas de dormir en mi cama... ¿No podría ir su hijo a casa de Crisantema a decirles que Crisantema se quedará esta noche a velar a mi mujer?» Y cuando me dice que su hijo no está, le digo que si podría ir ella, y arruga un poco la nariz y dice que no ha lavado aún los platos, pero que, si realmente me interesa, irá, y yo le doy las gracias y pienso que no valía la pena hablar tanto para decir al final que sí. Le digo: «Buenas noches» y tiro calle arriba con la profunda sensación de haber echado mi vida a perder... Le dije en seguida que no se preocupara, que si Joaquim había muerto era porque Dios lo había querido así, y que esta desgracia representaba nuestra estabilidad y la normalidad para la niña. Cuando vino a buscarme Crisantema, en seguida adiviné qué pasaba: «¡Corra, corra!... La niña está sola y su hermano se está muriendo. Se lo han llevado en una ambulancia... ¡Una desgracia, una desgracia!...» Y, cuando llegué, Maria estaba de pie a los pies de la cama, y mi hermano, que había perdido el conocimiento y tenía ya el sarillo de la muerte, con una mano crispada agarraba el embozo, y parecía como si quisiera incorporarse y decir algo que ya no podía decir porque ya no podía mover la lengua. Le sequé el sudor de la frente con mi pañuelo y pareció como si se calmara un poco, y fue entonces cuando Maria se lanzó sobre mí y con los puños cerrados me golpeó el pecho rabiosamente diciendo: «¡No lo toques, no lo toques, que es mío!...» Y el día del entierro compareció Isabel, vestida de negro, a buscar las joyas, con la excusa de venir a ver al muerto. Como si el muerto hubiera existido alguna vez para ella. Y le llevó flores... ¡Pobre hermano mío!... Flores para Joaquim... Y casi la eché de casa de mi hermano, porque si había alguien que no pudiera llorar a mi hermano, era ella, Isabel. Y el día que le dije a Maria: «Prepara la maleta, que vienes a vivir a mi casa, con tu madre», Maria se volvió de espaldas y se quedó como un mueble. Tuve que decirle: «Aquí soy yo quien manda, ¿oyes? ¡Venga! ¡Prepárate!» Y ella, de espaldas. «¡Voy a cerrar el balcón; si cuando vuelva te encuentro aún haciendo pucheros, vas a acordarte de tu tío!» Y se volvió lentamente: «Tengo que obedecer porque me he quedado sola, y soy demasiado pequeña para vivir sola. Pero obedezco sólo por eso: porque soy pequeña.» Y me pareció que estaba viéndome a mí el día en que le dije a mi padre: «Aquí, en Badalona, me ahogo: he decidido irme al extranjero.» Y le dije, más suave: «Vamos, obedece. Ya sé que estás triste...» Y, entonces, se le llenaron los ojos de lágrimas y obedeció. Y cuando salimos de casa estaba lloviendo, y yo llevaba un gran paraguas para los dos, pero ella andaba apartada de mí y se mojaba. «Acércate, que se te moja el abrigo, y se va a estropear.» «¡Me es igual!» Y siempre así, con la respuesta desagradable en la boca. Y, cuando llegamos, Isabel estaba detrás de la cortina de pájaros, porque la cortina se movía, y quería ver llegar a la niña sin que ella la viese. Y se había peinado como antes, y llevaba una bata blanca de crisantemos que hacía años que no se la había visto encima, quizá trece o catorce años, desde que... Y hacía bastante mal efecto con aquella bata blanca, pero la niña apenas miró a su madre. La acompañamos a su cuarto, el del balcón invadido por la buganvilla, la habitación que me dieron a mí cuando llegué, y la niña se pasó el día ordenando sus cosas como si fuera una mujer. Y supimos que era ya una mujer a los pocos días de llegar. Y, muy pronto, después de haber llegado, me dijo mientras almorzábamos: «Tío Lluís, ¿me quieres explicar cómo se va al cementerio?» Y yo le dije que no iba a sacar nada de saber dónde estaba el cementerio. «Te pregunto dónde está, porque quiero ir. Quiero ir un poco para estar cerca del tío Joaquim y pensar que no ha muerto.» Y cuando, por la noche, Maria estaba ya en su cuarto, durmiendo, Isabel me dijo, asombrada: «Esta criatura no sabe nada de nada... Yo creía que Joaquim se lo había explicado..., y se ve que siempre le hizo creer que era su tío.» Yo me encogí de hombros, y le dije: «¿Y si sólo hubiera sido su tío?» Porque yo podía mortificarla, como ella siempre se ha divertido mortificándome a mí. No me contestó. No me contestó. No me contestó... La muerte de mi hermano, el primer día, me pareció que iba a ser un respiro. Lo lloré: la sangre siempre es la sangre... Pero no fue un respiro. Aquella muerte pesó más que una vida: Maria se instaló en casa con mi hermano. Todo en Maria era una presencia de mi hermano. Los ojos de Maria seguían a su madre y me seguían a mí como si fueran los ojos de mi hermano. Vino a vivir a una casa completamente impregnada de su infancia, empapada en su vida, e impermeabilizada para todo lo que fuera extraño a aquella vida suya. Isabel me decía que yo exageraba, y que Maria era sólo una niña sensible y que no tenía que ser tan brusco con ella; pero ¿cómo se puede ser suave con una criatura desagradable? La primera vez que tuve noticia de que bajaba desde el primer piso por la buganvilla... Hacía la gracia siguiente: se pasaba las noches en el jardín, muchas noches de verano; hasta que acabé haciendo poner una tela metálica en el balcón. Y la hice poner un día en que habíamos ido a Badalona, y cuando volvimos ya la encontró instalada. Me costó un ojo de la cara... De momento, pasaba sólo algunas noches en el jardín..., pero habría pasado allí todas las noches, más adelante. Más adelante... Sé que no me lo perdonó nunca. ¡Mocosa! Pero con lo del reloj, acabó para mí, acabó del todo. Isabel, cuando vio que habían puesto la tela metálica en el balcón de Maria, esperó un tiempo, para que no se dijera, y luego la cambió de habitación. Al cabo de dos años, cuando la tela metálica ya se había oxidado, mandó quitarla, diciendo que aquello molestaba, y que era completamente innecesaria; y al cabo de poco tiempo, Maria fue trasladada de nuevo a su antigua habitación sin que nadie me consultase. Me hicieron muchas jugadas, muchas, y seguramente, muchas más que no sé. Pero, como siempre, acaba ganando el amo del dinero... Y a la hora de pedir cuartos, todo el mundo a mí... «Mira, si te va a poner tan nerviosa hacer la primera comunión, con no hacerla, todo arreglado.» Isabel quería coche, la niña quería automóvil, y yo... a pie. Al fin lo decidimos: coche. Y el vestido también trajo líos: Isabel, que no tiene el menor sentido de lo que es el dinero, quería comprar un modelo en París y qué sé yo... Yo dije que ya pasaba con la modista de casa. Y, aun así, la broma me costó un dineral. Y tuvimos lío. Todo el mundo estaba de mal humor y pensaba en otras cosas. Claro es que la criatura estaba que daba gloria verla..., pero era como si la llevaran al matadero... En realidad era su madre quien tenía la culpa de todo. Porque Maria era dócil entonces, y si no hubiera estado bajo la influencia de su madre, yo la habría manejado como quisiera. El primer día, cuando llegó, al enseñarle su habitación dijo: «Me gusta bastante, pero tendré que hacer unas reformas: la cama la quiero en la misma dirección que tenía en casa del tío Joaquim: con la cabeza a poniente.» Y cuando Isabel iba a abrir una maleta, para ayudarla, le apartó las manos con un gesto brusco: «No, no se moleste, ya lo arreglaré yo todo. Si alguien metiera las manos en mis cosas, nunca sabría dónde están. El tío Joaquim siempre me decía que una chica...» Isabel se sacó el pañuelo de dentro de la manga, se volvió de espaldas y se secó los ojos. Mientras tanto, Maria ya había abierto la maleta e iba colocando la ropa en el armario. «¿No podría tener un rinconcito en el cuarto de baño para mis zapatos?... Estoy acostumbrada a no tenerlos en el cuarto.» La acompañé al cuarto de baño y le di el estante más bajo del armario. Tenía zapatos de lluvia, zapatos negros, zapatos blancos... Llenó todo el estante de zapatos. Iba y venía de su habitación al baño, muy atareada y sin decir palabra. La operación de deshacer la maleta duró toda la tarde, y cuando acabó, dijo: «Lo más duro, ya está hecho. Ahora, con calma, acabaré de ordenarlo un poco cada día.» A la hora de la cena puso la mesa, e Isabel le iba diciendo dónde estaban las cosas, y ella lo llevaba todo. Se había puesto un delantal de cuadritos rojos, y mientras ponía los tenedores en la mesa, se quejó de que estaban mal lavados: «Esta Crisantema hacía igual en casa. El tío Joaquim siempre decía que lavaba los platos, dale, dale, a toda marcha, y que dejaba comida entre las púas de los tenedores.» Después de cenar, retiró la mesa, y cuando le dije que había que lavar los platos, miró a su madre: «Con tío Joaquim siempre los dejábamos sin lavar: los lavaba Crisantema al día siguiente...» Como era el primer día, no dije nada. Al día siguiente, por la mañana, cuando fui a despertarla..., primero me aseguré de que no se oía ningún ruido en el cuarto, y abrí luego la puerta poco a poco. Estaba metida aún en la cama, con la cabeza tapada y todo. El balcón estaba abierto de par en par y la persiana alzada. El sol llenaba la habitación de una luz amarilla llena de motitas. Lo primero que me sorprendió fue ver, en la mesita de noche, el retrato de mi hermano, con un ramo de flores delante. Ajusté el balcón y la llamé. Tuve que llamarla dos o tres veces. Al fin se volvió, y, con los ojos entornados, preguntó qué hora era. Cuando le dije que eran las ocho, se volvió de espalda murmurando: «¡Qué extraña es esta casa!...» Me fui. Y mientras bajaba la escalera, iba pensando en las flores que había ante el retrato de mi hermano. Abrí la puerta de la cocina, quité las barras de los balcones... Y las flores... Tuve que llamarla aún dos o tres veces. Al fin bajó, lavada, peinada y muy seria. Isabel estaba sentada ya a la mesa. Le preguntó cómo había pasado la noche y se sentó también. «He calentado la leche y he hecho el café... Puedes traerlo.» «El tío Joaquim hacía servir el desayuno a Crisantema, y cuando Crisantema estaba enferma, lo servía él.» «En esta casa, como Crisantema no estaba nunca aquí a la hora del desayuno, nos lo servíamos nosotros mismos, y ahora que hemos decidido que Crisantema venga por las mañanas, seguiremos sirviéndonoslo nosotros mismos.» «Lluís, Lluís, siempre exagerando...» «No me hable. Cuando venía a vernos los domingos, se acababa la tranquilidad. Con tío Joaquim ya estábamos asustados cuando se acercaba el domingo: y el día más feliz era el lunes...» Pegué un puñetazo en la mesa y le dije que fuera en seguida a buscar la leche. Mediado el desayuno, llegó Crisantema. Maria, cuando oyó la puerta de la verja, se levantó, y yo hice que se volviera a sentar. «¡Crisantema, Crisantema!» Tuve que hacerla callar. «Tiene razón», dije, y en aquel momento entraba Crisantema y se quedó plantada junto a la mesa. «¿De dónde han salido las flores que tienes sobre la mesita de noche?» «Del jardín.» «Ya sé que son del jardín... ¿Cuándo las has cogido?» «No había amanecido aún... No podía dormir...» «¿Y cómo has ido al jardín? He encontrado los balcones cerrados... tal como los dejé anoche...» Entonces, nos miró a los tres y dijo con toda naturalidad: «Este primer piso no es muy alto... Bajé por la buganvilla...» Y Crisantema soltó un silbidito: «¿Por la buganvilla? ¿Con los pinchos que tiene?» «Pero las ramas gordas no tienen...» Isabel le prohibió que bajara por allí, y ella prometió no hacerlo nunca más. Y así acabó el desayuno. Unos días después sentí un leve rumor en la sala de estar. Era ya bastante tarde, y teníamos las luces apagadas. Me acerqué de puntillas a la puerta. Isabel le estaba diciendo: «¿De verdad me los das?» Y Maria le decía: «Guárdalos como recuerdo mío.» Porque al cabo de dos días de estar en casa Isabel le dijo que prefería que la tratase de tú, y aunque yo veía que a Maria le costaba trabajo tratar de tú a aquella persona que decían que era su madre, lo hizo. «Piensa que estos pendientitos te los fuimos a comprar cuando aún no estabas en el mundo; te los fuimos a comprar el tío Joaquim y yo. Porque cuando aún tenías que nacer, el tío Joaquim siempre decía que serías una niña; al revés del tío Lluís, que siempre decía que serías un niño.» Y Maria decía: «Qué disgusto debió de tener el tío Lluís cuando nací, al ver que se había equivocado, él que siempre quiere mandar. ¿Y dices que lloré cuando me hicieron el agujero de las orejas?...» «Lloraste bastante rato, y fuerte, y tío Joaquim, pobrecillo, estaba todo emocionado... Y cuando se te curaron los agujeritos, estabas muy guapa, con estos aritos de oro.» «Qué lástima que no pueda llevarlos... Se me han quedado pequeños, y me pellizcan..., por eso te los regalo, ¿ves? Aunque tú me los regalases a mí, ahora que soy mayor y no los puedo llevar, te los regalo yo a ti.» Me volví de puntillas. Por la noche, cuando ya Maria estaba durmiendo, Isabel me explicó la historia de los pendientes, y añadió: «No creía que mi hija fuese así...» «¿Cómo pensabas que era?» «No lo sé, pero las pocas veces que me hablaste de ella... no supiste explicarme cómo era... Me había hecho una idea de ella muy distinta.» Y me di cuenta de que Maria había conquistado a su madre y que mi autoridad... Y desde que Maria está fuera, Isabel tiene su retrato en la mesita de noche, y encima de él ha puesto las anillitas encabalgadas. ¿Yo soy como era?... ¿Desengañado? ¡Claro! ¿Pero no lo estaba ya a los quince años? ¿No fue Isabel quien me dio el verdadero sentido de la vida, sin proponérselo, naturalmente? Para hacerme bailar se necesita ser muy fino. Quizá Maria, alguna vez, estuvo a punto de conseguirlo... Pero siempre me di cuenta a tiempo. Siempre. El día en que le dije, como quien no quiere la cosa, que su madre y yo habíamos decidido casarnos, me miró con unos ojos que de repente parecían los de una loca. Y no hizo ningún comentario. Me dio la espalda, como el día que le dije que vendría a vivir con nosotros. Se volvió de espaldas. «¿Qué te ha dicho?», me preguntó Isabel. «Nada, no ha dicho nada.» «Eso no altera en nada ni su vida ni su futuro...» Isabel se equivocaba mientras decía esto. Es seguro que desde aquel momento, estoy seguro, se le metió a Maria en la cabeza la idea de dejarnos. Crisantema me dijo, una vez, que Maria, cuando estábamos en la iglesia, le había dicho: «Por el hecho de casarse con mi madre, yo no voy a llamarle "padre" nunca. Yo soy una chica sin padre.» Y se veía que Crisantema estaba muy preocupada, y creo que, aquel día, Maria debió de decirle más cosas. Maria tenía cierta confianza con Crisantema; no demasiada, pese a todo. Era una chica muy cerrada. Y la gente cerrada, piensa; y la gente que piensa demasiado, sirve de poco en una casa. Una vez casados, hicimos nuestra vida de siempre. Continuamos con nuestros dos dormitorios, continuamos con la misma actitud de antes. A Isabel, que, de momento, cuando lo decidimos, la idea le hizo cierta gracia..., es decir..., creo que le daba cierta tranquilidad pensar que al fin íbamos a vivir como Dios manda..., cuando se dio cuenta de que Maria tenía un disgusto gordo, se encogió más aún, y se acentuó su aire de culpabilidad. Yo entiendo que, una vez que se dio cuenta Maria de lo que había pasado entre su madre y nosotros dos... se hizo un lío. Y con su imaginación de joven, a esa edad en la que parece que todo tiene que ser justo y bonito, se construyó una historia más negra aún de lo que en realidad fue. La historia de nosotros tres, juzgada desde fuera, tiene un color; juzgada de puertas adentro, tiene otro. Yo mismo, ahora, cuando ya todo ha acabado, quiero decir cuando todo es como debiera de haber sido siempre, no me sorprendo de nada. Me parece imposible que un día mi hermano se sintiera desgraciado al darse cuenta de que Isabel tenía una inclinación hacia mí, y me parece imposible que yo me amargase la vida pensando que traicionaba a mi hermano. Pero Isabel, no. Para Isabel, la historia no ha acabado. Ella la continúa. Y la continúa hasta la sangre. Y me quisiera arrastrar hasta su sangre en un momento en que todo yo soy realidad y verdad. Cuando volvimos de casarnos, María estaba sentada en la salita de espera. La cortina de los pájaros estaba corrida, y había poca claridad. Fuera, hacía un día de verano ardiente, y la buganvilla, al mediodía, estaba llena de abejas. Como testigos habían ido Cases y el notario de Badalona. No sé por qué estábamos todos tan deshumorados. Cases, en la sacristía, pidió un vaso de agua y tomó bicarbonato, porque dijo que le dolía mucho el estómago; y el señor Rosés, el notario, estaba como medio turbio, y recuerdo que tuvo el primer ataque de apoplejía poco después de nuestra boda. Una vez acabada la ceremonia, cada uno se fue por su lado. El señor Rosés nos dejó en seguida, porque tenía a su hija en cama, llena de granos, porque el día de su santo había roto el régimen; y el señor Cases nos acompañó hasta la puerta de casa, nos deseó salud y suerte, y se fue. Y ahora no recuerdo exactamente si ya entonces había vuelto a casarse con aquella señorita tan cursi, hermana del político Albens, o si andaba conquistándola o dejándose conquistar. Sólo recuerdo que Isabel le dijo, mientras estábamos aún dentro del taxi:

«Maria me da un poco de miedo... Me parece que no le ha gustado mucho que nos casáramos...» Y el señor Cases añadió: «No se preocupe, Isabel, no se preocupe... Hay muchas viudas que se han casado con el cuñado, créame. Para usted, este paso de hoy es la tranquilidad. Una mujer sola, no es nadie...» Y nos dejó en la puerta. Isabel, en cuanto entró en casa, se puso a buscar a Maria. Al fin, después de mucho rato de llamarla a gritos, la chica contestó. Fuimos a la salita. Y cuando Isabel iba a abrazarla, Maria se retiró con un gesto brusco que casi la hizo caer. Y cuando yo tenía el brazo alzado para pegarle una bofetada, Isabel me lo agarró y Maria salió corriendo. Tropezó con Crisantema, que había salido de la cocina. «¿Adónde va la nena, tan deprisa?... Así que, diga, ¿están ya casados?... Los felicito de todo corazón... Y, ¿saben?, aunque me dijeron que no querían celebrarlo, les he hecho un poco de crema...» Al cabo de un año dijo que quería aprender francés. Yo aconsejé a Isabel que lo dejara correr, que a Maria no le hacía ninguna falta saber francés, pero ella se puso terca, y, para evitar discusiones, dije que bueno. En aquella época estaba yo metido de lleno en el pleito con los socios de la casa de la calle del Rosellón y, fuera del pleito, no estaba para nada. Me pasaba el día cavilando argumentos que pudieran serle útiles al abogado. No le di el pleito a Cases porque era un asunto demasiado complicado, y Cases es un burro: sólo sirve para desahucios y asuntos sin envergadura. En casa, parecía que había cierta paz. Por eso descuidé un poco a Maria. Luego he sabido que salía y volvía a la hora que le parecía, y que su madre se pasaba el día penando por ella. Un día Crisantema la vio lejos de casa, por una calle que llaman Copérnico, charlando con un chico. Cuando le preguntamos quién era aquel muchacho, nos dijo que era un compañero de curso. Y siempre me he preguntado qué hacía en la calle Copérnico, una calle entre jardines, tan estrecha que con los brazos abiertos puedes tocar las paredes de un lado y otro. Una calle de sombra de acacias, toda llena de olor de jardines. «Además, ¿qué importancia tendría que empezara a ennoviar?... Como si tú no lo hubieras hecho nunca en tu vida.» «Maria, a ver si hay un poco más de respeto...», dijo Isabel. «Ya tengo respeto... ¿Cómo se puede dejar de tener respeto a un tío? Con todo el respeto, te digo que si un día empiezo a tener novio, no se va a hundir el mundo...» Pese a tener la lengua un poco suelta, no era una desvergonzada. Quizá lo parecía cuando la contrariábamos, pero estoy seguro de que caminaba muy cautelosamente por la vida. Una noche, Isabel se puso a llorar, y llorando me despertó. Teníamos los dormitorios lado con lado, y se comunicaban por una puerta que siempre estaba abierta. La dejé llorar un rato, y, al fin, viendo que no se calmaba, me levanté y fui a su cuarto temiendo que el origen de sus lágrimas fuera algún desatino de Maria. «No, no es nada. No, no, Maria no me ha dado ningún disgusto... Te digo que no, no.» Y no le pude sacar más. Pero parece que fue entonces cuando Maria le planteó la cuestión de que quería irse... por un año o dos... Nunca he sabido hasta qué punto Isabel estaba de acuerdo. Si Isabel se hubiera opuesto, Maria no se habría salido con la suya. Estoy seguro de que, por más que quisiera convencerme de lo contrario, Isabel transigió en seguida. Y no porque le gustara, claro, sino por darle el gusto. Pero los ayes empezaron a la hora de hablar de dinero. Y como mi hermano me había dejado como tutor de los bienes de la chica hasta que fuese mayor de edad, tenía la sartén por el mango... Porque sólo hubiera faltado que saliese yo perdiendo. Ya que ni la una ni la otra pueden verme, al menos que no me toquen el dinero, eso es todo lo que... Hago mal yendo sin nada en la cabeza con este viento. La habitación de la clínica estaba muy caliente, y si cojo una gripe... Y este viento me sienta mal. Después de unos cuantos días estoy cansado, muy cansado... En el fondo, yo también he sentido lo de María... Ha hecho todo lo que pudo para que no la quisiera; y cuando Isabel se hace ilusiones pensando que volverá, yo estoy convencido de que no la volveremos a ver más. No somos nada para ella. Ni familia, ni amigos. Pero la broma del reloj me la va a pagar cara: es de esas bromas que no se pueden hacer. Aunque pasen diez años, aunque pasen quince...

Crisantema

Yo debía de tener catorce o quince años entonces, y vivíamos ya bajo el puente de la calle Wagner. Sólo teníamos un cuarto, y mi cama estaba separada de la de mis padres por una cortina de algodón azul, con pastores y pastoras muy bien dibujados, que nos había regalado la señora Isabel. Cuando mis padres hablaban, antes de quedarse dormidos, oía todo lo que decían. Mi madre era muy charlatana, y siempre estaba hablando de la gente que conocía y de todo lo que pasaba en las casas a las que iba a trabajar. No sé si mis hermanos también lo oían, pero como eran más pequeños, y los dos mayores ya estaban casados y vivían por su cuenta, fuera de casa..., pues resulta que los mayores no lo podían oír porque no estaban, y los pequeños debían de quedarse dormidos en cuanto se metían en cama, por lo tanto, sólo debía de ser yo, digo, quien oía lo que hablaban mis padres antes de dormirse. Mi madre hablaba de todo lo que había visto y oído durante el día, y hacía sus comentarios. A veces, claro, yo escuchaba, y otras veces, no. Sobre todo, cuando estaba muy cansada, me dormía en seguida. Pero de esta familia, quiero decir de los de casa de Maria, de la que no paraba de hablar, dejó de hablar de repente y sólo hablaba por la noche, y en voz baja. Una mañana, cuando aún estábamos durmiendo, llamaron fuerte a la puerta, y me levanté muerta de sueño. Me eché algo de ropa sobre los hombros y fui a abrir. El que llamaba era un señor, y de momento no lo conocí, porque sólo lo había visto dos o tres veces; y a la luz pequeña de entre noche y día pude ver que estaba muy blanco de cara y de labios, y que tenía los ojos brillantes y muy abiertos. «¿Quieres decirle a Soledat que venga en seguida?» —Soledat era mi madre—. Pero mi madre ya se había despertado y venía hacia la puerta. «¡Vamos! ¡Vuélvete a la cama!». Y le dijo al señor: «¿Hay alguna novedad?». Y él juntó las manos y dijo: «¡Venga, venga en seguida!». Y mi madre dijo: «Ya voy, espéreme!». Y se volvió y vio entonces que yo me había quedado allí, y dijo muy nerviosa: «¿Qué haces aquí como una tonta? ¿No te he dicho que volvieras a la cama?» Ajustó la puerta, para que el señor no viera cómo se vestía, y le dijo a mi padre: «Es el señor Joaquim...» Recuerdo todo como si fuera ahora: mi madre se vistió con calma; se puso las enaguas color lila y, encima, una falda negra, muy arrugada. Era gorda y tenía mucha barriga, pero andaba ligera como un gamo. Y estaba gorda, no porque fuera de mucha vida sino porque todo lo que comía se lo comía poco a poco y saboreándolo. Echó agua en la palangana y se pasó la toalla mojada por la cara, y dijo: «Las orejas, ya las haré mañana.» Y salió afuera, atándose el pañuelo a la cabeza, y dijo: «Por fuerza tenía que hacerle esperar fuera. Suerte que hace calor...»

Y volvió unos pasos atrás y nos dijo: «Si a media tarde no he vuelto, ven, ¿oyes? Y buenos días.» Cerró la puerta detrás de ella y aún oí que decía: «¡Vamos!» Volvió al mediodía. «Los hombres se asustan por nada. Están allá, los dos, como si esperaran la hora de morir ahorcados... Claro que ella chilla como un gato, pero, en definitiva, mucho ruido para nada. Y aunque sea poca cosa, todos saben qué es parir. Y yo les dije: "Diga lo que diga la comadrona, pueden estar seguros de que no va a haber novedad hasta medianoche." Y parecía que se lo dijera a dos muñecos de cera. Y, ¡Virgen santa!, ella tenía los brazos fuera de la cama, y estaban blanquísimos, y los ojos se le hicieron pequeños, pequeños... Y cuando, para animarla, le dije que todos venimos al mundo de la misma manera, se retorció y soltó un grito.» Y mi madre explicaba que el señor Joaquim se paseaba arriba y abajo por el pasillo, y que el señor Lluís estaba de pie, delante del balcón, con la frente apoyada en los cristales, como si mirase el jardín, y de vez en cuando se pasaba el pañuelo por el cuello. Y mi madre decía que se puso a ordenar la habitación, que parecía un mercado de trastos viejos, y la fregó con lejía, y la señora Isabel se quejó del olor de lejía, que la mareaba, y que iba a acabar haciéndola vomitar: «Soledat, por lo que más quiera, abra el balcón un poco, ¿quiere?» Y cuando no hacía ni cinco minutos que el balcón estaba abierto, entró el señor Joaquim como un relámpago, y dijo: «¡Cierre el balcón en seguida! ¡El aire puede hacerle daño!» Y mi madre dice que lo cerraron, y que en el poco rato que estuvo abierto se fueron los malos olores y entraron otros buenos. Entonces, la señora Isabel tuvo un ataque de dolor y todos corrieron juntos hacia ella, y de pronto el balcón se abrió —se ve que mi madre sólo lo había entornado— y entraron motitas de polvo y tres o cuatro flores secas de la buganvilla, de esas que, aunque esté la floración viva, se van secando en la parte de abajo. Y, mientras tanto, la señora Isabel grita que te grita, y cuando los dolores se calmaban, mi madre le refrescaba las muñecas con colonia, y dice que veía el paladar y todo lo de dentro de la garganta, porque la señora Isabel tiene una boca muy grande; María también. Y parece que lo mejor pasó de noche: cuando la cosa estaba ya en marcha, y por poco se quedan la madre y la criatura, por culpa de una ocurrencia de la comadrona... Al mediodía, antes de todo eso, mi madre vino a comer a casa, y luego se volvió en seguida y se quedó en casa de los señores hasta el día siguiente por la mañana. Pero, mientras comía, iba diciendo: «Los hombres no sirven para nada. No tenían ni agua caliente, ni nada que llevarse a la boca. Ahora, todo va bien... Agua caliente en abundancia, y una buena gallina para el caldo.» Y después de comer, mi madre se fue y dijo: «A media tarde, pásate por allí, por si te necesito para algo...» Y a media tarde fui. El sol me daba de cara, un sol fuerte que me hacía ver manchas rojas y negras, y tenía que ponerme la mano ante los ojos, y unos albañiles que estaban trabajando en lo alto de un andamio empezaron a gritar: «¡Dos adelante y tres atrás! ¡Dos adelante y tres atrás!» Y se reían como bobos; pero yo, daledale, sin hacerles caso. Cuando llamé, como no me contestaban y la verja del jardín sólo tenía el cerrojo corrido, la abrí y entré, sin permiso. El jardín, entonces, era precioso. Estaba todo lleno de flores, y en un rincón, a la sombra, había hortensias de color rosa. Pero, con el calor, todas las plantas estaban un tanto marchitas, y recuerdo, y lo recuerdo muy bien, porque en la vida hay cosas que se recuerdan siempre, y siempre son las más pequeñas, que pensé: «Me gustaría coger una regadera nueva, pintada de verde, y pasarme el rato dando de beber a tanta planta y a tanta flor.» Pero, desde dentro, debió de verme alguien, o quizá habían oído que se abría la verja, el caso es que salió el señor Lluís, yo no lo conocía, y me dijo: «¿Qué desea?» Y yo le contesté: «Mi madre me ha dicho que pasara a media tarde por si me necesitaba para algo. Mi madre es la señora Soledat.» Y el señor Lluís se ve que estaba de mal humor: «Pues ya puedes volverte. Somos pocos, y aún sobran algunos.» A mí me hubiera gustado que se metiera otra vez dentro de casa, para poder mirar el jardín, pero empezó a andar hacia la verja, y tuve que seguirlo.

Mi madre volvió al día siguiente, cansada y muerta de sueño. «Han tenido una niña como la cabeza de un alfiler. En mi vida vi nada tan esmirriado.» Y se metió en la cama y durmió hasta media tarde, y tuve que pasarme la tarde gritando para que mis hermanos no hicieran ruido. Al fin, los mandé a jugar al río, y cuando volvieron, a la hora de la cena, venían enfangados de arriba abajo. Y me parece, eso no lo recuerdo muy bien, que mi madre volvió allá a media tarde... muy fastidiada, porque mi padre estaba en paro y andaba con una banda de aquellos que quemaban conventos, y no había venido a comer. Pero, al día siguiente, mi padre estaba ya en casa, y mi madre le iba explicando cómo había ido aquello del nacimiento, y dice que cuando ya hacía horas que la comadrona la asistía y que la cosa marchaba, la comadrona, de repente, le dice a la señora Isabel: «Toque.» Y parece que le cogió la mano y se la acompañó, porque la señora Isabel estaba si me desmayo o si no, y le hizo tocar la cabeza de la criatura, y entonces la señora Isabel se desmayó y se le pararon los dolores, y parece como si la comadrona se volviera loca, porque tenía miedo de que la criatura se asfixiara. Pero se ve que era una criatura de mucha vida, porque, aunque nació morada como una ciruela, en seguida rompió a llorar. Y así que la criatura rompió a llorar, dice mi madre que toda la casa quedó como sosegada. Y por la noche mi madre le decía a mi padre, bajito: «El señor Joaquim, cuando acabó todo, tuvo que llamar al doctor Riera, porque la señora Isabel había quedado muy débil y tuvo una pequeña hemorragia, y la comadrona le dijo que ella no quería problemas.» Y el señor Joaquim sólo contestó, y mi madre no sabía cómo tomárselo: «Las mujeres y la sangre, parecen hermanas.» Y, dicho esto, se puso la chaqueta y fue a llamar al doctor Riera. Y, entonces, quedaron solos en casa el cuñado y la cuñada. Y yo iba y venía recogiendo cosas y ropa manchada, y el señor entró en la habitación de la parida, y ella le dijo: ¿No miras a la niña?» Y oí un llanto ahogado, y la voz del señor Lluís, muy ronca y muy desagradable: «¿Y qué vamos a hacer ahora?» Pero no podía acabar de oír lo que decían y oí un gemido y a la señora Isabel, que decía: «Mejor sería morirse... Déjame..., déjame...», y él: «Calla, ¿oyes? Ahora es ya tarde para llorar. Ahora es tarde.» Y lo decía con rabia, y entonces él le dio una bofetada. Maquinalmente di un salto atrás y salí corriendo hacia la cocina. Cuando el señor Joaquim volvió de telefonear, la señora tenía fiebre y decía cosas que no tenían el menor sentido. Y entramos todos en el cuarto, menos el señor Lluís, que se fue arriba, porque la habitación de los enfermos la tenían en la planta para que no fuera tan cansado. Y la niña estaba dormida, pero de vez en cuando tenía un sobresalto y movía las manitas. Ya no estaba tan morada, pero tenía los ojos pegados, y como legañosos. Yo fui a la cocina, a prepararle un biberón de agua hervida con un poco de azúcar, y de repente se presenta allí el señor Joaquim con la niña en brazos, y me dijo: «Soledat, si le parece que me he vuelto loco, no se lo crea. He decidido que me guarde la niña unos días.» Pobrecilla, la cabeza le iba de un lado a otro como la de un gatito. Y ahora pienso yo, después de todo lo que me dijo la señora Enriqueta esta tarde, que quizá si la señora Isabel tenía tanta fiebre y desvarío, debió de decir alguna cosa gorda, de esas que no tienen remedio; y parece que mientras el señor Joaquim estaba en la cocina con la niña, y decía: «No puedo vivir en mi casa», el señor Lluís entró, cogió por el brazo a su hermano, y le ordenó: «Lleva la niña a la cuna. Ya harás el loco más tarde.» Y mi madre empezó a temblar, asustada, y se le cayó el biberón de las manos, que le iban como unas devanaderas, y suerte que tenían dos, que si no, habría tenido que ir corriendo a comprar otro, y la niña empezaba ya a llorar de hambre. Y dice mi madre que para preparar el otro biberón pasó mucho rato, porque con tanto malestar no encontraba nada de lo que necesitaba. Decía: «Me quedé como atontada mirando el vasar y pensaba que quizá sería más bonito si los platos tuvieran una orla de flores todo alrededor, en vez de ser blancos y lisos.» Y, luego, miraba el fogón de gas, y pensaba: «Tiene el barnizado de color verde oliva, pero un poco tirando a amarillo.» Y se volvió hacia el armario, y decía entre dientes: «Ahora no sé lo que busco... La cuchara, la cuchara, ¿qué se ha hecho de la cuchara?» Y fue y cogió una sucia y la lavó bajo el grifo, y cuando la quería secar no encontraba el trapo, y, cuando lo encontró, entonces dice que pensó: «Habría podido coger una limpia...» Y cuando tuvo el segundo biberón a punto, no sabía si salir de la cocina o qué, y al fin se decidió porque el biberón se enfriaba y dice que en la casa no se oía volar una mosca, y cuando estaba cerca ya del cuarto, salió el señor Lluís con un dedo en los labios, y le dijo muy bajito: «La niña está durmiendo.» Y mi madre se volvió a la cocina y dice que estaba tan sudada que se notaba el vientre todo mojado y que no esperaba más que salir para respirar aire. Y, cuando se fue, fuera hacía un bochorno mayor que dentro, y dice que mientras venía hacia casa estaba trastornada como no lo había estado nunca antes, y que mientras subía por la calle Ríos Rosas, porque tenía que pararse para comprar tabaco para mi padre en el estanco de la calle Wagner, tuvo como un desmayo y empezó a rodarle la cabeza.

Y dice que en la casa se empezó a vivir de mala manera, y que eso duró hasta que de repente desapareció el señor Joaquim con la niña y que no se supo nada más de ellos hasta dos años después, bien corridos. Y la señora Isabel y el señor Lluís se quedaron solos y no se avenían... Y recordando todo esto de mi madre, no puedo acabar de creerme aquello que me dijo la señora Enriqueta, que por la noche parecían brujas... Otras cosas encajan... Y parece que todos sabían dónde estaban el señor Joaquim y la niña, pero el señor Joaquim había prohibido que la señora Isabel la viera. Pero yo, que entonces no conocía mucho la cara de la señora Isabel, así que fui a hacer faenas a casa del señor Joaquim, un año antes de que muriera mi madre, estoy segura de que dos o tres veces vi a la señora Isabel con la cara pegada a los hierros de la verja, disimulando como si mirara las flores. Y todas las veces que la vi, daba la casualidad de que la niña estaba jugando en el jardín de la parte de atrás. Y el señor Joaquim, cuando me cogió para hacer faenas, me dijo: «Si un día la para una mujer por la calle y le pregunta por la niña, usted le contesta que no sabe nada. Porque si explica algo de lo que pasa en mi casa, se va a acordar de mi nombre.»

Isabel

No puedo recordar su nombre... ¿Encarnación?... No; Encarnación era el nombre de la cocinera que teníamos en Badalona. ¿Asunción? ¿Asunción Bosc? No; era una niña... Estoy perdiendo la memoria... Y me decía: «De todas mis clientas, es a usted a quien visto más a gusto... Si pudiera yo tener ese cuerpo...» Y se llenaba la boca de alfileres, se arrodillaba, y yo notaba sus manos, que para hacer que cayera bien la ropa se entretenían sobre mis costados, sobre mi vientre... ligeramente. «¡Oh, señora Isabel: con este vestido negro, sería tan bonito poner unas rosas amarillas!... Rosas de té, quiero decir, ¿sabe?...» «¡Crisantema! ¿Está dormida?» He querido que esté el cuarto a oscuras, pero con la luz del farol de la calle le veo la cara y veo que abre esos ojos suyos, redondos. «Me había quedado un poco adormilada.» Y se frota los ojos con los puños cerrados, y bosteza. Si pudiera imaginar cómo me irritan los bostezos... «¿Me ha traído ya las pastillas Valda?» Y se levanta de un salto. «¡Vaya!, pues no me he acordado.» «No se preocupe, no se preocupe.» «Mire, ahora mismo las iré a buscar.» «¿Y encontrará abierta la farmacia a estas horas?» «¡Ay!, ¿pero qué hora cree que es? Me voy corriendo.» Y coge el portamonedas y sale, y siento que tropieza con algo. Y oigo risas. Y, luego, nada. «Las quiero rojas.» «Sí, es más fino, si usted quiere. Rosas de té.» «Pero yo soy rubia y el amarillo ligaría demasiado con mi pelo. Rojas...» Y me tiraba hacia arriba el pelo para no enganchármelo con los alfileres cuando me apuntaba al cuello. Y cuando Joaquim me abrochó la cadenita, antes me echó el pelo hacia arriba como hacía la modista cuando me probaba. «Tendrás que hacerla alargar un poquito, ¿ves?» Y me encogí un poco para que viera hasta dónde tenía que llegar el corazoncito de brillantes, y me metió la mano por el escote. «¡Que me vas a romper el vestido!...» Y lo hice salir de la habitación como pude. Y me acerqué al tocador. «Van a ver que has llorado, van a ver que has llorado...» Me lavé con agua de rosas: un olor soso, olor de muerto. Y, para calmarme, iba diciéndome: «No es irremediable.» Me volví a sentar ante el tocador y pasé un cepillito ligeramente húmedo de vaselina por las cejas. Y llamé a Rosa, para que viniera a peinarme. Y verme el pelo extendido sobre las *valenciennes* del peinador, me distrajo, y Rosa dijo: «Si yo tuviera su pelo, no andaría de novia de un soldado, señorita.» Y mientras me pasaba el cepillo por el pelo, me iba vaciando de pensamientos tristes, y me parecía que era una flor que se iba abriendo en un lugar de sombra, muy desierto, y que a cada pétalo que se separaba del capullo sentía un dolor tan terrible como el placer. Y Rosa, de repente, al quitarme el peinador, dijo: «¡Oh, señorita, qué preciosidad!» Y se quedó encantada mirando el corazón de brillantes. Crisantema entró casi sin hacer ruido con la puerta, se acercó a la cama y me miró un rato. «No estoy durmiendo, no.» «¡Ah, me lo parecía! ¿Quiere una ahora?» Y destapó la cajita y cojo una pastilla, y se la ofrezco y la coge. «El farmacéutico estaba bajando ya la persiana de hierro, y me echó casi una bronca. Y yo le dije: "¿Es que se cree que los clientes se hacen con ese genio?" Y me miró y sin contestar me devolvió el cambio, y cuando aún no había andado veinte pasos, oí que tiraba de la persiana: ¡ruuuuuuuut!» «¿Está segura de que podrá dormir ahí sentada? Póngase una silla a los pies. Siempre estará más cómoda.» «Con el cansancio que tengo creo que podría dormir en lo alto de una rama.» «No me haga reír, Crisantema, no me haga reír.» «¿Es que le hace daño la herida?...»

Y una ventolada cerró un batiente de la persiana y nos hizo callar. Al cabo de un rato Crisantema volvió a insistir sobre la herida y me volvió a preguntar de qué lado la tenía y si era muy grande. Le tuve que decir que estaba cansada y que quería dormir. Noto que me está mirando, y no me atrevo a moverme. Cuando quiero volverme un poco, aprovecho el rumor del viento. La claridad del farol da vida a la sombra de la palmera sobre la pared... Y cuando quiso darme un beso, eché la cabeza hacia atrás y topé con la pared, e intenté apartarlo con las manos pero era más fuerte que yo y ganó él. Era el primer beso, y fue contra mi voluntad. Éramos niños, pero aquel beso y aquella noche decidieron..., no, señalaron el camino a muchas cosas. Cuando Joaquim se llevó a la niña, las últimas palabras que le oí fueron: «Tu madre es mala.» Y se fue sin mirarme. Sin un beso, ni de hermano. Ni de amigo. Y yo no podía... Yo no podía explicar las cosas, porque... Porque yo tenía que haberle hablado de aquel beso, de aquel primer beso; y tenía que haberle hablado en cuanto Lluís me lo dio... y no lo hice entonces porque, aun siendo una niña, me di cuenta de que si hablaba pasarían cosas irremediables, y porque... Estábamos bajo el cobertizo de su jardín una noche de otoño. Estábamos los tres: ellos y yo. Y cuando salté la pared me dijeron que podía volverme por donde había venido, porque las chicas molestaban y ellos no necesitaban ninguna chica. Pero yo entré en el cobertizo y me escondí, acurrucada junto a un montón de sacos, y Joaquim dijo, al darse cuenta de que Lluís venía hasta donde yo estaba: «Si tú te quedas a su lado, yo también.» Y se acurrucaron junto a mí, uno a cada lado. Y no recuerdo nada, aparte de su presencia, como un peso y como una presión. Y un perfume de lluvia y de polvo con el hedor de moho que salía de los sacos.

Y un recuerdo de miedo: de mucho miedo. Con mucho trabajo, mirándonos, podíamos ver el brillo de nuestros ojos. Sentía tensos los nervios de las piernas, y me dolía la espalda. Y ellos hablaban: «¿Oyes el mar?» «Ahora, no, porque está lloviendo más fuerte.» Y la lluvia caía sobre las hojas y sobre el tejado, y cada minuto de aquella noche parecía una noche entera. Y la lluvia caía sobre las hojas y sobre el tejado, y yo tenía frío. De pronto, Joaquim salió, y se oían sus pasos que se alejaban hacia el lado del jardín de mi casa. Fue entonces cuando Lluís se acercó más y sentí su aliento tibio en la mejilla. Cogí un puñado de polvo y abrí la mano y lo dejé caer poco a poco, y cuando ya no tuve polvo en la mano, moví los dedos, y parecían vestidos de polvo, y, mientras movía los dedos, Lluís me cogió la cara y me obligó a volverla hacia él, y yo intenté apartarlo y eché la cabeza hacia atrás, pero él era más fuerte que yo y me dio un beso, y me dijo muy bajito: «Es conmigo con quien te casarás cuando seas mayor.» Y la lluvia caía sobre las hojas cuando me metí en la cama, y no podía dormir, y de vez en cuando me ponía la mano sobre la boca para ver si aún estaba allí aquel beso: como si un beso fuese una cosa que una pudiera encontrar con las manos. Y lloré toda la noche pensando en lo que iba a pasar, y desde entonces Lluís y su recuerdo no me dejaban vivir, y sufría notando el odio de Lluís contra Joaquim. Toda mi juventud fue este miedo de los dos y el amor de los dos... Hasta que Lluís se fue. Y entonces añoré el miedo y aquella sensación constante de desastre. Y cuando Joaquim me dio el primer beso de novios, me dolió como si todo se acabase, como si, de pronto, nuestras presencias y los tres desapareciésemos...; como si se murieran nuestros cuerpos jóvenes, nuestros labios, nuestros ojos, como si me robara el rumor de la lluvia en las hojas. Como si nuestra juventud se convirtiera en aquel polvo que dejaba deslizarse tan quieta entre los dedos. Y no supimos nada de Lluís hasta años después, y cuando su padre murió, empezó a insistir sobre lo de la herencia, y volvió. Adivinó que era yo quien le había escrito unas cartas..., unas cartas sin firma ni fecha. Pocas. No sé si se las escribí a él o al que me dio el primer beso: no lo sé. Una mañana en que estábamos solos las sacó del bolsillo y me dijo: «¡Firma!», y me dio la pluma, y yo le dije que no sabía de qué me estaba hablando, pero se puso a temblar de rabia, y los ojos se le salían y tuve que firmar, y dijo: «Así no podrás negar nunca que son tuyas.» Y empezó ya la angustia y el miedo. Me ponía enferma con sólo verlo. Y el día en que Joaquim dijo que le gustaría que se quedara a vivir para siempre con nosotros, se me fue toda la sangre del corazón. Sólo tenía ganas de llorar, y a menudo me escondía para poder llorar. Busqué las cartas. Cuando él se iba, entraba yo en su cuarto y lo registraba todo: los cajones, los bolsillos de los trajes colgados en el armario, todos los papeles. Las cartas no estaban en ningún sitio. Y al mismo tiempo estaba el recuerdo del beso como si fuese el único beso que me hubieran dado en mi vida. Y si Lluís salía de noche, sufría, y si tardaba mucho, no lo podía resistir. Necesitaba creer que el amor que me tenía de pequeño duraba aún: que nada había muerto. Añoraba nuestra felicidad de antes de aquel beso. Abrazada a Joaquim, me sentía desfallecer pensando en Lluís. Viví en un infierno, hasta que Joaquim se llevó a la niña. Un infierno para mí sola. Jamás me he sentido tan sola como cuando ellos estaban conmigo. Y cuando Joaquim me regaló el corazón de brillantes, dimos una cena. A la cena vino una chica, la hija del notario de Badalona. Recuerdo que yo estaba loca de celos. Desesperada también, porque había fracasado todo lo que había hecho e intentado hacer por no tener un hijo. Había fuego en la chimenea del comedor, y me senté junto al fuego: el fuego me quemaba las mejillas como si hubiera bebido alcohol; miraba al fuego, y no pensaba en nada ni sentía nada: sólo existían aquellas llamas de colores, ligeras y vivas, tan iguales y tan diversas al mismo tiempo: una sensación extraordinaria de bienestar exterior y una sensación terrible por dentro. Mi inmovilidad de gato me hacía sentirme fuerte. Y cuando, al sentarnos a la mesa, Lluís se sentó a mi lado, respiré profundamente y sentí una gran calma. Teresa, aquella chica medio monja, medio enferma, medio persona, hija de nuestro notario, me miró con una mirada indefinible: entre sorprendida y lúcida. Era de esas chicas eternamente por casar y que en todos los conocidos disponibles presienten un futuro marido. Su mirada, cuando nuestros ojos se encontraron, fue como si me desafiara. Y de pronto se me encogió el corazón y debí de ponerme muy pálida porque, desde el otro extremo de la mesa, me preguntó Joaquim: «¿No te encuentras bien?» Me pasé la mano por la frente, y le sonreí, e hice que mi sonrisa fuese triste. «Sí..., no es nada...» Lluís, con autoridad, había puesto su pie sobre el mío, y entonces Teresa dejó caer el tenedor al suelo, y se agachó para cogerlo; estuvo así un rato, y cuando se levantó no se atrevió a mirarme ni me volvió a mirar en toda la noche. Y cuando Soledat le cogió el tenedor que se había caído, y lo cambió por uno nuevo, estaba tan cohibida y alterada que daba pena. El doctor Riera estaba sentado a mi derecha. Cuando trajeron el asado, dijo que felicitara a la cocinera, y Soledat le contestó: «La cocinera, esta noche, he sido yo.» Y, no sé por qué, todos se echaron a reír. Digo «no sé por qué», porque aquella noche nadie tenía ganas de reír. Cada vez que el doctor Riera me dirigía la palabra, era como si volviera a verlo en su consulta, y a oír su voz, un poco seca: «Le aconsejo que no piense más en eso que quisiera hacer.» Jamás lo había visto tan serio ni tan severo. Y mientras estaba sentado a mi lado, lo detestaba porque no me había querido ayudar. Afortunadamente, sin embargo, el asado generalizó la conversación y el abogado Cases empezó a hablar de banquetes memorables y de cómo en la boda de no sé quién llamó la atención por su manera genial de coger el cubierto. Poco tiempo después se casó con la señora Albens, hermana del político: una mujer ya viuda, con unos ojos pequeños y vivos que no perdían nada y una boca fina, fina de labios y fina de lengua; una señora cursi, criticona, envidiosa, con ciertos momentos joviales que eran los únicos que tenía de infeliz. Siempre iba sucia, con la ropa aprovechada; se hacía los sombreros encerrada con llave en su cuarto para que no la viera nadie y poder decir que eran de París. Los velos, las plumas, la ropa, la piel de los portamonedas y de los zapatos: todo era viejo, descolorido, salido de sacos arrinconados en las buhardillas. De noche, que es cuando la conocí yo, todo este juego de aprovechamientos se disimulaba; pero, a la luz del día, salía toda la tristeza. No obstante, ella permanecía inmutable en su polvo, y se daba importancia, y exigía de la persona con quien hablaba, que respetara su importancia. En un momento en que hablábamos con el doctor Riera, el señor Rosés nos interrumpió: «¿Qué le parece, señora Isabel, mi hija? ¿No encuentra que ha mejorado mucho últimamente?» Fue un momento muy desagradable: Teresa, a cada elogio de su padre, no podía evitar el mirar de reojo a Lluís y ponerse roja. Lluís, con su pie sobre el mío, decía que sí con un movimiento de cabeza cada vez que alguien le hacía una pregunta. En el momento del brindis, hubiera querido desaparecer, hubiera querido encontrarme bajo tierra, sola con mi miedo. Joaquim brindó por la criatura: «¡Por mi hijo! ¡Por nuestra criatura!» Teresa bebió el champán poco a poco, deleitándose, aparentemente entregada a su copa de champán. En realidad, espiándome. Adivinaba que tenía ganas de agacharse y mirar bajo la mesa para ver si Lluís y yo... y sentí unas ganas locas de que mirara y de que viera que nuestros pies se tocaban aún. «Aún», tenía ganas de gritarle con la cara muy cerca de la suya. Fue entonces cuando, con toda la malicia del mundo, dejó caer el tenedorcito del postre, sin hacer el más pequeño gesto, y fue Joaquim quien se precipitó. Lluís retiró rápidamente el pie y yo escondí el mío bajo la falda, porque estaba segura de que encima de mi escarpín de seda negra estaba la huella del pie de Lluís, tan marcada como si con la mano hubiera escrito su nombre. «Decididamente, alguien está pensando en mí: primero el tenedor grande, y, ahora, el pequeño...», y, al decirlo, en vez de mirar a Joaquim, que estaba poniendo el cubierto en la mesa, me miraba a mí y miraba a Lluís. Nos levantamos de la mesa y nos quedamos en el comedor. Era la única pieza de la casa donde había fuego. Y como eran todos de suficiente confianza, hicimos servir los licores y los hombres tomaron el café sentados alrededor de la mesita de delante del balcón. Yo volví a mi lugar junto al fuego, y Teresa se instaló en una butaca ante la mía. Empezó a hablarme de la vida que llevaba en su casa. Dijo que le gustaría más vivir en Barcelona, pero que el trabajo de su padre no les permitía salir de Badalona. Yo tenía los pies ocultos bajo la falda. En un momento dado, monté una pierna sobre la otra, muy ostensiblemente, y la punta del escarpín asomó bajo la falda. Se veía la huella. Teresa, entonces, no se atrevió a mirar. Yo movía el pie hacia delante y hacia atrás sin apartar los ojos de los suyos. Estaba sentada con el cuerpo erguido, crispada. Una oleada de sangre le subió a las mejillas. Lluís se aproximó poco a poco y se quedó plantado entre las dos, con las manos en los bolsillos de los pantalones. Teresa estaba callada y tenía los ojos llenos de ira y, en los labios, una mueca de vieja. Lluís se quitó el pañuelo, se agachó, me cogió el pie y limpió el zapato. Como si la hubiera picado una serpiente, Teresa se levantó, se llevó las manos a la frente y dijo que de repente sentía un insoportable dolor de cabeza. Le ofrecí unas pastillas, y se negó a aceptarlas. Poco rato después, ella y su padre se fueron. El último en dejarnos fue el señor Cases. El doctor Riera recuerdo que se dejó el sombrero y volvió luego a buscarlo. Fue una noche lamentable... Me parece que Crisantema se ha quedado dormida... Y las pastillas me han dado sed... «¡Crisantema!... ¡Crisantema!...» Enciendo la luz de la mesilla de noche y miro a Crisantema: está sentada en la butaca, caída hacia un lado; tiene las piernas estiradas, muy largas y abiertas, y también tiene abierta la boca. «¡Crisantema!» Tiro la cucharilla al suelo y se levanta de un salto. «¡Señorita!...» Me mira aturdida y bosteza. «Tengo sed.» Coge el vaso de encima de la mesilla de noche y va al lavabo a llenarlo. «No, Crisantema. Bebo Vichy. Tendrá que ir a pedir una botella a la enfermera de turno. Al otro extremo del pasillo...» Y vuelve a bostezar y dice: «Si no me mojo un poco la cara, no lo encontraré, porque no veo nada. Se me cierran los ojos.» Se seca con un pañuelo azul que ha sacado del bolsillo, y luego sale. Apago la luz, y tardo un rato en ver la habitación con la claridad del farol. Después de tanto tiempo, hasta hoy no empiezo a encontrarme bien. Maria... Maria... Debe de creer que yo no la quise nunca... Todo lo que he hecho ha sido para que todo sea para ella. Para que, cuando yo falte, todo sea suyo. Que no tenga que partir nada con nadie. Que mi irresponsabilidad de joven no tenga que ser pagada con lágrimas. ¡Con lágrimas, no!

Crisantema-Enfermera

«Son lágrimas de bostezar, y son bostezos de nervios.» Y me mira, y parece que no me ve, porque tiene cara de tener más sueño que yo. Qué trabajo debe de tener, tan guapa y tan joven, con tantos médicos y practicantes... Tiene los ojos de terciopelo violeta, y me dice: «¿Una botella de Vichy? No sé si hay. Espere un momento... Siéntese...» Aprieta un timbre y viene una enfermera, y le dice que vaya a buscar una botella de Vichy. La otra se va, y le digo si quiere una pastillita, y destapo la caja y toma dos, porque han quedado pegadas. Y entonces se saca una lima del bolsillo y empieza a limarse las uñas. Bostezo y le contagio el bostezo y nos reímos un poco, y le digo: «¿Y usted, cuando operan, se queda en la sala?». Y dice: «A veces, sí.» Y le digo: «¿Y ve los dentros?...» Y me mira con los ojos de color violeta, y dice: «¿Los dentros?» Y yo digo: «Los dentros, ¿sabe?, quiero decir... lo que se ve cuando los abren, bueno, cuando abren lo que tienen que abrir.» Y vuelve a reírse, y no me hace ninguna gracia, porque parece que yo le hable en francés, y, al fin, después de mucho insistir, me ha entendido, y dice: «Sí.» Y le digo: «¿Y, para la operación de apendicitis, hacen un agujero muy grande?» Y entonces llega la otra con la botella de agua de Vichy. La otra es medio vieja y gorda, y anda como un pato: tiene el pelo blanco y cuando anda no se la oye porque lleva unas zapatillas muy blancas de esas de jugar al tenis. Y lleva un delantal blanco con un solo bolsillo delante, de lado a lado. Me da la botella. Le digo que no voy a poder destaparla, y le digo que si quiere una pastillita. Me dice que muchas gracias, mientras la enfermera joven abre un cajón y revuelve y busca y no encuentra nada. Abre otro cajón, y lo mismo. La enfermera vieja dice que quizá se pueda destapar con una llave, y no pueden, porque las llaves de ellas tienen la cabeza demasiado pequeña, y entonces pruebo con la mía, y, al fin, la destapamos. Y la vieja, malhumorada, dice: «Podía haber empezado por ahí...» Y, cuando está a punto de irse, la enfermera joven le dice: «María Dolores, ¿ha visto ya todos los dentros que le tocan?» Y la vieja la mira con calma y después me mira a mí y dice: «No entiendo.» «Quiero decir si cuando asiste a una operación mira las tripas.» «¡Uy, vaya bromas para la una de la noche!...» Y se va un poco enfadada. Y la enfermera joven me dice: «El Vichy va a perder gas si no lo tapa.» Pero el tapón no entra en el cuello de la botella por más que forcejeo y pruebo por todos los lados. Al fin la enfermera lo coge y lo afila con un cortaplumas de mango de nácar, y tapa la botella con mucha furia. «Buenas noches.» Estoy a punto de irme y le pregunto aún, haciendo de tripas corazón: «¿Sabe? La señora de la habitación de allá abajo, la del dieciséis, la que se llama señora Isabel, que es mi señorita..., ¿la abrieron mucho para sacarle la apendicitis?» «¿Qué quiere que le diga, pobre de mí, si yo no estaba?...» No estaba, no estaba... Tampoco estaba yo. Y, cuando entro en la habitación, la señora Isabel enciende la luz y dice: «¡Pues sí que me ha hecho esperar!... ¡Ya creía que se había perdido!...» «Mire, primero no tenían Vichy; después no tenían nada para destapar la botella... Parecía que bajasen de la luna.» Y le lleno el vaso, y se lo bebe de un trago y sin respirar, y le lleno otro y otro y se bebe medía botella como si nada. Vuelve a desperezarse y yo vuelvo a sentarme en la butaca y me dice: «Siéntese a los pies de la cama..., me hará un rato de compañía...» No me atrevo a decirle que tengo mucho sueño, y me siento a los pies de la cama: «Crisantema, ¿no encuentra raro que la niña no nos haya escrito aún?... Hace ya cuatro meses que se fue...» Parece que por el señor que le da el dinero del mes supieron que llegó bien. «Mire, señora Isabel, cuando se es joven, ¿sabe?, no se piensa en nada.» Y apaga la luz y nos quedamos con la poca claridad que llega del farol de la calle. Aún hace viento, pero no es tan fuerte y no silba tanto como cuando caía la tarde. «Crisantema, seguro que no se ha acordado de traerme los pendientitos, ¿no?» Tiene razón. ¡Tanto como me lo había dicho: «Tráigame los pendientitos. Sobre todo, no se los olvide. Los quiero como si fuesen ella...» ¡A ver qué va a sacar de tener los pendientes aquí en la clínica! «Cuando los fuimos a comprar...», y me explica la historia que ya le había explicado a mi madre y que me ha explicado a mí al menos seis veces. Siempre la empieza igual: «Cuando los fuimos a comprar, la niña no había nacido aún, y, como es muy natural, no sabíamos si iba a ser niño o niña. Pero, una tarde, en los primeros tiempos de mi embarazo, Joaquim me preguntó: "¿Qué te gustaría más a ti, un niño o una niña?" A mí me daba igual, porque todo me daba igual: mis pensamientos, entonces, iban por otros caminos; pero para no dejarlo sin respuesta, dije: "Una niña es siempre más graciosa: puede llevar vestiditos majos y contitas en el pelo..." Y él dijo: "Estoy seguro de que será una niña; tan seguro, que mañana mismo iremos a comprarle pendientitos." Y al día siguiente me hizo poner mi mejor vestido, y a media tarde fuimos a un joyero del Paseo de Gracia. Entonces había pocas tiendas en el Paseo de Gracia, y aún no existían los Jardines. Era una tarde soleada, y el aire venía del mar, fresco y suave. El vientecillo me tiraba del vestido hacia atrás, y aún acentuaba mi cuerpo deforme, y empecé a sentir un malhumor terrible por culpa de aquel aire que, por un lado, me gustaba. Y el malhumor se convirtió pronto en tristeza por eso: porque aquel aire que me gustaba hacía que la gente se diera cuenta de mi estado, que me afeaba, y sentí ganas de llorar, y lloré, y Joaquim no se dio cuenta. Las lágrimas me caían por las mejillas, tibias y lentas, pero no se movía ni un músculo de mi rostro. Ante el joyero, se acabó el llanto. Joaquim quería unos pendientitos con una perla, pero entre el joyero y yo lo convencimos de que era mejor unos aritos pequeños y lisos, y eso fue lo que compramos. El joyero o dependiente de la joyería me miró de pronto el vientre, como si no lo entendiera, y yo dije: "Me parece que tu hermana va a ponerse contenta con tu regalo de padrino." Y Joaquim me miró frunciendo las cejas y empezó: "... ¿Tu hermana?... Pero si..." "Supongo que no querrás hacer creer que es para una criatura que aún está por nacer... Serías un brujo..." Lo entendió, y se echó a reír. Paseo de Gracia arriba me sentí terriblemente cansada y tuve que pararme, y Joaquim se puso blanco como la cera, porque cada vez que yo me sentía mal temía que pudiera pasar alguna desgracia. Paró un coche, subimos, me cogió las manos, las apretó entre las suyas con fuerza...» Y, cuando ha explicado todo esto, entonces viene lo de que los guardó tan bien que no se acordaba ya de dónde los había dejado, y en el momento de utilizarlos tuvieron que registrar los cajones de toda la casa. Y dice que la niña los llevó siempre, y dice que incluso los llevaba durmiendo, como si no lo supiera yo mejor que ella; yo, que durante años y años vi a la niña y al señor Joaquim todas las mañanas, a no ser los días de fiesta. Y luego viene la historia bomba: cuando la niña dijo que era ya demasiado mayor para llevar aquellos aritos y se los quitó y se los dio como recuerdo. Y, cuando llega aquí, se saca de la manga un pañuelito de encaje y se seca el ojo izquierdo, y luego el derecho y, al final, suspira dos o tres veces. Pero hoy, al menos, en vez de explicarme la historia, sería mejor que me dejara descansar, porque ella mañana podrá dormir todo el día, pero yo tengo que limpiar de arriba abajo los dormitorios y barrer la azotea.

Isabel

Cuando me dijo que mañana tenía que barrer la azotea, le dije que se volviera a la butaca y que intentara dormir hasta la mañana. «Dormir, dormir... Una cabezada, y gracias. Yo sólo puedo dormir en mi cama.» «Si mañana está cansada, ¿sabe qué puede hacer? Barrer la azotea otro día.» «¡Muy bien! Y que el señor Lluís empiece a refunfuñar de ese modo suyo... Parece mentira que aún no se haya enterado de que cuando se le mete una cosa en la cabeza...» Y se calla, y hace como si durmiera, o se duerme de verdad, y de pronto se levanta y cierra los batientes del balcón: «¡Por caridad, Crisantema, no me deje sin poder ver las pocas cosas que veo!» Y, sin decir una palabra, da la vuelta y se sienta furiosa. «Crisantema...» «¿Qué pasa?» «¿Está enfadada?» «No, señora...» Se levanta bruscamente y se planta al lado de la cama, «... pero tendría que estarlo. Todo el mundo abusa, ¿sabe? No usted... No lo digo por usted... Pero el señor Lluís me ha gastado una broma pesadísima, porque si tenía intención de hacerme quedar, me lo podía haber dicho con tiempo y yo me habría preparado: pero, mira, la Crisantema es de casa. Y la Crisantema sólo es de casa cuando hay bofetadas; ¡a la hora de las cosas dulces... la Crisantema, a casa!». Y se vuelve a la butaca y se sienta como si quisiera acabar con los muelles. «Crisantema..., ¿está enfadada aún?» «No me he enfadado.» «¿Por qué no me ha traído los aritos de la nena?» No contesta, y repito: «¿Por qué no me ha traído los aritos?» Y se vuelve a alzar, envenenada, y vuelve junto a la cama con las manos en los costados: «¿Quiere que le diga la verdad? Porque en el momento en que iba a cogerlos esta mañana entró el señor Lluís, que vino a desayunar, y estaba yo en el cuarto, y me preguntó qué hacía, y no supe decir una mentira y me dijo que era usted boba y que la dejara, que los aritos estaban bien donde estaban, y que aquí paz y después gloria...» El escaso reposo que tenía en mi corazón desapareció. Y lloré de rabia. Todo vuelve. Todo, tempestuoso y enredado como las hojas que empuja el viento. Vuelve todo, como si sólo lo que ha pasado estuviera vivo, y yo muerta; como si yo sólo estuviera viva en el recuerdo de todo lo que ha pasado. Cuando me encontré sola con mi niña en el regazo... Con aquella fuerza que arrastraba toda mi voluntad. «Isabel..., ¿me oyes, Isabel? Niega siempre, ¿oyes? Sólo hay una salvación: que niegues.» Porque en aquel momento yo quería decirlo todo. Que cada uno viera con sus ojos las cosas que sus ojos podían ver. Que todo estuviera limpio. Y durante toda la noche oí aquella voz apagada y autoritaria: «Niega siempre. Niega. Niega.» Y me parecía que mi cerebro era de algodón, y que en él sólo se podía ir abriendo camino una voz baja: «Niega, niega...» Y la niña lloraba en la cuna, y Joaquim vino y la cogió. Y cuando la tenía en brazos entró Lluís diciendo: «Vete a dormir.

Ya me encargaré yo de ella.» Y Joaquim se echó a reír y le dijo que se fuera a la cama, que acostar a la niña era trabajo de padre, no de tío. Y yo pedí que me dejaran mirarla, y no quisieron, y se la llevaron y me dijeron que durmiera. Pero yo, cuando la niña no lloraba ya, les oía hablando en voz muy baja junto a la puerta, y por más que hacía por oír, no podía entender ni una palabra de lo que decían. Y me dolía el pecho. Tenía tres grietas bastante hondas, y cuando la niña mamaba habría chillado de dolor. Y era entonces cuando pensaba en los besos y en las palabras de amor, y odié los besos y las palabras dulces y me iba convirtiendo ya en lo que fui después. Y cuando tuve la primera hemorragia, los habría matado a los dos. Yo, tan débil. Yo, que tenía la piel tan blanca, de seda, de seda como el pelo, yo los habría matado. Y cuando se pelearon, cuando Joaquim dijo que nos maldecía, cuando se fue con la niña, respiré y me quedé dormida. Dormir. Cuando nos quedamos solos y Lluís, sentado al lado de la cama, me miraba, yo dormía. Y habría dormido siempre si no hubiera sido por una especie de cosa extraña que hicieron nacer en mí unas palabras de Lluís: «Ha prohibido que te diga donde está, y ha prohibido que veas a la niña nunca más.» Abrí los ojos con fuerza, hasta que me dolieron, y contesté: «¡La veré, y volverá a ser mía!» Por no sufrir, me esforcé en ser indiferente, y lo conseguí. Cuando pasaba alguien con una niña de la edad de Maria, volvía la cabeza. Y al cabo de unos cuantos años... no se puede explicar el delirio que se apoderó de mí por tener a la niña, la añoranza de la niña, la ternura por aquella niña que nunca más había vuelto a ver. Y, poco a poco, fui sabiendo cosas. Pasaron años, pero fui sabiendo. Primero, me dijeron que estaban en el extranjero. Luego, que no habían salido de Cataluña. Luego, que estaban en Barcelona. Crisantema era jovencita, iba a hacer faenas a su casa. Me lo dijo Soledat sin darse cuenta de que me lo decía. Todos estaban contra mí. Los dos hermanos estaban contra mí: el que me había dejado y el que me quedaba. Y harían que la niña se volviera contra mí. Estaba sola. Al cabo de cuatro años me enteré de la dirección, y hasta después de un año de saberla no fui a ver dónde estaba la casa. Y el día en que me enteré de que los famosos domingos que Lluís pasaba fuera de casa los pasaba con su hermano, me pareció que me volvía loca. Un día, vi a la niña. Estaba sentada en los escalones de la entrada, jugando con unas balanzas, pesando guijarros. Cuando se dio cuenta de que la estaba mirando, cogió las balanzas y se metió en casa. Antes de entrar, ya junto a la puerta, se volvió y me sacó la lengua. Era a finales del invierno, cuando los días empiezan ya a ser largos. Cuando me volví, no sabía por dónde andaba. Compré un billete para Sarriá. Bajando la escalera, la gente me daba empujones. Bajaba poco a poco, agarrada a la barandilla. Un señor con gafas me preguntó si me encontraba mal. Y la claridad se reflejaba en los cristales de sus gafas, y, mientras él me hablaba, yo sólo me veía a mí misma, y sentí lástima de aquella mujer que estaba allí, en los cristales, tan pequeñita y tan triste. Bajé en Sarriá, y otra vez me empujaba la gente. Me pegué a la pared y me quedé mirando el muro de enfrente, florido de azul y de carmín. La mitad del muro estaba oculta por colgantes carmines de buganvilla y por colgantes azules de aquella planta que llaman lágrimas de San José. La teníamos en Badalona, y, cuando éramos pequeños, Joaquim y Lluís se divertían tirándome al pelo florecillas de aquellas, y se quedaban allí pegadas; y cuando, a escondidas de los dos, intentaba arrancármelas, era como si me arrancara los cabellos. Al final vino un empleado y me preguntó qué me pasaba. Lo tranquilicé, y, poco a poco, volví a casa. No volví a ver a la niña. Se lo dije a Lluís. «He ido a ver a Maria. No te enfades. No volveré nunca más.» Al cabo de siete años, murió Joaquim. Parece que tuvo un ataque de corazón cuando iba a atravesar la calle Pelayo, saliendo del despacho del señor Cases. Cuando recibí la noticia del accidente, estaba muerto ya. Maria tenía doce años. Aquel día entré en la casa, vi las paredes, los muebles, el jardincito de la entrada y el jardín verde y umbroso de detrás. La galería con cristales de colores: azules, amarillos, violeta... Los jazmines emparrados por el arco de la escalera que llevaba a la azotea. Las cubas con las gardenias. El surtidor, con tres peces rojos. Los sardineles abarrotados de violetas y la flor de cera ligada al tronco de la glicina. Maria estaba allí, como un animalito aterrorizado. Alta para sus años, delgada, blanca de cara, y con sus grandes ojos llenos de curiosidad. Su primera mirada fue una mirada de miedo. El día en que Lluís la llevó a casa, llovía. «¿Dónde está el paraguas grande? Es para ir a buscar a Maria. Si te crees que voy a llevar el paraguas pequeño para empaparme como un pez...» Entraron en el jardín cargados con las maletas, cubiertos por el paraguas rojo. Yo quería hacer una comida de fiesta. Lluís se opuso. «No se les debe dar demasiada importancia a los críos.» Crisantema estaba indignada: «¡Judías verdes! ¡Mira que darle judías verdes!...» Maria no las podía ver, y por eso él se empeñó en que las hiciéramos. «¡Y con hilos, señorita Isabel!... Mire: todo son hilos. En casa del señor Joaquim no las ponían nunca. A ella le gustan mucho las patatas hervidas con la piel, frías y con aceite y vinagre...» Pero Maria no era la misma criatura del primer día. Llegó muy decidida, dio una vuelta por el jardín e inspeccionó planta por planta. Quiso que le enseñáramos la casa. Dijo que su habitación le gustaba mucho, pero que iba a hacer algunas reformas. Su llegada fue como una ráfaga de viento fresco. No era una chiquilla mimada. Era sonriente, bien educada, amable. «Tío Lluís, las judías son muy tiernas, pero tendrás que darme bicarbonato, porque no las podré digerir.» Burlona. Conmigo se mostraba tímida, pero no con Crisantema y con Lluís, a quienes conocía desde hacía tiempo. «No le extrañe que a veces esté triste. Tío Joaquim y yo nos queríamos bastante. Esta buganvilla tendría que ir un poco más hacia la derecha. No voy a parar hasta que cubra toda la pared. Es la planta más preciosa de todo el jardín. Si tío Joaquim hubiera tenido una como ésta, no habría plantado yo tantos jazmines.» Pronto se hizo amiga de unos chicos de la casa de al lado. Un día, haría quizá dos años que Maria estaba con nosotros, oí cómo discutía con Lluís. «¡Las rosas! ¿Dónde están las rosas?...», gritaba Lluís; y, de momento, sólo se entendía eso: «Las rosas, las rosas..., ¿no ves que están en este jarrón?» «Sí, veo las del jarrón, pero no son las mismas que te has llevado a la calle hace media hora. Y no lo niegues, porque te he visto. ¿A quién se las has dado?» «¡Te digo que las rosas son éstas! He cogido siete, y hay siete.» «No son las mismas. Aquéllas estaban abiertas, y éstas son capullos.» «Y yo te digo que si no ves, que te pongas gafas.» «Tendría que darte una bofetada, y no sé por qué no lo hago.» Estuvieron tres días sin hablarse. «Es ella quien tendría que pedirme perdón.» «Cree que he dado las rosas a Joaquim, y no es verdad.» De pronto, Lluís decidió que Maria tenía que ir a una academia de noche. «Yo la acompañaré y la iré a buscar.» Maria se quejaba: «No soy como las otras chicas: no tengo libertad para ir y venir. No puedo hablar con ningún chico. Inmediatamente viene tío Lluís y me riñe.» Y Crisantema le decía: «¿Con el dinero que hay en esta casa y tienen que hacerte ir a una academia como si fueses una chica cualquiera?» La academia duró poco. Maria cogió los libros y estudiaba sola. Por las tardes se encerraba en su cuarto y no bajaba hasta la hora de cenar. Cuando Lluís estaba de mal humor, encontraba siempre pretextos para molestarla. Hacerle que regara el jardín, cuando ya le había dicho a Crisantema que lo regara ella; hacerle barrer la azotea, cuando aún estaba limpia. De pronto, a Maria le cogió la manía de estar siempre barriendo la acera. Salía a barrerla hacia la una menos cuarto, hasta la una. La barría todos los días. Cuando entraba, tenía los ojos brillantes y los labios de un rosa indescriptible. Pronto se acabó. Lluís descubrió que a la una menos cuarto o a la una volvía de trabajar uno de los chicos de la casa de al lado. «Lo hace para verse con ese mocoso.» Salíamos poco. Lluís iba todos los meses a cobrar los alquileres de Badalona. Maria me decía: «¿Por qué no puedo ir yo con él? Siempre iba con tío Joaquim... Y las casas son mías...» Joaquim le había dejado a la niña todo lo que tenía, pero Lluís sería tutor hasta la mayoría de edad de Maria. Pronto tuvo problemas con los inquilinos, y en seguida hizo dos o tres desahucios. Cuando Maria cumplió quince años, dijo que estaba perdiendo el tiempo y que no iba a ser nadie, que quería aprender francés. Volvió a ir a una academia de la calle Salmerón. Ella quería ir a la Berlitz, pero Lluís dijo que la Berlitz estaba demasiado lejos y que, de eso, ni hablar, y que todos los métodos son buenos si se estudia. Hasta que un día me confesó que quería irse porque... Estábamos en la salita de las cortinas de pájaros. Lluís se había ido por la mañana a Badalona y aún no había vuelto. Estábamos solas. «Con tío Joaquim habíamos hablado de eso muchas veces. Cuando se dio cuenta de que tenía disposición para el dibujo, dijo: "Cuando seas mayor, te mandaré a París, y serás una gran artista. Yo me quedaré solo, pero volverás; y si no quieres volver, me contentaré con que, de vez en cuando, vengas a verme."» Y añadía: «Éramos tan felices hablando de estas cosas... Con tío Joaquim estábamos siempre haciendo proyectos, ¿sabes? Siempre hablábamos de lo que íbamos a hacer, aunque luego no hiciéramos nada; y decíamos: "Parece mentira que podamos pasar tanto tiempo hablando de cosas que nunca vamos a hacer..., pero es tan divertido..." A veces decíamos: "Ahora vamos a hacer como si estuviéramos enfadados, y así no hablaremos, y no perderemos tanto tiempo..." Y cuando íbamos a Badalona todo el mundo nos recibía alegre; y si algún inquilino, de los más pobres, no podía pagar el alquiler porque había tenido enfermos o porque se había quedado sin trabajo, tío Joaquim no le decía nada ni lo molestaba hasta que podía volver a pagar.» Cuando Lluís venía de Badalona, siempre volvía malhumorado y teníamos una cena tormentosa. «¿Cómo va tu francés?» Siempre que le preguntaba por su francés, Maria se ponía pálida. «Voy haciendo. Me cuesta, pero con paciencia lo lograré...» «Ya sabes que cuesta caro, ¿eh?» Un día, cuando Maria estaba en clase, Lluís dijo: «Estoy en tratos para comprar una casa en la calle Rosellón. Una casa de pisos, bastante nueva y en muy buen estado. Me interesaría ponerla a tu nombre: no quiero que se sepa que la compro con dinero mío...» «Pero...» Fue entonces cuando me pidió que nos casáramos. «Porque así todo irá mejor; ya sé que a estas alturas tanto te importa...» Nos casamos medio a escondidas. El señor Cases y el señor Rosés fueron los testigos. Fui a casarme como si fuese un trozo de madera, como si fuese yo un testigo. Y en el momento de firmar, recordé a otra Isabel, que se había casado años atrás, blanca, y rubia y joven. Y sentí ganas de echarme a reír. El señor Cases estaba un poco más calvo y un poco más barrigón; el señor Rosés, más delgado y con el pelo más blanco. Los mismos enterradores con un muerto diferente. Y me casaba, no para dormir con un hombre y llevarlo al lado para que todo el mundo vea quién es quien paga los vestidos, sino para permitirle comprar una casa a escondidas, en la calle Rosellón. Antes de casarnos, la casa ya estaba comprada, y después de casarnos me hizo darle unos poderes por los que él podría vender, hipotecar, etcétera. Pero, no; no es exactamente así. No. Nada es exacto. Ni me casé para dormir con un hombre ni me volví a casar para permitirle comprar una casa. ¿Por qué te has casado? Maria me lo preguntó tiempo después. No supe qué decirle, no supe qué contestar. Volvió la cabeza como si fuese ella quien no supiera qué decirme. Se volvió de espaldas y se aproximó al balcón. Apartó la cortina de los pájaros: el jardín estaba lleno de luz, de una luz blanca, sin sol, un poco verde bajo los árboles. Empezaban a caer las hojas de la buganvilla. «¿Cuál de los dos es mi padre?» Y, sin esperar a que contestara, se volvió bruscamente, me clavó la mirada y yo se la sostuve. Y, de pronto, su cara se oscureció, y abrió mucho los ojos: «Cuando yo nací, mi madre era muy guapa. Tío Joaquim me lo dijo una vez. Sólo una vez, y como quise saber más, me dijo que no iba a estar nunca con ella, que yo me parecía a su familia.» Y añadió: «Y mejor que no estés nunca con ella.» Y hablaba de su madre, aquella tarde, como si su madre no fuese yo. Y era yo: y ella venía de mí y de esta casa. Cuando nació, ya existía la buganvilla, y los rosales de las paredes. Y las lilas son las mismas, y las carolinas. Todas estas plantas y estas flores que ella ama, las tiene porque yo soy su madre, y haré que las pueda tener siempre, y quizá un día, cuando yo esté ya muerta y ella sea vieja, se dará cuenta de las cosas, como hoy es imposible que se dé. «Y mejor que no estés nunca con ella.» ¡Oh, Joaquim!... ¿Por qué no pudimos seguir siendo siempre aquellos tres niños? Y ahora, deshecha, con todo el tiempo para pensar, sólo pienso en qué debe de estar haciendo esta hija mía, a la que quizá quise poco o quizá empiezo a amarla ahora que no la tengo, y que es lo que me queda de mis amores y de mis odios. ¡Para que existan sus ojos, su pelo, sus labios, cuánto misterio y cuánta emoción! Y años... Para que una fruta se pueda comer, bastan unos meses; para que una muchacha lo sea, ¡cuántos años!... «¡Me ha robado el reloj!» Aquella mañana en que se fue Maria, Lluís desapareció. No le quiso decir adiós. Y Maria estaba nerviosa, y tenía mala cara, y me dijo que no había dormido, y que había visto amanecer. Y cuando tenía ya las maletas en el recibidor, dijo: «¿Qué hago con tío Lluís, le digo adiós, o no?» Y le dije que hiciera lo que quisiera, que yo no le aconsejaba nada, pero que primero tendría que buscarlo. Y ella dijo: «Hace un rato que está en el jardín.» Y no le dijo nada, y el vecino la ayudó a subir las maletas al taxi, y se fue, y yo salí hasta la verja, a decirle adiós con la mano, hasta que el taxi dobló la esquina. Cuando entré en casa me tendí en la cama y rompí a llorar. Hacía años que no lloraba. Años. Hacía años que se habían acabado mis noches sin dormir y todas las lágrimas de cuando era joven. Pero, aquella mañana, lloré mucho. Y, a la hora de comer, Lluís llegó con los ojos que se le salían de la cara, rezongando, y yo no sabía qué le pasaba, aunque no paraba de hablar de Maria y del reloj. «Llegué a la estación en el momento en que arrancaba el tren, y al final la vislumbré en una ventanilla, y me parece que se reía, aunque no puedo asegurar que fuese ella.» Y tuve que decirle que no me mareara con historias de las suyas, y se lo dije bruscamente, con vulgaridad, como lo habría dicho Crisantema. «¿Crisantema?»

Crisantema

«¿Crisantema?» «¿Me llama?» Y volvió a tener sed, y bebió dos vasos llenos de agua de Vichy, y yo le dije que había dormido todo el rato con la boca abierta y que también tenía sed, y bebí del grifo del lavabo haciendo taza con la mano. Y el agua tenía una especie de sabor extraño, como de hierro o de latón. Y salí y fui al retrete, a escupir. Y tengo aún una especie de asco que me marea, y cuando pienso demasiado en el gusto del agua, me vienen unos escalofríos a la espalda. Y son ya las cuatro, y ha parado el viento y hace una luna clara y los tejados están blancos y el jardín de la clínica está lleno de tranquilidad. No se oye nada. Tengo frío. Tengo los pies fríos, y de buena gana me pondría un abrigo. Y pego la frente a los cristales del balcón y me estremezco. Y la señora Isabel dice que aún no ha cerrado los ojos. ¡Como si fuera tan extraño que una persona que se pasa el día sesteando no duerma cuando es hora de dormir! Si yo me estuviera quince días tendida como ella, me parece que no dormiría nunca más. Y ya estamos otra vez: «Crisantema, mañana acuérdese de traerme los pendientitos, ¿oye?» «Sí, señora; sí, señora; sí, señora.» He tenido ganas de decirle «sí, señora» sin parar, y moviendo la cabeza de arriba abajo cada vez. Y no pude aguantarme, porque se me ocurrió de repente, y le dije: «¿Sabe que tiene dos piezas de tela de sábanas en el cajón de abajo del armario del pasillo? ¿Y sabe ya que las que hay en las camas no se aguantan de tan zurcidas?» Y dice: «¡Crisantema, por piedad, no me atormente!... Ya sabe que en casa no mando yo, ¿no? Ya lo sabe...» ¿Y qué le voy a decir yo? ¿Qué puede hacer una? Y venga a zurcir. «Crisantema.» Y me explica la historia del reloj. Con la panzada de reír que me di cuando me quedé sola. ¡Qué ideas, también, las de la señorita Maria! Sólo a ella se le ocurre. Cada vez que me acuerdo de la cara que ponía el señor Lluís al volver de la estación, no puedo aguantarme; aunque tengo sueño, y estoy como si me hubieran vaciado la cabeza, ahora me vienen como unas cosquillas al estómago. «Tu hija, puedes quedarte con ella. Acaba de hacerme una muy gorda.» Y la señorita Isabel, que ya había empapado de lágrimas dos pañuelos y estaba sentada en su butaca del comedor, lo miró como si mirara a un loco, porque se ve que no lo entendía; y cuando él le explicó que se le había llevado el reloj, dijo sólo: «Era el reloj de Joaquim...» Y, entonces, fue él quien cambió de cara y se puso verde de rabia, ¡y puñetazo en la mesa y todos a correr! Y tuve que llevar otro pañuelo a la señora Isabel, y, de pronto, me vinieron ganas de llorar también yo. Porque sin Maria, y eso que sólo hacía un par de horas que se había ido, toda la casa parecía vacía. Y cuando fueron pasando los días todos nos íbamos enmurriando, y ¡venga a esperar la primera carta!, y la primera carta que no venía... Y siempre que la señora Isabel y yo veíamos pasar al cartero nos mirábamos sin decirnos una palabra, pero sabíamos que estábamos las dos pensando lo mismo. Y él también la esperaba, la primera carta, pero disimulaba. Pero él la esperaba para hacer sus combinaciones, porque siempre está cavilando. Ahora que ¡ya se distrajo bastante con el pleito del señor Romaní! Porque la señora Isabel será pesada y comedianta, pero sólo piensa en una cosa, y nada la distrae... Y ahora se vuelve hacia mí y me dice: «Crisantema... ¿está muy cansada?» Y yo le digo: «Sí, mire, ¡qué le vamos a hacer! Mi madre siempre decía que son los cansados los que hacen la faena.» Y dice: «Se lo pregunto, porque necesito hablar con alguien, me encuentro tan sola... y es tan triste ver cómo se va haciendo de día...» Y yo le digo: «Si quiere hablar, diga, diga, por mí no se preocupe...» Y me dice que le explique cosas de cuando Maria era pequeña, cosas que ya le he explicado cuarenta mil veces: qué peinados llevaba, si el señor Joaquim le lavaba la cara, quién la bañaba, quién la vestía, cómo eran los vestiditos que llevaba, si empezó pronto a andar, si hablaba claro cuando empezó a hacerlo... Y, entonces, quizá es por esta claridad tan gris, que parece que el día se esté muriendo en vez de nacer, recordé una cosa que no le había explicado nunca: «Un día, cuando llegué por la mañana, allá a las nueve como de costumbre, el señor Joaquim ya había desayunado, y la niña no se veía por ninguna parte... "He hecho que la niña se quede en la cama, porque esta noche durmió muy mal. ¿Quiere darle usted el desayuno? Dice que no quiere que se lo dé yo." Entré en el cuarto de la niña, que estaba mismo al lado de la habitación del señor Joaquim, y se comunicaban por una puerta de paso. Maria estaba hecha una bola en la cama, que apenas se le veía el pelo, Me acerqué, la destapé un poquito, y le pregunté: "¿Estás mala?" No contestó, y se acurrucó aún más. "Ahora te traeré el café con leche, ¿oyes?" Se volvió, me sonrió y dijo: "Crisantema, ¿quiere hacerme pan tostado?" Cuando salía de la habitación me encontré con el señor Joaquim, que se había quedado en la puerta escuchando. Me siguió hasta la cocina, y me dijo: "¡Tan tranquila que ha estado con usted, y la comedia que me hizo a mí!..." Y se le veía muy fastidiado. Tosté dos rebanaditas de pan bien delgadas, y, mientras comía, sentada en la cama como una persona mayor, me miraba fijamente, y de pronto bajó la cabeza, retiró el plato y la taza de un empujón, que la mitad del café con leche se fue al suelo, y rompió a llorar. Me acerqué para consolarla y oí que decía algo como: "¡Son malos! ¡Son malos!" Y al cabo de dos o tres días, estaba yo limpiando lentejas, y vino a ayudarme: "¿Por qué fuiste tan mala el jueves?" Iba buscando piedrecillas entre las lentejas, y no contestó. Al cabo de un rato, me miró con los ojos abiertos y tranquilos, y dijo: "Tío Joaquim y tío Lluís se pegan, y son malos." Se ve que se habían peleado y ella quedó aterrorizada. "¿Y por qué se pegan?" "Porque son malos. Tío Lluís estaba en el suelo, y tenía la boca llena de sangre. Pero fue él quien empezó a pegar a tío Joaquim." Y debía de ser verdad, porque el lunes, cuando hacía la colada, encontré una toalla y un pañuelo manchados de sangre, y se notaba que no era sangre que el señor Joaquim se hubiera hecho afeitándose, porque había mucha, y él, me fijé, no tenía ninguna señal en la cara. Y lo que pensé después es que la niña no quería que el señor Joaquim le diera el desayuno porque había quedado asustada cuando vio que se pegaban.» Y la señora Isabel dice: «Creo que Maria tampoco quería al tío Joaquim... Me parece que nos hemos equivocado. También tenía sus rarezas... ¿Sabe? Crisantema, yo creo que Maria no quería a nadie.» Y quizá tiene razón, porque toda esta gente son de lo que no hay, pero no contesto, y dice: «A veces he llorado pensando en la añoranza que esta niña debía de sentir por Joaquim, y seguramente he llorado equivocada. Claro que, porque un día no quisiera que le diese el desayuno, eso no quiere decir que no lo quisiera..., ¿no? ¿Qué le parece?» Y no sé qué decir. «¿Qué le parece?» ¡Cuánto tarda en llegar el día!... Esta broma de no dejarme dormir me va a hacer estar mala tres días seguidos. Siempre recordaré que cuando velé a mi madre, que en paz descanse, después no podía recuperarme de ningún modo. «¿No me contesta?...» «Sí, señora, sí..., pero, mire, de repente, esta claridad de color de pus me ha hecho pensar en la noche en que velé a mi madre. Y la señora Enriqueta, que nos hacía compañía, decía: "Crisantema, váyase a descansar, créame. Ya tiene pena bastante con esta pérdida. No es preciso que estemos velando todos. Mejor sería que los de la familia descansaran."» Y me pongo a llorar sin saber muy bien por qué, pero seguro que es de tristeza. Y la señora Isabel dice: «Esta depresión es porque no ha podido dormir. Intente dormir un rato.» Y me siendo en la butaca y me arrellano, y cierro los ojos, pero no puedo contener unas cuantas lágrimas más, y pienso que la vida es muy, muy triste.[1]

---

1. Unas palabras de Mercè Rodoreda, «Final de la clínica», dan a entender que la autora acabó la primera versión de esta parte.

EN CASA

Isabel

Maria me dijo: «Mamá, tú nunca me has querido.» Y yo le pregunté: «¿Y tú?» Hace de eso unos dos años. Estábamos sentadas en las butacas del comedor. Crisantema estaba lavando platos. En el jardín no se movía una hoja, todo estaba quieto bajo un cielo cubierto de nubes bajas. El calor era asfixiante. Maria tenía unas gotitas de sudor sobre el labio y en el hueco entre el labio inferior y el mentón... Le brillaban los ojos, inmóviles y serenos, ¡tan jóvenes!..., con el único mérito de ser joven. Veía delante de mí, llena de sangre tierna, una decadencia de mí misma. Cuando fui a mi cuarto me senté ante el balcón con mi retrato de novia en la mano. Y lo miraba como durante mucho rato, aquella misma tarde, había mirado a mi hija. Isabel. Yo era una mujer: completa. Desde la punta de las uñas de los pies a la punta de las uñas de las manos: una mujer. Este tipo de sentimentalismo blanco y lloriqueante que a veces se apodera de mí, es un poco de mí. Se apodera de mí cuando no me encuentro bien, cuando me contrarían. La Isabel de verdad es dura. ¡Pobre Joaquim! ¡Pobre Lluís! ¡Pobre hija mía, que no ha sabido aguantar! ¿Qué queréis? ¿Que sea una buena madre? ¿Que añore a Maria? Una Isabel para Lluís, una Isabel para Crisantema, una Isabel para Joaquim.

A cada uno le regalo una. Soy vieja. Ellos me han hecho vieja, poco a poco, con enorme tenacidad. Isabel: este pequeño disgusto, para que llores y para que brillen menos tus ojos. Isabel: te diré que me he enamorado de ti, para que tu corazón no pueda ser libre. Isabel, querida Isabel: te diré que me haces desgraciado, para que tu corazón tenga que vivir encogido. Dulce, dulce Isabel: te daré motivos de odio, para que tu frente sea menos pura. Oh, Isabel: aquí tienes un hijo, para que se estropee tu vientre de muchacha. Isabel: tu piel era demasiado suave, demasiado transparente, tu cuello demasiado orgulloso. Inclínate, Isabel. Poco a poco, cúrvate, Isabel. Todos, todos me han hecho daño, cada uno a su modo, cada uno con su estilo: unos de manera más hábil; otros, más torpemente. Cuando llegamos de la clínica, me instalaron en mi habitación. Unos brazos, unas sonrisas, quizá piedad. Pero los brazos y las sonrisas, y la piedad también: todo me deja sola. Mientras uno y otro necesitaron mis labios, no estaba sola. Mientras uno tenía celos del otro, no estaba sola. Mientras mi hija fue una ausencia y yo pensaba en ella, no estaba sola. Pero, ahora, sí; ahora, en esta habitación, otra vez con el retrato de novia en la mano, como hace dos años, cuando comparaba mi vejez con la juventud de mi hija, estoy irremediablemente sola. Vacía de un segundo hijo que no he querido.

Mañana, con Crisantema, iremos a buscar mi vestido de novia y lo pondré en un maniquí y lo tendré aquí, en un rincón del cuarto: el blanco disfraz de Isabel. El fantasma amarillo de Isabel. Mira, Lluís horrible, monstruoso Lluís: este saco de serrín y tela fue el cuerpo de la Isabel que primero fue de tu hermano. Cada noche, todas las noches, era de tu hermano. Cuando te lo di, estaba usado. Bonito, muy bonito, pero usado... ¡Pobre Lluís! Para los avaros, las migajas. Te di mi cuerpo como quien tira un mendrugo de pan seco a un perro. A veces, el perro, si es perro de rico, no lo quiere. Tú lo quisiste porque eres perro de pobre. Eres, has sido y serás un perro de pobre. ¿Sabes por qué no he querido un hijo tuyo? Porque no quieres a Maria. Porque, como eres perro de mendrugos, a veces crees que Maria es hija tuya, pero a veces estás convencido que es hija de tu hermano. Y, entonces, la detestas, y querrías que todo este dinero reunido pacientemente no fuera a parar a Maria. Por eso he deshecho este hijo tardío que deseabas. ¡Pobre Lluís!

«Me has robado los aros de Maria, aquellos pendientitos que fuimos a comprarle Joaquim y yo, ¿recuerdas? Ya empezaba a notarse que yo esperaba un hijo, pero los hombres se volvían a mirarme. Siempre se han vuelto los hombres a mirarme. ¿Recuerdas a tu hermano entonces? ¿Lo recuerdas? Tú me gustabas más, pero él era más guapo que tú. Y cuando entramos en la joyería, parecíamos un príncipe y una princesa. Y Joaquim me compró un corazón de brillantes, sólo porque vio que lo miraba. Y el día de la cena para anunciar a los amigos que íbamos a tener un hijo, tú estabas blanco como una sábana: de celos y de rabia. Toda tu vida ha estado dominada por los celos y la rabia. Y al cabo de dieciocho años de vivir juntos, aún no has podido saber si Maria era hija tuya o hija de tu hermano. ¡Oh, Isabel, qué fuerte! ¡Más fuerte que todos! Si yo hubiera querido, Maria no se habría marchado. ¡Aquí!, ¡pudriéndome si hubiera sido preciso! Porque mientras yo me habría ido pudriendo, también se habrían ido pudriendo los otros. Todos, poco a poco. Y yo habría vivido para ver cómo se iban deshaciendo. Y cuando te hubiera visto a punto de morir, en ese momento en que uno es una pobre cosa sin fuerza ni para alzar un párpado, te habría deshecho a bofetadas lo que te quedara de carne en las mejillas.

«Hoy, Lluís, soy fuerte. Fuerte, porque he ganado. Quizá mañana llore, por ella, por ti, por mí, por el otro. Pero hoy soy fuerte porque, sin que te dieras cuenta, he ganado. Y te hago creer que soy tan débil que a veces me tienes lástima. Me has robado los pendientitos, pero me es igual, porque los que entraron en la joyería a comprarlos, mientras todos nos miraban, porque parecíamos un príncipe y una princesa, éramos tu hermano y yo. El padre de Maria y yo. El padre de Maria y yo. El padre de Maria y yo...»

Pero, esta mañana, cuando entré en casa tras haber pasado tres semanas fuera, la he visto como debió de verla Maria: una casa fatigada, llena de muchos años de vida. Estas paredes saben lo que nunca se podrá explicar. Día tras día, hora tras hora, minuto tras minuto, han vivido mi lento camino hacia la muerte. Los cristales lo saben todo. Los cristales son los mismos de hace dieciocho años, de hace veinte años. Estos cristales relucientes de sol en el verano, velados por el frío del invierno... He ido repasando la casa con la mirada, como si no la hubiera visto desde hace muchos años. Cuarto por cuarto, todo en tres semana se ha convertido en extraño para mí. Todo se había vaciado de mí...

Lluís

He hecho que Crisantema me explique esta broma del maniquí. Dice que, en cuanto salí, mi mujer le dijo que quería ir a la azotea. Dice que tardó más de cinco minutos en subir la escalera. Y que, en cada peldaño, se detenía y respiraba fatigosamente. Llevaba la llave del trastero. Entraron en él, y le hizo quitar un montón de periódicos apilados encima del baúl grande. Entonces lo abrió, y fueron sacando ropa y más ropa, hasta que, abajo de todo, encontró lo que quería: el vestido de novia. Lo sacó, y dijo: «Tendrá que plancharlo, y habrá que humedecerlo antes, porque está muy arrugado.» Crisantema dice que la veía hacer con los ojos muy abiertos. Dice que arañaba dentro del baúl como si buscara un tesoro. Lo imagino, porque sé la cara que pone cuando se empeña en algo. Sacó el vestido a la azotea y, entonces, empezó la operación del maniquí. Parece que el maniquí estaba en un rincón —yo no me acuerdo— y que delante había sillas apiladas, un biombo y maderas de asegurar las tejas apoyadas encima. Crisantema lo fue apartando todo, y cuando hubo espacio suficiente, arrastraron el maniquí hasta la azotea. Volvieron a apilar los trastos, cerraron y se llevaron abajo el vestido y el maniquí. Pasaron la tarde planchando el vestido y limpiando las flores de azahar y seda, y cuando acabaron, instalaron el maniquí en el dormitorio de Isabel, le pusieron el vestido, y cuando fui a dar las buenas noches a mi mujer vi aquello en un rincón. Sentía pesar sobre mí como una piedra la mirada de Isabel, pero no hice ningún comentario. De reojo, vi en ella una mirada burlona, como quien está muy divertida con el espectáculo. Y no le quise dar esta pequeña satisfacción. Cuando estaba a punto de salir, con la mano ya en el pomo de la puerta, me dijo: «¿No habías visto nunca mi vestido de novia?» Me fui, cerrando suavemente la puerta.

A las dos de la noche aún se veía la luz encendida por la rendija de la puerta.

MUERTE DE LA MADRE

Crisantema

... Ha caído al suelo y el señor Lluís la ha cogido en brazos y la ha llevado a la cama, a la habitación de él. Entre los dos le quitamos la bata y la arropamos bien; además, yo le tendí el edredón encima. «Crisantema, esta noche será mejor que se quede a dormir aquí. ¿Quiere que avise a su casa que no irá?» Le dije que hiciera lo que quisiera. «Pues prepare la cena: voy a ver si el doctor Riera puede venir en seguida.» Así que me quedé sola fui a ver a la señora Isabel. Entré de puntillas en la habitación. Me acerqué a la cama. Estaba vuelta de cara a la ventana, tenía los ojos cerrados y había sacado los brazos fuera del embozo. Apenas se la oía respirar. Me volví, y dejé la puerta abierta, por si gritaba, para poder oírla en seguida; y fui a sentarme en la butaca del comedor, y no sé por qué me vino al pensamiento el recuerdo de la muerte del señor Joaquim, y vi aquella casita donde vivió solo con la niña durante tantos años. Aún me parece tener ante los ojos los siete escalones imitación de mármol, grises, con piedrecillas blancas; los siete escalones de la entrada que María, cuando empezó a andar, subía y bajaba sentada y que servían para darme un montón de trabajo, porque no había manera de verla con las braguitas limpias...; y la galería con los cristales amarillos y azul oscuro, y el balcón, que casi no se podía cerrar porque la madera se había hinchado después de una tormenta, cuando el viento empujó toda la lluvia contra el balcón...; y la señora Isabel, que dijo su nombre a la niña, que no sabía quién era; y aquellos ojos de María, abiertos y curiosos como si miraran a un forastero. Y cuando yo llegué junto con el señor Lluís, el señor Joaquim aún no había muerto, y toda la casa estaba llena de aquel estertor que duró tres días y tres noches. Y ahora le llega el turno a la señora Isabel... ¡Quién la ha visto y quién la ve! A veces pasa dos días sin peinarse y sin lavarse la cara. Se levanta, se echa la bata encima del camisón, y ya está. Va de un cuarto a otro, como perdida, y luego, de repente, se pasa horas y horas sentada en la salita. Un día la pillé contando los pájaros de la cortina. Cuando me vio, disimuló, pero al cabo de unos días, me dijo: «¿Quiere contar estos pájaros? Yo me mareo y me pierdo. Aún no sé cuántos hay, y eso que me he pasado muchos ratos contándolos.» Para no perder la cuenta, fui a buscar la caja de los alfileres y fui clavando uno en cada pájaro, y al final tuve que subirme a una silla, porque no llegaba a los de más arriba; y la señora Isabel, que estaba sentada y miraba cómo contaba, dijo al final: «No lo entiendo. No sé por qué clava tantos alfileres.» Y yo le dije: «Pronto lo sabrá. Déjeme hacer.» Y cuando cada pájaro tuvo su aguja, las fui desclavando una a una, y tantas agujas como quedaron en mi mano, tantos pájaros había en la cortina. Y ella sonrió y dijo: «Es usted muy lista.» Y me di cuenta de que estaba muy contenta. Y delante de mí apuntó en una libreta los pájaros que había en la cortina. Así se pasa el tiempo, con tonterías. A veces, me dice: «Venga, que hablaremos de la niña.» Me siento delante de ella y empieza. «Vuélvame a explicar cómo era el vestido que llevaba cuando vino.» Y yo se lo explico. Y ella me dice: «Me parece que la última vez me dijo que toda la parte de arriba estaba plisada, y ahora me dice que tenía tres pliegues en la parte del pecho.» Y he de poner unos ojos como naranjas para no equivocarme, porque tiene una memoria increíble. O me dice: «¿Cómo le parece que tenía la voz?» Y cuando hablamos de la voz, acabamos enfadándonos, porque no se puede explicar cómo es la voz de una persona, y ella quiere que yo haga este milagro, y como no lo hago, me llama idiota. Los días en que está muy triste, me dice: «Cuando le pida que me explique cosas de la niña lo que tiene que decir es que tiene trabajo y que no puede perder el tiempo conmigo.» Entonces pasamos unos cuantos días hablando sólo del señor Lluís. Ella dice: «¿No le parece que está amarillo?» Y yo le digo: «Eso iba a decirle. Hoy lo encuentro más amarillo que nunca.» Y añade: «Creo que se irá antes que yo. Con este color... Su padre, antes de morir, también tenía este color de papel viejo.» Hace como si meditara un rato, y dice, sin mirarme: «Si él faltase, yo sería muy rica... Y yo, a usted, la quiero mucho... Ya quería a su madre... Pienso mucho en Soledat... Era gorda, pero iba ligera como un gamo; y era muy limpia. Usted también; usted también... Soledat vio el nacimiento de la niña, ¿se acuerda?» De pronto, da la vuelta a la hoja y sigue hablando del señor Lluís: «Recuerda aquella temporada que me traía loca porque creía que se iba volviendo tuberculoso? Quizá no se acuerda, porque entonces usted no venía mucho... ¿Se acuerda? ¿Por qué le parece que lo hacía? Porque usted, como yo, cree que todo aquello eran manías. Manías. Y maldad. Ganas de hacer sufrir. Si él faltase, me pondría de luto, claro; pero sólo para salir a la calle. Porque si él se muriera, yo volvería a salir... Pero, de vez en cuando, usted y yo iríamos al restaurante, a celebrarlo». Cuando empezaba a hablarme de esta manera del señor Lluís, yo no sabía qué decir, y más bien me quedaba parada; pero, ahora, nos reímos mucho y yo le digo: «¿Se ha dado cuenta de que se le están arrugando las orejas?» Y ella dice: «¿Las orejas? No. Sólo me fijo en los pelos. Le quedan tan pocos que pronto va a parecer un huevo.» A veces, él oye las risas, y viene y pregunta de qué nos reímos, y yo le digo: «Estábamos hablando del señor Primo de Rivera.» Y se queda un rato plantado y se vuelve rezongando: «Parecen dos bobas.» Cuando peor lo paso es cuando la señora Isabel me dice: «¡Ay, Crisantema, tráigame unas torraditas de Santa Teresa.» Paso un mal rato, porque tengo que llevárselas a escondidas y ella tiene que comérselas a escondidas también, porque él no quiere que le lleve nada, y siempre tengo miedo de que me descubra, y otras veces tengo miedo de que ella se lo explique, sólo para fastidiarlo, y que acabe siendo yo quien pague los platos rotos, después de haberme cargado con la molestia. Me parece que ha salido del cuarto. La oigo andar... Ahora vuelve a entrar en el cuarto y abre el cajón..., lo cierra..., abre otro cajón..., lo cierra..., tropieza con una silla..., ¿qué diablos andará buscando? Y grita, grita como si la matasen, y yo no sé qué hacer, porque tengo los pies como clavados en el suelo. Desde aquí veo que vuelve a salir de su cuarto y no para de gritar, con toda la bata desabrochada... Me vuelve la voz y la vida a las piernas. Me acerco y le pregunto qué quiere, y se calma. Está apoyada en la pared; me acerco hasta rozarla, le cojo una mano porque no sé qué hacer: está helada. Nos quedamos un rato así, ella apoyada en la pared y yo con su mano entre las mías. De la garganta le sale un ruidito cada vez que respira, tiene los ojos vidriosos y me parece que no me ve, aunque me mira. Y vuelvo a pensar en su primer marido, que murió de accidente, y en Maria cuando era una cría, y no puedo quitarme de la cabeza aquellos escalones de mármol, le tiro de la mano y vuelvo a meterla en la habitación del señor Lluís y hago que se siente en la cama, y cuando la cojo por los hombros para tenderla, empieza a gritar otra vez, y llama a la niña, y yo le digo: «Ya vendrá, ya vendrá... El señor Lluís le ha enviado un telegrama, y todos iremos a buscarla en el coche a la estación...» Y me mira con los ojos muy abiertos, que parece que se le hayan agrandado, y pienso que lo que me gustaría sería estar en casa preparando la cena y metiendo a los sobrinillos en cama, y vuelve a llamar a su hija, pero ahora la llama en voz baja, que casi ni se le oye la voz. Y le digo: «Descanse, descanse, que está muy cansada... En seguida vendrá el doctor Riera y la pondrá bien en seguida y nos vamos a morir de risa hablando del señor Lluís... Está cansada, ¿no? Le sentaría mal la cena, digo yo...» Y se vuelve a levantar, tan deprisa que ni tiempo tuve de agarrarla, y se sienta en el borde de la cama y se estremece toda, y le castañetean los dientes. Hago fuerza para volver a tenderla, y ella hace fuerza para seguir sentada: no la puedo doblar, está clavada en el borde de la cama y parece de madera. De repente, rompe a llorar y, la verdad sea dicha, no sé qué hacer. Y me vienen ganas de llorar yo también, porque, por más que intento ser fuerte, también yo tengo mis tristezas.

Se ha tumbado, ella sola, y no sé qué busca con la mano, y encuentra la mía y me la agarra. Y sigue llorando, y dice: «Me lo ha robado, Crisantema, me lo ha robado...» «¿Qué es lo que le ha robado?» Y venga a llorar, pero para mí que llorar le es bueno, y no le digo nada. De tiempo en tiempo le aprieto un poquito la mano, y empieza a palpar por encima de la mesita de noche y mira a ver si puede abrir el cajón, y se lo abro yo, y mete la mano, y busca, y todo lo que hay en el cajón lo tira al suelo. Al fin se está quieta un rato. Descansando. Tiene los ojos cerrados, y espero a que se adormile un poco para volver al comedor. El cuarto, ya lo arreglaré cuando venga el señor Lluís. Y cuando me levanto para irme, dice con voz muy natural: «Me ha robado el retrato de la nena.» ¡Ah, ahora lo entiendo! Y le digo que no es verdad, que nadie le ha cogido nada, que lo que pasa es que tenía que hacer el cuarto, y que se encontraba un poco mal y que por un rato la llevamos al cuarto de su marido, y que el retrato está en su mesita de noche, como siempre... Y me parece que me ha entendido, porque suspira hondo y se queda tranquila; y al cabo de un rato me puedo ir a la butaca del comedor sin que se ponga a gritar...

Estoy fuera cinco minutos y vuelve a llamar. Voy y le digo: «¿Qué quiere?», y parece que está ya bastante recuperada, y me dice: «Tráigame el retrato.» Se lo voy a buscar y, en cuanto lo tiene, sin mirarlo, lo mete bajo la almohada y dice: «Tengo mucho sueño. Váyase.» Y me vuelvo a la butaca del comedor, y cuando estoy a medio camino, vuelve a llamarme, y yo le digo: «A ver si se está tranquila, que tengo mucho trabajo.»; y ella me dice: «¿Dónde está él?» Y yo le digo: «Ha ido a buscar al doctor Riera...» Y no me contesta. Cavila, cavila, y al final me dice, y mientras me lo dice rompe a llorar: «Hace ya años, me robó los aritos de cuando nació la niña... ¿Recuerda que los tenía enganchados uno con otro y montados a caballo del retrato sobre la mesita de noche?» Y yo le digo: «Hace muchos años ya de eso..., pero qué quiere que le diga... No puedo creer que hiciera eso y no puedo creerlo porque eran unos aretes que no valían nada...» Y ella dice: «Los hizo desaparecer porque eran un recuerdo de la niña, y él sabía que para mí valían mucho. Por eso.» Y yo le digo, porque a veces ella se lía, y cree sus inventos: «Recuerde que una vez entraron a robar, y el ladrón debió verlos tan a mano sobre el retrato, que sólo fue llegar y besar el santo.» Y ella no dice nada, pero mueve la cabeza de un lado a otro, sin parar, que yo, que estoy buena, si lo hiciera me marearía; y, al fin, dice: «Todo son misterios, Crisantema. Todo.» Y yo salgo y vuelvo a sentarme. Y el señor Lluís decía siempre que él estaba seguro de que el ladrón había bajado por la buganvilla, como bajaba la niña cuando quería estar en el jardín, de noche... Yo llegué, como todos los días, a las ocho de la mañana, y ella no sé qué andaba revolviendo entre las carolinas, y yo le dije: «¿Ya estás levantada, tan temprano?» Y ella me dijo: «Venga, venga...», y me hizo agacharme junto a ella: «Muchos días, cuando usted llega, yo la veo entrar, y usted no lo ve porque mientras usted va andando yo voy dándole la vuelta a esta mata; pero no lo diga, porque si lo dice me reñirán, y me gusta mucho estar en el jardín cuando empieza a amanecer.» Y al día siguiente, cuando los otros estaban distraídos, le dije: «No está bien que una niña como tú diga mentiras.» Todas las puertas estaban cerradas, y entré abriendo con mi llave, como siempre. «Bajo por el balcón», me dijo. «¿Por el balcón?» «Sí, por el balcón.» «¡Un día vas a matarte!» «No, porque bajo con mucho cuidado, y me agarro a la buganvilla.» Y el señor Lluís dijo: «Estoy seguro de que cuando volví de la clínica el ladrón estaba dentro: había entrado por la cocina, y encontré la ventana ajustada, y salió por arriba, por el balcón de la habitación de la niña, y debió de bajar agarrándose a la buganvilla. Y eso me hace pensar que era alguien que conocía muy bien la casa.» Y, que Dios me perdone, pero entonces pensé mal del chico de la señora Enriqueta, que parecía un varal, tan largulrucho, y no daba golpe... Y una vez que se lo insinué a la señora Isabel, la señora Isabel me dijo: «No, Crisantema, no. El ladrón no conocía la casa: el ladrón *era* de la casa, y sabía muy bien qué robaba y por qué lo robaba.» Y cada vez que se hablaba de este robo, quiero decir, cada vez que hablaba de él el señor Lluís, la señora Isabel se lo miraba con una rabia... Y decía que si ella no hubiera estado en la clínica, no habrían desaparecido los aritos. Y cuando la señora Enriqueta vino a lavar y le dije que los habían robado, se puso un poco colorada y dijo que también habían robado en nuestra calle, pero que por lo visto los ladrones no habían podido llevarse nada...

Lluís-doctor Riera

Dice usted que no será nada, pero yo, que la veo a cada momento del día, me doy cuenta de cómo va perdiendo. Poco a poco, pero va perdiendo... Y la cabeza, sobre todo... ¿Comprende? No ha sabido vivir... y, ¿cómo le diría?..., ha vivido demasiado bien.

El doctor Riera y su hijo me han mirado, y el viejo, después de un silencio, dijo:

—Por ahora no hay motivo para alarmarse. Que tenga flojo el pulso y el corazón un poco débil, no es motivo de inquietud. Justamente porque la podemos cuidar y se puede cuidar, tengo esperanza de que le alargaremos la vida. No tiene aún la edad para pensar que este golpe vaya a ser fatal.

—Pero ¿y el vómito?

—¡Oh, el vómito, el vómito!... No hay que darle demasiada importancia.

—Pero es que yo la veo tan postrada...

—Porque la ve usted con ojos de marido, con los ojos de alguien que la ama, y exagera la importancia. Créame, duerma tranquilo, y volveremos mañana, y, o mucho me equivoco, o esta inyección va a hacerle mucho bien.

Les dije que se sentaran un rato, y Crisantema vino a meter las narices, y yo le dije que se fuera a la cocina, y que, si quería, podía irse ya a su casa.

—Si no le importa, me gustaría quedarme; los de casa están avisados ya... He sacado ya las sábanas para hacerme la cama en el diván de la salita, y dejaré la puerta abierta y me parece...

Haga lo que mejor le parezca, pero ya ha oído lo que dice el doctor Riera: no es necesario. Si se quiere quedar, que conste que yo no la obligo.

Y el hijo del doctor Riera encendió un cigarrillo y soltó una sonrisita, y el doctor Riera me explicó una cosa...

Crisantema

Cuando volví con la tila, ya estaba muerta. Se quedó con la cabeza caída atrás y las manos clavadas en el cuello. Los ojos miraban al techo, y el blanco tenía estrías de sangre. La almohada y las sábanas estaban empapadas de sudor. Murió a las cuatro de la madrugada. A la hora en que la noche empieza a dejar paso al día. Saqué el retrato de la niña de debajo de la almohada y lo puse en la mesita de noche. La habitación apesta a humedad, a moho. El papel, que tiene ya veinte años, viejo y grueso, se despega de las paredes. La seda del edredón, sucia y gastada, deja escapar miraguano por unos cuantos agujeros que hicieron las ratas el año en que Maria se fue, el año en que todo fue manga por hombro y no nos acordamos de guardar la ropa de invierno.

Preparo la ropa para vestirla. No despertaré al señor Lluís. No es necesario. Aún me marearía más dando órdenes sin ton ni son.

El vestido negro. La visto antes de que se enfríe. Le cierro los ojos, pero uno, con los movimientos que le hago hacer al cuerpo, se abre un poco otra vez. Ya lo cerraré cuando esté vestida. Le pongo las medias de seda fina. Las medias que el señor Lluís no podía vérselas poner sin que empezase a gritar: «¡Son caras y se estropean en seguida!» He tirado de la sábana de abajo para que no moje el vestido. Cuando he acabado de ponerle el vestido, que ha sido una batalla, cambio la ropa de la cama. Tiendo la sábana de abajo hasta la mitad de la cama, y entonces la hago rodar y acabo de poner la sábana. Cambio las almohadas. No pongo la sábana bajo el colchón: la dejo colgando para que tape el somier. Le lavo la cara y la peino un poco. Así, cuando acabo de fregar y de sacar el polvo, ya ha salido el sol. Un rayo le calienta las manos. Se las he cruzado sobre el vientre y se las tuve atadas un rato para que aguantaran. El sol hace que las manos parezcan de cera: de un color blanco crema con manchas oscuras de color hígado. Las froto un poco, porque ha quedado la marca de la cinta con que las até. ¡Y este ojo, que no quiere cerrarse! No sé qué hacer. Se me ocurre poner encima el retrato de la niña, y, cuando lo saco, parece que lo he adivinado: el ojo ya no se abre. Se le separan los pies, y hace muy mal efecto, y paso un rato buscando un imperdible. Al fin encuentro uno clavado en una falda vieja. Está un poco oxidado y rompe el hilo de seda de las medias; junto un pie con otro. Pero ahora ya no hay que andar con tantos miramientos: para este viaje... Tengo que fregar el suelo. Bajo la cama está lleno de borra. Me engancho el delantal en un clavo que sale de la pata de la cama. Estoy cansada y, arrodillada, me siento sobre los pies. Se oye un gran silencio, y al cabo de un rato empieza a trabajar la carcoma. Cuando me muevo, para. Cuando no hago nada, vuelve. Abro la ventana para que las baldosas se sequen. Oigo que el señor Lluís baja la escalera. Saco el cubo del cuarto y ajusto la puerta. Anda de puntillas. «¿Ha pasado buena noche?» «Se ha muerto allá hacia las cuatro.» Entra a verla, y yo le sigo. Se queda plantado junto a la cama, tan blanco como ella, sin decir nada. Sale al jardín y vuelve con una rama de no sé qué. Se la pone entre las manos y parece como si rezara. «Tendremos que avisar al forense.» Y sube a acabarse de vestir. Entro en la cocina, preparo café y el desayuno.

Antes de irse, desayunamos. Le tengo sentado, delante de mí, de espaldas a la luz. Hay que empezar un tarro de confitura. He puesto el tarro y el abrelatas en la mesa. Abre el tarro: alza la tapa. Con la cucharilla, rasca la confitura que ha quedado enganchada. De vez en cuando saca un poquito la lengua: cuando la esconde, se muerde el labio de abajo. Lame la cucharilla y, cuando ya no queda nada en la cucharilla, lame la tapa del tarro. Entonces coge confitura y la extiende por la rebanada de pan. La extiende delgada, pero ni un centímetro de la rebanada de pan queda sin su capa de confitura. Cuando acaba de desayunar, se lleva el tarro a su cuarto y cuelga la bolsa del pan en la lámpara: por la rata.[1]

---

1. Una palabra de Mercè Rodoreda, «la cicatriz», la brevedad del fragmento y el hecho de que las últimas hojas estén escritas a mano, hace pensar en que la autora sólo inició este fragmento.

SEGUNDA PARTE

DIARIO DE MARIA

[TÍO JOAQUIM]

Siempre, cuando íbamos a Badalona, tío Joaquim me vestía primero a mí. Me cambiaba de arriba abajo. Cuando me había desnudado toda, se iba a buscar la ropa al armario de la galería, y yo me quedaba quieta en medio de la habitación, esperando a que volviera. «Este diablo de Crisantema no sé nunca dónde mete las cosas.» Y se atolondraba. En invierno me ponía el mono de punto que me apretaba y me hacía andar encogida, y, en verano, la camisa. Las camisas, como los monos, siempre me resultaban pequeñas —tío Joaquim decía que yo crecía muy deprisa y que las camisas apenas me tapaban la *tripa*. Hasta los seis o siete años dije *la tripa* porque me hacía reír —decir vientre me habría dado vergüenza—. El tío me decía *tripa de mono*, y cuando me había puesto la camisa o el mono, según el tiempo, me daba un golpecito con la mano plana y yo daba un salto atrás para evitar el golpe que, desde el principio, estaba esperando. Me angustiaba el llevar la camisa corta, y sufría cuando veía entrar a mi tío en la habitación, nervioso, con mi ropita en los brazos. Además, cuando hacía frío —a veces tenía que estar media hora esperándolo—, el frío me daba ganas de hacer pipí, y él ni me escuchaba cuando le decía que no podía aguantar más. Me vestía con gran calma: el mono, las enaguas enterizas con bordados ingleses y plisados, los pantalones con un botoncito a cada lado y dos cintas largas que venían de atrás y que él me ataba delante, un jersey azul listado de blanco y el vestido de marinera: faldita plisada y un cuello que me colgaba hasta media espalda, adornado con trencilla blanca al lado. Me ajustaba la corbata de satén, que no me permitía ver los pies cuando andaba, y entonces me decía: «Siéntate y espera.» Me hacía sentar en el banco del recibidor —había dos, y tenían el asiento tapizado de cuero rojo—, y me decía que me levantara la falda para que no se arrugara, y entonces iba a vestirse él. Como era muy lento, yo, al cabo de un rato, me cansaba, y si el tiempo estaba frío o lluvioso, me paseaba arriba y abajo del corredor y me divertía mirándome los pies —con una mano apartaba a un lado la corbata—, y, si el tiempo era bueno, salía al jardín. Los zapatos de charol, que sólo me dejaba poner el día de ir a cobrar los alquileres, me deslumbraban. Estaba entonces enamorada de mis pies con los calcetines blancos y los zapatos de charol. Me gustaba el tranvía de Badalona, que era entonces uno de esos que tienen un banco largo a cada lado, porque me parecía que todo el mundo me miraba los pies. Si los zapatos eran nuevos y la suela crujía, doblaba el pie para que aún crujiera más.

El chaletito donde vivíamos mi tío y yo estaba en la calle de San Hermenegildo. Tenía dos jardines: uno pequeño, delante, y otro más grande, detrás. Se entraba por una verja de hierro pintada de verde, se subían siete u ocho escalones y se llegaba al jardín. Había una canasta a cada lado, y sardineles junto a las paredes. Como el jardín estaba alto, se podía ver la calle por dos barandillas de cemento armado, trabajadas con dibujos de cruces o círculos —no lo recuerdo bien, porque hace muchos años—, pero lo que sí recuerdo es que estas barandillas eran diferentes a las de la azotea, que estaban hechas de columnillas.

En el jardín había flores de todos los colores —quiero decir que eran todas diferentes— y mi tío llenaba las canastas con flores de temporada: coronados, amarantos, crisantemos, pensamientos, clavellinas... En los sardineles había geranios blancos y rojos. Los rojos crecían lozanos; los blancos, esmirriados. Por las paredes trepaban rosales y vainillas. Las rosas eran rosas de té. Apenas daban olor. Florecían acapulladas, y en un solo pomo había pimpollos y rosas y pimpollos de siembra: quiero decir de esa especie con cabellera que queda cuando la rosa se ha deshojado. En los rincones, allá donde el mortero de la pared se había abombado o se desconchaba, había cochinillas, y los días de lluvia salían gusanos en los lugares donde la tierra estaba esponjada. En este jardín, durante todo el año, el sol daba por la mañana, porque la casa estaba orientada a naciente. El jardín de atrás era más «jardín». Se salía por la galería y por una puerta de la cocina. Había en él frutales: un ciruelo, dos mandarineros, un limonero, cuatro perales y, al final de todo, tocando un pequeño cobertizo lleno de trastos y de herramientas, había una higuera. En medio del jardín, en el surtidor con ninfas —y mosquitos en verano—, vivían tres peces rojos. El agua salía por la boca de una sirena de cemento. Los rosales de las paredes eran viejos, pero daban rosas todas las primaveras. «Hay rosas para dar y vender.» Cuando florecía el jazmín que trepaba por la escalera de la azotea, y los mandarineros y el limonero y los rosales y el árbol de las campanas del juicio, todo el jardín era una locura de perfume.

Los cristales de la galería eran blancos y de color: azules, amarillos y rojos. Era en esta galería donde estaba el armario de la ropa blanca y el barreño de la colada, siempre bajo la tabla de planchar. El mobiliario: dos butacas y una mesa de mimbre.

Íbamos a Badalona todos los primeros viernes de mes. Mi tío tenía allí toda una calle de casitas, y vivíamos del alquiler. «Y aún tenemos más cosas», decía, y se pasaba la mano por el pelo. Cuando decía «aún tenemos más cosas» me daban ganas de reír sin saber por qué; es decir, sí lo sé: me ponía alegre porque me daba cuenta de que él lo estaba de tener, además de las casas, algo más. Y eso que entonces yo era como un tapón.

El día de ir a cobrar los alquileres *no hacíamos cocina*. Comíamos jamón y una ensalada. De postre, una taza de café con leche. Aquel día, Crisantema no venía, y, por la mañana, mi tío me hacía entrar en su despacho: «Siéntate y mira cómo hago los recibos: tienes que aprenderlo, para saberlo hacer cuando seas mayor.» Llenaba las rayitas de puntos con una letra pequeña y clara, y yo no levantaba los ojos de aquellos papeles porque sabía que, de vez en cuando, él me miraba y estaba satisfecho con mi atención.

Empezábamos a vestirnos a las dos y acabábamos pasadas las tres. Mi tío, cuando estaba ya vestido, cerraba ventanas, persianas y balcones, echaba cerrojos y trancas y dejaba preparado el timbre de alarma de la azotea para que funcionara. Cuando la casa parecía un fortín, salíamos y, junto a la verja, me decía: «Suénate.» E íbamos calle de San Hermenegildo abajo hacia la calle de San Felipe. Yo le daba la mano y, si tenía ganas de saltar, saltaba, y él me daba un tirón: «¡No hagas la tonta!» Por la calle de Septimania salíamos a la plaza de los Josepets. Todo el mundo nos conocía, y le saludaban todos. A veces, si era temprano, nos deteníamos en casa de Batlle, el jardinero, y hablaba un rato de flores. A mí me gustaba cuando se quitaba el sombrero y saludaba a los conocidos con una inclinación de cabeza. En los Josepets cogíamos el tranvía: calle Mayor abajo, Jardines, paseo de Gracia, plaza de Cataluña, Ramblas....

El *otro* tío, no sé cuándo empezó a venir. El primer recuerdo que tengo de él es el de dos sombras erguidas en la galería, un domingo triste y nuboso, por la mañana, hablando en voz alta, agriamente. Después, todos los domingos aparecía el tío Lluís, y acabé acostumbrándome. Un día trajo dos palomas. «Criarán pronto, y tendréis palominos para comer. Los pequeños, de vez en cuando, necesitan comer fuerte.» En casa no había habido nunca ni gato ni perro, y aquellos animalitos me sorprendieron mucho. Los dejamos en el cuarto de la azotea, y empezaron los trabajos para hacerles una jaula. Algunas tardes fui con tío Joaquim a la calle mayor de Gracia, a una ferretería, cerca de la Travessera, para comprar tela metálica y herramientas para hacer el palomar. Volvíamos a casa paseando, y, por el camino, tío Joaquim me explicaba que dentro de un año tendríamos cien palomas y que yo tendría que aprender a hacerlas volar. La aparición de tío Lluís y de la pareja de palomas fueron las primeras cosas que empezaron a fastidiarme en la vida.

La confección del palomar fue muy laboriosa. Como estábamos en invierno, los trabajos de serrar tablas y listones se hacían en la galería. El suelo quedaba cubierto de serrín, y al andar lo llevábamos por toda la casa. Crisantema, cuando llegaba, empezaba a rezongar: «Tendrían que poner una alfombrilla a la entrada del comedor.» «¡Para alfombritas estamos!», decía mi tío con un sonrisita de conejo. Cuando estuvo listo el palomar, el tío Joaquim, con escarpa y martillo, hizo un agujero en la pared del cuarto de la azotea y puso allí un estante de madera, como una especie de plataforma. Cuando estuvo a punto la salida, colocó el cajón de las arvejas y el abrevadero, se sentó en una sillita baja, un poco alejado, me sentó a mí en su regazo, y dijo: «A ver qué hacen.» Tardaron mucho en salir. Primero salió el macho, estuvo un rato en la plataforma y con un revoloteo súbito bajó y empezó a comer. Luego bebió y a cada trago estiraba el cuello para que bajara el agua. La paloma, tuvo que cogerla mi tío y sacarla para que comiera. Dentro del cuarto puso un estante y colgó un estropajo en el techo. Cuando empezaron a hacer el nido, mi tío sólo hablaba de palomas. Crisantema protestó y dijo que ya tenía trabajo bastante para que encima le añadieran éste. Todas las semanas tenía que subir a la azotea, limpiar el palomar y fregarlo. Cuando hubo palominos, fue como si hubiera en casa fiesta mayor. El tío Joaquim los bajó, los puso encima de la mesa y me los dejó tocar: tenían aún pocas plumas, y olían a fiebre. «Los guardaremos, a ver si son pareja.» Fueron pareja. Al cabo de seis meses, comimos palominos. El domingo por la mañana, antes de matarlos, me hizo extender un trapo blanco en la cama, y me los trajo. Tenían el pico rosado, el plumaje liso y los ojitos colorados. Uno era blanco, el otro grisáceo con manchas rosadas. Todos los domingos comíamos palomino, y a mí, sólo de pensarlo, me venían mareos. Hasta cocidos se notaba aquel olor de fiebre y palomina. Cuando llegaba el tío Lluís, subían los dos al palomar y hablaban de palomas. Apenas se acordaban de mí. Un día oí que tío Lluís decía: «Si entras muchas veces, acabarán aborreciendo los huevos.» Un día decidieron hacerlos volar. Cuando todos estuvieron ya fuera del palomar, el más viejo alzó el vuelo y todos los demás lo siguieron. Empezaron a trazar círculos y círculos sobre la casa, y al fin se lanzaron a volar lejos. Cuando ya apenas los veíamos, dieron la vuelta y regresaron, y, poco a poco, ahora uno, luego otro, fueron bajando y posándose sobre la barandilla de la azotea. Cuando teníamos ya cincuenta, era insoportable. Todo el suelo estaba sucio y no podíamos tender la ropa porque siempre churreteaban una pieza u otra. Y no dábamos abasto a comer palominos.

Fue entonces cuando empecé a subir sola a la azotea. Me sentaba y miraba las palomas, que se paseaban todo el día por las barandillas y picaban el mortero de las paredes. Mi tío empezó a preocuparse. Una tarde entré en el cuarto de los nidos. Para alcanzar el cerrojo tuve que subirme a la silla donde mi tío se sentaba. A pesar de que Crisantema blanqueaba aquello a menudo, había piojos. Los palomos arrullaban fuera, y las hembras incubaban. Entré la silla baja, la acerqué a las incubadoras y subí a ella. Metí la mano bajo una paloma, cogí los huevos y empecé a sacudirlos, furiosa. Luego, los dejé en su sitio. La paloma revoloteó un poco a mi alrededor, pero no me picó. Continué la operación con todos los otros nidos. Había palomas que huían, otros se estaban quietas, como asustadas. Estropeé todas las crías. Ya no comimos más palominos. Mi tío acabó vendiendo las palomas. La azotea volvió a estar limpia, pero el hedor tardó tiempo en desaparecer.

Aquel verano, mi tío Joaquim estuvo enfermo y no pudo ir a cobrar los alquileres. Fue tío Lluís, y me llevó con él. «¿Qué haces aquí sentada? ¡Vamos!» «Es que tengo que vestirme.» «¿Vestirte? ¿Es que no vas vestida?» «¡Claro que voy vestida, pero tengo que mudarme!» «¡Ya vas bien así!» Eché a correr hacia el cuarto de tío Joaquim: «No quiero ir a Badalona con delantal, no quiero ir con delantal...» Tío Lluís corrió detrás de mí, me cogió por la mano y me llevó. Por la calle, casi tuvo que arrastrarme. Al fin me dio unos azotes, me eché a llorar y, como no quería seguir, me agarró por el cuello y así me tuvo hasta que subimos al tranvía. En todo el camino no abrí la boca. Estaba furiosa. El señor Gomis, cuando entramos, me dio un cachetito en la mejilla y dijo: «¿No llevas hoy la ropita nueva? ¿Dónde has dejado el vestido de marinero?» Con las manos abiertas contra los ojos rompí a llorar. «Es una niña mimada», dijo tío Lluís. Se metió el dinero en el bolsillo, después de contarlo minuciosamente, y se me llevó, llorando. Todos los inquilinos, como si se lo hubieran dicho, hicieron algún comentario sobre mi manera de ir vestida. La señora Mir, una señora vieja, rubia de pelo, con una cinta de terciopelo negro al cuello, que vivía sola con la criada, tres gatos de angora y un loro viejísimo que su marido —muerto de peste en un país lejano— le había regalado después de su primer viaje por mar, me cogió por los hombros: «Qué guapa estás con el delantalito a cuadros...» «No le hable más del vestido: lleva todo el camino con un berrinche por culpa de esto.»

De vuelta, en la playa, fue aún peor. Ya era tarde, y la playa estaba desierta. Nos sentamos en la arena. Tío Lluís sacó una libretita del bolsillo del chaleco y un lápiz rojo pequeñito, y apuntó números y empezó a sumar. Yo me puse a mirar el mar. El mar estaba quieto, y las olas eran pequeñas. «El agua anda», pensé. Y el agua andaba hacia nosotros, y se detenía cerca, con un suspiro, y retrocedía como si tuviera vergüenza de mis ojos, que la miraban sin parar. Y yo la miraba con los ojos muy abiertos para que me tuviera miedo y se volviera antes de rozarme. «¿Qué estás mirando con esos ojos, no ves que vas a rompértelos?» Y el agua venía azul y se volvía azul. Mi tío, de vez en cuando, se secaba el sudor de la frente. Se había quitado la chaqueta y tenía la camisa empapada en la espalda y bajo los brazos, el aire traía relentes de tanto sudor. De pronto, se metió en el bolsillo el lápiz y la libretita, se frotó las manos pausadamente, y dijo: «Ahora vas a bañarte.» Me agarró y empezó a desnudarme. «No llevo traje de baño.» «Es igual. No lo necesitas.» «Tendré frío.» Cuando me quedé en camisa, empecé a temblar. Parecía que el aire me azotara. Me sacó la camisa por la cabeza, y me despeinó toda. Cogió agua, como a puñados, y me mojó el pelo. Eché a correr por la playa, aterrorizada. Me atrapó y me metió en el agua. Me había quedado sin respiración, y me castañeteaban los dientes. «¡Hala! Juega con el agua.» Me metí de pies en el agua, y la ola venía y me llegaba a las rodillas, y cuando ya no podía resistir más el frío, la ola se volvía, pero en seguida venía otra, y la mano de mi tío, aferrada a mi hombro, me iba empujando adentro, hasta que la ola que venía me llegó al pecho, y entonces me puse a chillar, aterrorizada, y a temblar violentamente. Pero entonces las manos me empujaron hacia abajo, y me cubrió una masa líquida. La nariz, y los ojos, y la boca, se me llenaron de agua amarga. «Sin miedo..., sin miedo...» El corazón me latía furiosamente. «Sin miedo...» Y, para mí, era el fin del mundo.

«Cuando tu tío y yo éramos pequeños, paseábamos muchas veces por esta playa. ¿Ves aquella casa grande de allá abajo..., aquella que tiene una bandera en la azotea? Era nuestra. Tu tío Joaquim la vendió, y ahora no es nuestra. Allí vivíamos cuando éramos pequeños. ¿Ves aquel balcón donde hay una buganvilla emparrada, aquella hiedra roja..., aquel entre dos ventanas? Aquel era el cuarto donde estudiábamos. En verano, antes de cenar, veníamos a pasear por aquí por donde ahora nos paseamos tú y yo, y nos divertíamos tirando piedras al agua. ¿Por qué no tiras tú piedras al agua?»

Al día siguiente tuve que quedarme en cama. Tenía un poco de fiebre. «Sólo faltabas tú», decía Crisantema cuando entraba a traerme la taza de caldo o a darme la medicina. «Suerte que pronto se levantará su tío.» Por la tarde, cuando empezó a oscurecer, me levanté y, descalza, fui al cuarto de tío Joaquim, me metí en su cama, y me quedé allí. Me encogí toda, y me vino el sueño. «¿No ves que si te acercas demasiado vas a ponerte enferma como una rata?» Estos recuerdos son exactos. Hay escenas de mi vida, frases, actitudes de la gente, expresiones, que la cosa más mínima evoca con fuerza y con una punzante precisión.

Tío Joaquim, una vez liquidadas las palomas, volvió a cuidarse del jardín. Una tarde descargó una carretada de estiércol; dos hombres lo entraban con cestos y mi tío lo iba dispersando por los planteles y los macizos. Batlle trajo esquejes, media docena de rosales y dos gardenias. A la primavera siguiente, el jardín parecía un cielo. Tío Lluís protestaba cuando venía los domingos: «Te has gastado un dineral.» «Pero los jardines da gusto verlos. Y esta casita no tiene más que los jardines...» «Si vieras el mío...» Aquélla fue la primera vez que tuve la sensación real de que mi tío Lluís vivía en una casa y de que era una persona como nosotros. Es decir: que, aparte de los domingos, también vivía los otros días. Hasta entonces había sido alguien que venía a casa los domingos por la tarde y que, antes y después de haber venido a casa, desaparecía por completo: como si no tuviera vida fuera de los domingos.

Un día, mientras tío Joaquim cortaba las rosas pasadas y yo las guardaba en un cestito, se puso en cuclillas de repente y, con la nariz pegada a la mía, preguntó en voz baja: «¿A quién quieres más, a tío Lluís o a mí?» Me parece oír aún aquella voz ronca y ver aquellos ojos húmedos y tristes. No le contesté. Se levantó y siguió cortando los tallos de las rosas viejas. Dejé el cestito en el suelo y me agarré a su pierna con los brazos y los pies. «¡No hagas la tonta!» Dio unos cuantos pasos, y yo no lo soltaba. «¡Lárgate de aquí, langosta!... ¡Auxilio, Crisantema, auxilio! ¡Una langosta se me ha agarrado a la pierna!» Y Crisantema salió de la cocina con los ojos entornados, como si no viera bien. «¿No ve que estoy cortando cebolla y que ya tengo bastante trabajo?» Entonces, con un súbito giro del brazo, mi tío me cogió y me subió a sus hombros, y luego dio una vuelta al jardín a la carrera.

No había pasado nunca que el armario de la galería quedara abierto, pero una vez lo vi así. No había en ningún estante ni una sola pieza de ropa plegada. Parecía como si por allí hubieran pasado las manos de un ladrón, tan arrugada estaba toda. Me acerqué, y con un dedo tiré de una punta que colgaba: me gustó mucho aquello. Empecé a seguir el dibujo. De vez en cuando pasaba el dedo por los agujeros, y si el dedo no entraba porque el agujero era demasiado pequeño, empezaba a barrenar hasta que se hacía mayor y podía entrar el dedo. Jugando, jugando, la pieza de ropa cayó al suelo y arrastró otras, y entre ellas apareció un paquete de cartas atadas con un cordelillo de pastelería. Cogí el paquete, porque el cordel era de oro; en aquel momento entró mi tío y de manera un poco brusca me cogió el paquete de las manos. Empecé a lloriquear. «No toques nunca la ropa de aquí dentro, ¿oyes?» La recomendación era inútil, porque el armario estaba cerrado siempre con dos vueltas de llave.

En invierno dormía con mi tío. Antes de quedarnos dormidos, una noche rezábamos y otra me contaba la vida de San Antonio. Si él se quedaba dormido antes que yo, me gustaba oír el silencio de la casa, y asustarme con el primer ronquido que él soltaba. Y este leve temor me gustaba. «¿Por qué diablos le explicas la vida de San Antonio?... Cualquiera diría que eres un beatuco...» «Alguna cosa tengo que explicarle...» «Pues cuéntale historias de animales.» «No le gustan. Sólo le interesa la vida de San Antonio, y tendrías que ver cómo se indigna cuando digo "basta"...» «¿Y de dónde sacaste la historia?» «No lo sé. Creo que de uno de aquellos libros de Badalona. Los de la biblioteca de nuestro padre.»

¡Oh, aquel domingo!... Estaba jugando yo en el jardín de delante, y llevaba ya rato cuando oí fuertes gritos dentro. Entré, y oí que tío Joaquim gritaba: «¡Son mías, y si me las coges te vas a acordar de mí!...» Fui a la galería, y ni me vieron: me quedé de pie, detrás de una butaca de mimbre. Tío Lluís tenía en la mano el paquete de cartas que un día había caído del armario; estaba rojo y crispado, y tío Joaquim tenía la cara blanca y los ojos muy raros, como si no miraran, o como si vieran otro mundo. Tío Joaquim lo había cogido por el brazo y se lo retorcía, pero el otro no soltaba el paquete de cartas. Estaban los dos ante mí, altos y extraños. Tío Joaquim se dio cuenta de mi presencia: «¿Qué haces aquí? ¡Vete al jardín! ¡Vete!» Mientras me hablaba, tío Lluís arrebató las cartas que le había cogido tío Joaquim. Se las arrebató por sorpresa y quiso metérselas en el bolsillo, pero no pudo. Entonces, tío Joaquim se le echó encima y empezó a darle puñetazos en la cara. Tío Lluís se cubría con los brazos, y retrocedía; pronto le brotó un reguerillo de sangre de un lado de la boca. Cayó una gota al suelo, espesa y brillante. «¡Cobarde! ¡Cobarde! ¡Tan cobarde y tan ladrón como cuando eras pequeño! ¡Dámelas!»

Pero tío Lluís había conseguido meterse las cartas en el bolsillo. Tío Joaquim le desgarró el bolsillo, y las cartas cayeron al suelo y se dispersaron. Mientras tío Joaquim las cogía, insultando a su hermano, tío Lluís seguía pegándole, y de vez en cuando intentaba coger una carta. Cuando tío Joaquim las tuvo todas, se volvió hacia tío Lluís; parecía que fuese más alto, que tuviese los brazos más largos, que la cara se le hubiera vuelto más grande. «¡Te lo has ganado!» Lo dijo con los dientes cerrados, muy pálido, y con toda la parte baja de la cara manchada de sangre. Empezó de nuevo a darle puñetazos en la cara, en las costillas, en el vientre; unos puñetazos rápidos y secos. Tío Lluís gemía, y se protegía la cara con las manos. Un puñetazo lo hizo caer al suelo, sentado, de espaldas a la pared y con la cabeza inclinada sobre el pecho como un muñeco violentamente arrojado. Las plantas de los pies eran largas, anchas; una de las suelas tenía un agujero. Cogí una carta que había ido a parar bajo una butaca, y se la di a tío Joaquim. «¿Te has asustado? No es nada, sólo un juego, sólo un juego. Vamos a buscar la botella del vinagre.» Me cogió de la mano y fuimos los dos a la cocina. Tenía la mano tibia y húmeda y el pecho se le hinchaba y se le aplanaba con un jadeo continuado. Se lavó la cara en la fregadera, bajo el chorro de agua. «¿Sabes dónde está la botella del vinagre?» Abrí el armarito y se la di. Mientras echaba vinagre, la taza y la mano le temblaban. «Ven...» Por los cristales de la galería entraba una claridad lechosa, y los vidrios de colores manchaban levemente de azul, de amarillo y de rojo la pared del fondo. Las ramas de los árboles estaban inmóviles, como si todo el jardín y la sirena del surtidor estuvieran pintados en un cromo.

Tío Lluís sacudió la cabeza y abrió los ojos. Encogió una pierna, y una de las suelas desapareció.

Se incorporó penosamente; se levantó. «Ve a lavarte. Encontrarás vinagre en una taza y una toalla encima del taburete.» Cuando volvió, andaba muy lentamente y se pasaba las manos, con los dedos abiertos, por el pelo. Dijo: «Las cartas son de aquel a quien van destinadas. Me las pagarás: si no puedo vengarme con el más fuerte, lo haré con el más débil. Y sé esperar. He demostrado que sé esperar.» Cogió una lámpara que había caído durante la batalla, y la puso sobre la mesa. «Se ha roto la bombilla; recoge los cristales antes de que la niña se haga daño.» Pasó el pie por las gotas de sangre y frotó un momento. Tío Joaquim dijo: «Tú lo tienes todo. Yo, sólo tengo estas cartas...» «Tienes a la niña.» Tío Joaquim no contestó. Me cogió de la mano y me dijo: «Vamos a ver los rosales.» «No saques a la niña sin abrigarla: el aire está ahora muy frío.» «Y si a mí me da la gana de que salga, ¿quién va a prohibírmelo?» Empezaron los dos a tirar de mí, cada uno por una mano. «Como hagas daño a la niña, te vas a acordar.» Ya había alzado la falleba del balcón y lo abría. Entró un olor tierno y limpio, y se oyó un vuelo atemorizado entre los jazmines de la escalera. Era la hora en que los troncos empiezan a volverse negros. Tío Joaquim y yo no salimos. Me pasó la mano por el pelo. Se oían los pasos de tío Lluís por la gravilla del jardín, y poco a poco la distancia los iba apagando. «Ven.» Seguí a tío Joaquim hasta el comedor. Sacó una botella del aparador, del armario de arriba, la destapó, llenó un vaso de líquido que parecía oro, y me dijo: «Bebe un trago, eso te quitará el miedo.» No recuerdo en mi vida haber bebido algo mejor. Quizá porque me sentía protegida, quizá porque las sombras iban adensándose tras los árboles, quizá porque tío Lluís no se veía, oculto tras tantas hojas oscuras. Entonces, tío Joaquim me enrolló su bufanda al cuello, y salimos al jardín.

«Abre el surtidor.» Alcé la loseta y di una vuelta al grifo; en un rincón había tres o cuatro cucarachas aplastadas. Se alzó el chorro de agua y me saltaron unas salpicaduras a la cara. «No tan fuerte. Abre sólo un poco, lo justo para que se llene de agua la boca de la sirena y los pájaros puedan beber mañana por la mañana.» «Veo que le has puesto la bufanda...» «Como decías que el aire podía hacerle daño...» Otra vez estaban uno al lado del otro, erguidos y altos. «Cierra el paso del agua.» Y entramos los tres en casa poco a poco. «¿Quieres quedarte a cenar?» «Os molestaría.» «¡Qué va, hombre!»

Entre los dos prepararon la cena y pusieron la mesa. Cuando creía que yo no lo veía, tío Joaquim me miraba. Yo estaba sentada en una butaca, y los veía ir y venir. Se sentaron los dos a la mesa. «¿Cuándo piensas llevarla al colegio?» «Es aún muy pequeña. Quizá el año que viene. Este invierno voy a enseñarle las letras.» «Tendrías que comprarle un libro con muchos dibujos: de esos en los que cada letra del abecedario empieza con un muñeco.» Hablaban como si les costara un esfuerzo, más para no oír el silencio que para oír las palabras. «Me parece que se está quedando dormida.» «Como no ha parado en todo el día, debe de estar cansada.» Tío Joaquim me puso una pera en el plato. «Cómete esta pera, ¿oyes?» «Si no se la das cortada, nada. Se le están cerrando los ojos.»

De repente, tío Joaquim plantó los codos en la mesa y rompió a llorar. Recuerdo aún que me desvelaban los sollozos y notaba un mareo. Tío Lluís ponía cara de fastidio. Al cabo de un buen rato, tío Joaquim se sacó el pañuelo del bolsillo y se sonó ruidosamente. Ahora lloraba menos. Entre suspiros, dijo: «Corta la pera, y dásela.» La hoja del cuchillo brillaba exactamente bajo mis ojos. Tío Lluís pelaba la pera, y la piel iba bajando encaracolada como una viruta e iba a instalarse en el plato. Tío Joaquim volvió a sonarse. «Come y no te manches.» «¿Qué diablos has hecho con la servilleta?» Estaba en el suelo: la recogió y me la anudó al cuello. Entonces dijo: «Tengo que irme.» «¿Volverás el domingo?» «¿Estás seguro de que se come la pera? Me parece que no acaba de tragarla... Claro que volveré...» «Se está durmiendo. Cómete tú la pera antes de irte.» «No me apetece, la verdad...» «Tráela. Me la comeré yo.» Mientras tío Lluís se ponía la gabardina, tío Joaquim me cogió en brazos y acompañó a su hermano hasta la entrada. Ya en la puerta, tío Lluís me dio un beso.

Levanté los ojos y vi a una señora que me estaba mirando. Seguí jugando; pesaba piedrecillas en una balanza vieja que había encontrado en el trastero. La mujer iba vestida de negro y llevaba un sombrero con un velo gris que le cubría la cara. A un lado del sombrero había un ramito de violetas. Crisantema estaba limpiando el cuarto del tío, y se la oía aporrear los colchones. Volví a mirar, y la señora estaba aún allí. Se había alzado el velo y se le veía la cara muy blanca. Tenía una peca en el pómulo izquierdo. Al dejar de mirarla, me pareció que iniciaba una sonrisa. Al fin me molestó que estuviera allí, erguida y sin dejar de mirarme. Me levanté, cogí el gatito que dormía junto a mí y entré en casa. «¿Ya te has cansado de jugar?» «Crisantema, hay una señora en la verja que me da miedo.» Crisantema miró a través de las varillas de la persiana y dijo: «¡Reina santísima!» Me cogió de un tirón y me llevó hacia la galería. Estaba muy alterada. «No te muevas, ¿me oyes?» Fue hasta la vidriera, miró desde detrás de los cristales, y al cabo de un rato gritó: «Ya puedes venir, ya se ha ido.» Y Crisantema, que siempre tenía las mejillas coloradas, las tenía ahora blancas, y hablaba como si estuviera en misa. «Deja estar al gato, acabarás haciéndole daño.» «¡Es mío!» «Es tuyo, pero vas a matarlo de tanto tocarlo ¿No ves que a los animales no les gusta que les den la lata?» Era un gato de una camada que el tío había traído de Badalona el viernes pasado. Yo no lo había acompañado porque estaba resfriada. Crisantema había venido a hacerme compañía y, para la merienda, tostó almendras y nos las comimos en la cocina. Cuando hacía frío, era el lugar de la casa donde mejor se estaba. La cocina económica estaba casi siempre encendida. Sobre la mesita había un reloj de pesas con péndulo de latón que Crisantema limpiaba muy a menudo con *Amor*. Cuando limpiaba los latones y los cristales, cantaba. A veces también cantaba cuando lavaba los platos, pero no siempre.

Tío Joaquim volvió temprano con un cestito, y, en el cestito, un gato. Tenía el pelo negro, muy brillante, y cuando andaba se caía de lado. Cuando quería correr, también se caía. Cuando dormía, lo cogía y me lo ponía en el regazo. Cuando se despertaba, lo dejaba encima de la mesa de la cocina y se alzaba sobre las patas de atrás y quería coger el péndulo del reloj. Pronto, yo ni comía ni dormía: sólo vivía para el gato. Adelgacé mucho. Una mañana, cuando fui a buscar al gato para llevarlo a tomar el sol al jardín de delante, no lo encontré. Había desaparecido el cajoncito de madera, la taza donde bebía la leche. Todo. No dije nada. Al cabo de dos días, estaba realmente enferma. «Tendrá que llevarla a ver agua que corra. Tiene añoranzas.» Crisantema abría el grifo y me alzaba: «Mira, mira...» Mi tío hacía que se alzara fuerte el chorro del surtidor y decía: «Mira, mira...» Un día vino un señor que por lo visto era el abogado de la casa. Vino con su hijo y, todos juntos, en coche, salimos de la ciudad. Cuando estuvimos cerca de un río, bajamos, y todos me decían que mirara el agua. «No hay nada mejor para los chiquillos con añoranzas...», decía aquel señor. Aquella noche dormí de un tirón. Al día siguiente, Crisantema trajo un collar de no sé qué semilla, me lo puso y le dijo a mi tío: «No se lo quite ni para dormir: dentro de ocho días estará curada.» Al fin, me llevaron al médico, un hombre viejo, con barbita blanca y ojitos azules. Me recetó un reforzante, y muy pronto volví a tener ganas de comer y de jugar. «Fue lo del collar y los ajos.» «¿Los ajos?», preguntó mi tío, mojando el pan en el café con leche. «Sí, señor. Sobre todo, los ajos. Le puse doce cabezas de ajo dentro de la almohada.»

Una mañana me pareció que pasaba algo extraño en el comedor. Me levanté de la cama y fui de puntillas hasta allá. Crisantema estaba llorando. Hacía ya tres días que no venía a casa. Llevaba un vestido de lana, negro, y se secaba los ojos con un pañuelo grande de cuadros grises y violeta. Mi tío estaba de pie, ante ella. «... Ya tenía muchos años... Pobre Soledat, es como si la estuviera viendo ahora, allí, en Badalona, cuando éramos pequeños y nos reñía porque saltábamos al jardín de la casa de al lado. Pobre Soledat...» Crisantema, que lo escuchaba con la cabeza levantada, rompió a llorar de nuevo, esta vez más fuerte. «No puede usted saber lo que es perder la madre para alguien como yo... Tan trabajadora, la pobrecilla. Ni un día dejó de ir a casa del señor Lluís. Y la señora Isabel la quería mucho...» Mi tío sacó la cartera del bolsillo de atrás de los pantalones, la abrió y sacó un billete. Se lo tendió a Crisantema. Ella no lo quería coger. Sollozaba: «Cuando pienso en que mi madre los conocía desde pequeñitos y que yo, aunque era muy jovencita, vi casi nacer a la niña...» «Tenga, mujer, tenga...» «Mi madre no quería que cogiera ni un céntimo que no fuera ganado trabajando.» «Mire, eso está muy bien..., pero este dinero lo necesitará: cuando falta una persona, se necesita mucho dinero.» «Es que no sé qué me da... No puedo, no puedo...» Mi tío se volvió, me vio y me subió en brazos. «Mire, se lo da la niña.» Me metió el billete en la mano, y dijo: «Dáselo a Crisantema.» Se inclinó, y entonces ella cogió el billete y dio las gracias. Mi tío me volvió a meter en cama. «Si corres desnuda y descalza, te pondrás enferma, ¿me oyes?» Cuando se fue de mi cuarto, me levanté de nuevo y corrí a escuchar. «¿Y cómo van a arreglárselas los dos, ahora, sin su madre?» «El señor Lluís, cuando volvíamos del entierro, me dijo a ver si podía ir a su casa por las tardes...» «Yo no se lo puedo prohibir, pero sí quiero pedirle una cosa: que por boca de usted, Isabel no sepa nada.» «Puede estar tranquilo. Pero yo no me preocuparía demasiado con eso de que no sepa dónde vive ahora. Hace ya bastante tiempo —no se lo dije para que no se preocupara—, una tarde vi a la señora Isabel —juraría que lo era— derecha como un muerto junto a la verja, viendo cómo jugaba la niña. La niña entró corriendo, porque le tuvo miedo, y yo no la dejé salir hasta que la señora Isabel se fue.» Tío Joaquim dio un puñetazo en la mesa. «¡No es verdad! ¡No puede ser verdad!»

Después, le pregunté a Crisantema: «Crisantema, el tío Lluís, cuando no está aquí, con nosotros, ¿dónde está?» Se quedó un poco aturdida y, poniéndose bien el pliegue del delantal, respondió: «¡Ay, ay, qué preguntas me vienes haciendo. Es que también...» Desde entonces, siempre que tío Joaquim charlaba con Crisantema, yo hacía como que me iba, y volvía inmediatamente, de puntillas, y escuchaba desde detrás de la puerta. Pero, generalmente, hablaban de cosas de la casa: de lo que había que hacer, de lo que había que comprar. Yo no me cansaba de mi juego. Siempre esperaba saber algo, algo que todos sabían, menos yo. Esta especie de misterio latente empecé a respirarlo, junto con el aire, en cuanto tuve uso de razón. Una vez, mi tío dijo: «¿Te gustaría ver joyas?» Pasaron muchos meses. Un día volvió a repetirlo: «Si eres buena, te enseñaré unas joyas.» Estábamos solos. Toda la casa estaba impregnada de un olor a humo: también mi pelo y mis vestidos. El día antes se había atascado la chimenea de la cocina económica y por la mañana vino un deshollinador. Todos los fogones habían quedado cubiertos de hollín. Olor a humo y resplandor de brillantes. Dos recuerdos que van unidos. Uno evoca al otro. El suelo de la casa era de losetas blancas. Las losetas eran cuadradas, con los cantos tallados. Entre cada cuatro losetas, había un dado amarillo. Mi tío fue al cobertizo de las herramientas, en el fondo del jardín, y volvió con una escarpa y un martillo. Entramos los dos en su dormitorio, apartó la cama, se arrodilló, casi metido en el rincón, y empezó a picar un dado amarillo. Picaba poco a poco, cuidadosamente. Con los dientes se mordía el labio inferior. De vez en cuando, se pasaba la lengua por el labio y volvía a mordérselo. El dado quedó hecho añicos. El trabajo de romper y sacar mortero fue entonces fácil. El mortero me lo hacía sacar a mí. «A puñados, ¿ves? Poco a poco.» Pronto, con el mortero, salió un pendiente. Después, anillos. Yo miraba con los ojos muy abiertos, redondos, y me latía apresuradamente el corazón. Salieron más pendientes, colgantes, un brazalete con ocho hileras de perlas y un cierre de rubíes. La piel de la mano empezaba a ponérseme roja. Estaba más entusiasmada que mi tío, cada vez que sacaba una joya a la claridad. «Busca, busca...», iba diciendo. Metimos las joyas en una caja. Luego, él tapó el agujero con el mortero que yo había sacado. Hizo cemento y puso un dado nuevo en vez del viejo. Pasó la bayeta, después de haberme hecho recoger los cascotes, y parecía que nunca nadie hubiera puesto las manos en el enlosado. Arrinconó la cama y fuimos a la cocina los dos. Fue poniendo las joyas en el fregadero, tapó el agujero, me hizo subir a una silla mediana, me anudó un delantal de Crisantema y abrió el grifo. «¿Ves? Con el cepillo de dientes bien enjabonado, tienes que ir limpiándolas una a una. Han estado tanto tiempo enterradas... Menos mal que al oro y a los brillantes nada les hace daño...» Yo iba cogiendo las joyas una a una, enjabonaba bien el cepillo y las fregaba torpemente. Cuando consideraba que ya estaban lo bastante limpias, las cogía y las dejaba sobre una servilleta que había extendido en los fogones. Había un corazón de brillantes que no había visto al sacar las joyas de su escondite, porque debí de sacarlo por el lado donde sólo había oro. Mi tío lo cogió y lo miró largamente antes de dejarlo en la servilleta. Cuando todas las joyas estuvieron limpias, las fuimos cogiendo una a una y me las fue enseñando. Con la voz un poco estrangulada, dijo: «Son para ti, cuando seas mayor. Las llevó tu madre, ¿sabes? Si estuviera viva, la querrías mucho, porque era muy guapa. Murió cuando naciste tú... Este corazón de brillantes se lo regaló tu padre cuando tú aún no estabas en el mundo... Y yo lo guardo para dártelo cuando te cases.» Me lo puso en el pecho y lo hacía oscilar para que brillara. «Si tuvieras el pelo rubio, serías como ella. Los ojos los tienes del mismo color...» Me miraba con una intensidad desesperada. No me veía a mí. Más allá de mis facciones de niña, veía otra cara: la que querría que yo tuviese cuando fuera mayor.

Las joyas ya apenas me interesaban. De todo aquello que él decía que un día sería mío, lo que más me gustaba era su reloj. Un reloj de bolsillo, plano, con sus iniciales en la tapa, hechas de brillantes pequeñitos. A veces, de muy niña, me lo dejaba escuchar. Un poco mayor, me dejaba ya darle cuerda. En los ratos que pasaba en la cama con él, después de rezar o de haberme explicado una historia, me hacía compañía oír el tic-tac del reloj encima de la mesita de noche.

El día de mi cumpleaños, mi tío me compraba siempre un juguete y hacía preparar una buena comida. Tío Lluís no había venido ningún cumpleaños. Un año vino el abogado Cases con su hijo. El hijo era un chico gordo y blanducho, que siempre estaba resfriado. Después de comer, salimos a jugar al jardín. Empezó a dar patadas en la arena y a desparramarla. «Si haces eso, mi tío se enfadará.» «¡Calla, mocosa!» Yo tenía seis años, y él debía de tener diez o doce. Alzó la loseta que tapaba el paso de agua del surtidor, y lo abrió. Hacía viento, y el agua lo dejó todo perdido. Desde la galería, su padre le mandó que cerrara el paso del agua. Obedeció, y empezó de nuevo a pegar patadas en la arena. De pronto, se me quedó mirando, se llevó el pulgar a la nariz, me hizo la trompetilla y dijo: «¡Hala, hala, que no tienes padre!...» Tardé un rato en reaccionar, y cuando ya volvía a pegar patadas en la arena, dije en voz muy baja: «Pero tengo dos tíos.» Se inclinó, me tiró del vestido como si quisiera hacerme caer al suelo. «Pero no tienes padre, y tu madre es una que tiene la cabeza llena de pájaros.» «No tengo padre, pero tengo dos tíos, y mi madre está muerta.» Se metió en el cobertizo y empezó a revolver las herramientas. Se acercó a mí: «¿Qué tienes aquí?» Me levantó el vestido, y yo me retiré. Cogió las tijeras de podar. «Ahora voy a cortarte el pelo, y parecerás una mona.» Tuve la intuición de que si me acobardaba, estaba perdida. «¡Pruébalo!» «Si no fuera porque me das pena, tan pequeña...» Y salió afuera con las tijeras de podar y cortó una ramita de rosal. Yo lo seguí. Me miraba fijamente. «¡Llora!» Y, sin dejar de mirarme, cortó otra ramita. «¡Llora!» Cuando menos lo esperaba, me eché sobre él y de un golpe le arrebaté las tijeras, pero, al hacerlo, caí al suelo y me herí en una mano. Empezó a salirme sangre. El señor Cases y tío Joaquim vinieron corriendo, asustados. «¿Por qué le has hecho daño?» «La culpa fue de ella, que me quería pegar y se cayó.» «¡Por mentiroso!» Le dio dos bofetadas. El tío me vendó la mano y nos hizo quedarnos sentados en el comedor. A la hora de la merienda, cuando Crisantema sirvió el chocolate y las ensaimadas, dije que no quería comer nada mientras aquel niño estuviera en casa. Cuando ya estaba fuera, fui a la cocina. Crisantema estaba lavando los platos y las tazas de la merienda. Me senté en la silla mediana, cara a la ventana. El jardín estaba oscuro. Un gato bebía en el surtidor. «¿Qué miras?» «Un gato que tiene sed.» «Si no se puede ver lo que hay fuera cuando está encendida la luz, qué vas a ver ahora que es de noche...» «Yo veo un gato que está bebiendo agua.» Crisantema corrió de un tirón la cortina de listas blancas y azules. «Hasta me harías sentir miedo con tus historias...» Salí afuera. Junto al surtidor no había nada. Pero yo estaba segura de que había visto la silueta de un gato bebiendo. Ya no hacía viento. El jardín parecía dormido. Cayó una fruta con un ruidito seco, y tiré un puñado de arena dentro del surtidor. Entré en casa, pero Crisantema ya no estaba en la cocina y sentí ganas de subir a la azotea. Cuando iba ya mediada la escalera miré hacia arriba y, entre las ramas y las hojitas del jazmín, se veía el cielo. Había muchas estrellas y un poco de niebla. Cuando estuve en la azotea fui hacia el lado de delante y me subí a un rellano que hacía de barandilla. El tío Joaquim estaba hablando con el carretero de delante de casa, que estaba desenganchando el caballo. Se notaba un olor a heno casi imperceptible. En pleno verano, el olor era más intenso: olor a heno, a paja, a algarrobas. Sobre los tejados se veía la claridad de las luces de Barcelona. Cuando me cansé de mirar hacia abajo, di la vuelta a la azotea siguiendo las paredes y las barandillas con la mano plana. Volví a subirme: mi tío ya no estaba abajo y el carretero estaba cerrando el portalón de la cuadra. Llegaba ahora un olor de eucaliptus. Era un eucaliptus muy viejo y muy alto, plantado al fondo del jardín de la casa de al lado. Esta casa tenía la entrada principal por la calle de Padua. Una casa con primer piso, muy rica, con los metales de la puerta siempre recién pulidos. El eucaliptus era de los más viejos y más altos de San Gervasio. Cuando florecía, las flores abiertas tenían un color de sangre. Nunca había podido coger ninguna. Me senté en el suelo hasta que los gritos desesperados de mi tío me hicieron salir corriendo hacia abajo. «Hace un montón de tiempo que te estoy buscando. ¿Qué estabas haciendo?» «Estaba mirando.»

Mi tío empezó a quejarse, diciendo que se cansaba y que tendría que llamar a alguien para que cuidara los jardines. El jardinero que vino era un hombre viejo que vivía al fondo de la calle de la Salud. Venía un par de veces al mes: alto y flaco, con la piel de la cara surcada por arrugas profundas y requemada por el sol. Se traía la comida en una cazuelita de tierra. Comía muy lentamente y, al verlo comer, yo sentía hambre. Bebía de una bota que, en cuanto llegaba, por la mañana, colgaba en el pomo de la escalera de la azotea. Mientras bebía, con la cabeza muy echada atrás, como un pájaro, yo le miraba la nuez del cuello. La primera vez que podó los árboles, dejó casi sólo el tronco. «Este hombre se ha pasado...», dijo mi tío, preocupado y un poco sorprendido, mirando las ramas caídas por el suelo y que el jardinero iba apilando junto al cobertizo. «¿Ves?», me decía el jardinero —que se llamaba José—, «cuando plantes plantas pequeñas, no pisotees nunca la tierra que las rodea. Tienes que dejarla floja para que las raíces, que son muy finas, puedan moverse y encontrar su sitio.» José trabajaba en el Turó Park —hacía jornada completa— y un día me trajo unos esquejes de clavelina. Cogió un tiesto, puso en el fondo un trozo de plato roto, echó tierra en el tiesto, hasta que estuvo mediado, cogió un brote de clavellina que parecía hecho de ceniza, y me dijo: «Plántalo tú. Será una planta tuya.» El esqueje vivió y echó flores. Así empezó mi jardín. José me lo hizo en el lugar más soleado. Mi tío trajo un rosal, redondo como una bola y flores blancas. Dijo que las rosas eran rosas *enanas*, que florecerían en pomos. A veces se abría una aún más blanca que las otras con una hoja de color de fuego. Era *mi* rosal. Las rosas tenían un olor un poco insípido, triste, y se deshojaban pronto. Yo misma cavaba mi jardín. Allí crecía de todo. José traía planteles. En el lado derecho, Crisantema me había hecho plantar garbanzos, judías y guisantes. Todo crecía y todo daba flor. Las flores de los guisantes de olor eran de colores. Cada flor que se abría era una sorpresa por su color pálido o por su color intenso. Cuando venían visitas, mi tío les enseñaba mi jardín.

El señor Cases, que venía a menudo, llegó un día sin el chiquillo, pero con un perro. «Es de un vecino mío que está enfermo, y yo se lo saco a pasear un poco. Pensé que el aire de San Gervasio le sentaría bien. Es un animal manso y muy inteligente.» Hizo una pelota de papel, la tiró lejos, y el perro echó a correr. Cuando frenó, patinó un poco en la arena, cogió la pelota con un mordisco rápido, volvió moviendo la cola y le dio la pelota de papel al señor Cases, que llevaba ya un rato poniendo la mano. El haber hablado de este perro trae a mi memoria la historia del otro perro.

Fue la primera vez que mi tío me pegó. En cuanto salí a la calle me paré a mirar al chiquillo del carretero, que estaba en cuclillas buscando no sé qué en la paja dispersa en la entrada. Cogía alguna cosa, se la metía en la boca, y la masticaba poco a poco con ojos medio entornados. No me atreví a acercarme... En cuanto se dio cuenta de mi presencia, se levantó, se quedó como plantándome cara, y por primera vez vi que tenía los ojos muy redondos y negros, medio cubiertos por un flequillo despeinado de color lino. «¿Qué estás haciendo?» No me respondió. Seguía masticando sin parar y me miraba encantado. Sin dejar de mirarme, se metió un dedo en la nariz. Acabó de masticar, se tragó lo que mascaba y me hizo una mueca burlona. Cierro los ojos para no verlo, pero no me muevo. Los abro al cabo de un rato, y sigue masticando. «¿Qué estás comiendo?» Saca la lengua y la esconde deprisa, sin que yo haya tenido tiempo de ver qué era. «No lo he visto. ¿Qué es?» Mastica con calma. Luego se lo traga, y dice: «Algarrobas.» Me siento y digo: «Yo quiero también.» Entonces viene una chica mayor y le ordena que entre en casa: «¡Venga, adentro!» He empezado a andar. De vez en cuando, me vuelvo: él y la chica se han quedado en pie junto a la puerta y me miran también. De pronto, el chico se lleva el pulgar a la nariz y me hace la trompetilla. Tardo en volverme: cuando lo hago, veo un perro que me sigue. Estoy de malhumor, porque el chico que comía algarrobas siempre me había mirado como si no me quisiera conocer, como si no fuéramos vecinos. A

veces, se reúnen varios chiquillos a jugar y se ríen mucho con los caballos y la paja, y yo siempre tengo que limitarme a verlos desde el lado de dentro de la verja, como si estuviera en una cárcel. «Son niños sucios», dice mi tío, «con el culo remendado y los calzones sostenidos por una cinta». Pero yo querría que fueran amigos míos, y que vinieran a casa, y poder ir yo a la suya. Le enseñaría el otro jardín, que ni debe de saber que existe. Le haría abrir el paso del surtidor, y cuando viera que el agua sale hacia arriba, se quedaría parado, y se reiría con las salpicaduras que le caerían encima. Nos esconderíamos bajo las flores de nieve y jugaríamos, yo a mandar y él a obedecer. Y me dejaría entrar en su casa y me enseñaría los caballos: donde comen y donde duermen. El olor fuerte de la paja y del estiércol me haría llorar, pero tío Joaquim no quiere que seamos amigos, porque él es un niño sucio y yo soy limpia...
Ha salido corriendo un hombre de un portal, y yo me he asustado. Si Crisantema no estuviera enferma, sería ella quien iría a comprar el pan. Mi tío me ha dicho: «¿Seguro que sabes encontrar la panadería?» Le dije que no tuviera miedo, y entonces me dio unas monedas y me dijo que las llevara en la mano, y que apretara fuerte. «No te pares en ningún sitio a hablar con la gente.» Y como no encontramos la bolsa del pan, me dijo que lo trajera en brazos y que, sobre todo, no lo dejara caer. «Es la primera vez que sales a comprar sola.» Y se reía, y me pasó la mano por el pelo. «Una niña tiene que saber obedecer para saber mandar.» Salí a la calle, y me pareció diferente de las otras veces. Cuando le pregunté: «¿Qué comes?», me contestó: «Algarrobas.» ¿A qué debe saber eso? Mientras lo pensaba, fue cuando salió el hombre de un portal, corriendo, y se metió en otro, un poco más arriba. Me asusté... Se nota un olor a aceite frito. Y no se ve a nadie por la ca-

lle. Todo el mundo está en casa, porque es la hora de comer. Los niños se sientan en una sillita con un cojín, muy pegados a la mesa, y su tío les ata la servilleta al cuello y les pregunta si tienen hambre. Y cuando están enfermos, les da aceite de ricino, y en una mano tiene una cuchara llena de aceite, y en la otra un caramelo, y antes de hacerles tragar el aceite, espera un momento, para que tengan tiempo, porque tiene mal sabor. He dado un salto, porque el perro me ha lamido la mano. Me llega a la cintura, y al lado de mi sombra va la suya. El perro ha retrocedido, mirándome, y ha empezado a ladrar. He echado a correr y el perro corre detrás de mí. Tengo miedo, me paro, y el perro se para también. De una ventana ha caído una hoja de flor de geranio rojo, y un poco de viento hace que pase ante mis ojos y me roce la mejilla. Voy andando poco a poco. Y la sombra del perro, también. Falta aún un buen trozo para llegar a la panadería. Tengo una cosa que me aprieta aquí. Es la rata. Cuando digo que tengo hambre, mi tío dice que es la rata. Cuando pongo la mano en el pomo de la puerta de la panadería me siento un poco mareada. Sobre mi cabeza, muy alta, está la campanilla, que tintinea. Y sigue tintineando mientras yo, de puntillas, miro hacia la calle. El perro se ha sentado ante la puerta. Le veo las orejas y parte de la cabeza. Pasa un tranvía. El perro se levanta, y se le ve el lomo hasta la cola. Es un perro bueno. Quizá si se le tira una pelotita de papel correrá también a buscarla y la devolverá corriendo como si se hubiera vuelto loco. «¿Son horas éstas de venir por pan?» La panadera estaba comiendo, y sale a la tienda secándose los labios con el delantal. Tiene los ojos muy azules y las mejillas sonrosadas. Abro la mano y pongo el dinero en el mostrador. «Todo esto de pan.» Me huelo la mano, y huele a dinero y está un poco húmeda de tanto rato como la llevé cerrada. «¿De qué casa eres?» «Crisantema está enferma, y me manda mi tío...» «¡Ah! Eres de la casa que está frente a la del carretero...» «Sí, señora.» Cuando pesa el pan, me mira y se ríe: «¿Sabes si tu tío quiere el pan caliente o frío?» «No lo sé.» «¿Te gusta la coca de azúcar?» Me corta un pedacito, lo pone en la balanza, y la balanza se inclina poco a poco y cae del lado donde está el pan y la coca. Entonces sale de detrás del mostrador. «¿No llevas bolsa?» Me pone el pan en los brazos y abre la puerta acristalada. «¿De quién será este animal?» Vuelve a sonar la campanilla, y el perro se levanta, me mira y mueve la cola. «¿Es tuyo?» Le digo que sí, y echo a andar. El perro me sigue. Me gusta, y, al mismo tiempo, me da miedo. Ando tensa, sin mirarlo. Se me ocurre una idea: engañarlo para que no sepa dónde vivo. Pasa un tranvía, muy rápido, y me pego a la pared. De los raíles, cuando ha pasado el tranvía, se alza una nubecilla de polvo, y el viento arrastra un olor a barniz. Tengo una especie de hambre extraña, que no es hambre exactamente. Para calmarla, muerdo un poco de coca. Está muy torrada, y el azúcar brilla encima de ella. El perro lloriquea. Rompo un corrusco de pan y se lo tiro al suelo, pero no tiene tiempo de llegar a él; el perro lo caza al vuelo. Maquinalmente, voy andando calle de Zaragoza arriba. En vez de doblar hacia mi calle, iré por la calle Padua. Pasa otro tranvía, y pienso que es tarde y que tengo que hacer algo para engañar al perro. Le hablo. Se pone sobre dos patas y posa las delanteras sobre mí, con tanta furia que me tira al suelo. Empiezo a llorar y sale un hombre de una tienda. «Ya lo espabilaré yo al perro éste; ya verás.» Vuelve adentro y yo echo a correr; quizá ha ido a buscar un látigo para escarmentar al perro, y no quiero que lo maltraten. Nos partimos la coca en la esquina de la calle Padua. Más arriba entraré en una escalera, estaré un buen rato dentro, y cuando crea que me ha perdido, se irá, y entonces saldré. De lo alto de la calle baja un organillo, se para un poco lejos de donde estamos nosotros y empieza a tocar. Nos vamos acercando. El organillo está pintado de oscuro, pero por delante es de color azul cielo; por el azul vuelan tres pájaros, y los tres llevan una ramita en el pico. Siento ganas de bailar, pero me da vergüenza, porque, ahora que estoy cerca, el hombre del manubrio me mira. Se ve que el perro está contento, porque empieza a dar vueltas como si quisiera atraparse la cola. Cuando se acaba el baile, el hombre me pregunta: «¿Te gusta la música?» «Sí, señor.» «¿Es tuyo este perro?» «Sí, señor.» «¿De qué casa eres?» No contesto, y el hombre insiste: «¿Eres de por aquí?» El perro se me acerca, me lame la mano, y le digo: «¡Venga! ¡Vete de aquí!» Me enseña los dientes con rabia, como si me hubiera entendido. Los tiene puntiagudos, y si me mordiera fuerte podría hacerme mucho daño, porque es un perro grande. «Sí, de cerca.» El hombre le da al manubrio, poco a poco, como si no tuviera muchas ganas de trabajar. De detrás del cielo azul y de los pájaros sale una música alegre. Suenan como campanillas, y una señora, desde un balcón, tira diez céntimos. Los recojo y se los doy al hombre del organillo, que ríe y se los mete en el bolsillo. «¿Te gustaría venirte conmigo?» «Sí, señor.» Realmente, me gustaría. «¿Quieres venir?» «No querría mi tío.» «¡Ah! ¿Tienes un tío?» «Sí, señor.» Y añado: «Tengo otro tío que viene a verme los domingos.» Nos vamos haciendo amigos. Cuando se acaba el baile de las campanillas, dice: «Ahora tengo que hacerles soltar la pasta.» Va llamando a las puertas. Pone la gorra para que le tiren las monedas. Por una ventana asoma una niña pequeña como ahora yo, y le dice algo que no entiendo. Salen dos chicas de un portal, le echan unas monedas en la gorra y sale un señor pequeño con un bigote muy negro y le dice que haga el favor de no volver a tocar el organillo delante de su casa, porque le da dolor de cabeza a una hija que tiene muy delicada. El del manubrio le hace una reverencia hasta abajo del todo, y le dice: «¡Váyase a fregar platos!» Y el señor se pone rojo y le dice que si vuelve a tocar el piano delante de su casa, avisará al somatén, y el del organillo le responde que él, por la noche, todos los días, se come como postre a uno del somatén, y el señor le dice que tiene la lengua muy larga y que mejor sería que trabajase en vez de estar dándole al manubrio y andar por el mundo con una niña y un perro para dar lástima a la gente, y el otro grita más, y le dice con muchos movimientos de cabeza que ni la niña ni el perro son suyos, y el señor, que llevaba ya un rato sin decir nada y sólo lo escuchaba, le grita: «¡Gitano!», y se mete dentro de casa dando un portazo. El hombre del organillo me mira y se ríe, y empieza a empujar su piano hacia la calle de Wagner, y nosotros lo seguimos. Cuando se para, nos vamos, porque ya se va haciendo tarde y yo quiero probar aquello de esconderme en un portal. El sol nos da de cara y yo me vuelvo y veo una sombra larga: la mía me parece tan larga como la de una persona mayor; y el perro se para, y su sombra me da un poco de miedo. Oímos el baile de las campanillas y, como no pasa nadie, empiezo a bailar sobre mi sombra, que me da miedo, y pisoteo furiosa el vientre de mi sombra, fuerte, fuerte, y quiero pisarme el pecho, pero cuando estoy a punto de pisarlo, huye lejos y no llego a él. Levanto la cabeza, y por encima de una pared alta veo asomar unos árboles de hoja muy fina, árboles desmayados y de color ceniza, y la sombra de las ramas se mueve por el suelo, y hace muy bonito. «¡Vamos!», le digo al perro. Atajo por la calle Elisa. Y me meto en el primer portal, ajusto la puerta y, por la rendija, acecho al perro, que se acerca, y pega el morro a la rendija y aspira con fuerza. Se pasa un rato haciendo eso y, al fin, se sienta. «Ya se cansará», pienso. Baja alguien por la escalera. Es una señora vieja, que lleva mantilla y una falda negra, más larga por detrás que por delante. Cuando está abajo, me mira y pregunta: «¿Qué estás haciendo, niña?» «Estoy jugando.» «Pues, mira, guapa, sal a jugar a la calle.» «Es que me he escondido porque quiero engañar a un perro.» «¿Qué dices? Las niñas guapas no tienen que engañar a nadie, ¿me oyes?» Salgo a la calle, y el perro, en cuanto me ve, ladra amenazador. La señora se asusta y me dice: «¡Hazlo callar!» Y yo le digo: «Es que no me entiende.» El perro, cuando me vuelve a ver, empieza a corretear a mi alrededor como si se volviera loco y hace reír porque quiero cogerlo, y cuando ve mi mano cerca se pone furioso y me enseña otra vez los dientes. La señora sigue calle adelante. El viento nos trae aún un poco de música del organillo. Empiezo a estar cansada, y me siento en el suelo, en el bordillo. El perro se me queda mirando un rato y mueve la cola. Corto un trozo de pan y se lo doy, y corto uno para mí. Veo venir a José: cuando está cerca me pregunta qué hago y yo le digo que estoy de paseo, y él me dice que el domingo por la mañana pasará a ver a mi tío, a ver si tiene que limpiar los jardines. «No estés sentada aquí, porque el tranvía pasa muy deprisa y podría engancharte un pie, y a ti detrás. ¿Y ya sabe tu tío que te paseas por estos barrios?» «Sí, señor.» Él entra en su casa. Vive al lado del estanco. El perro se ha ido hacia la fuente y bebe en un charco del suelo. Yo bebo del chorro, y se me mete el agua por el cuello del vestido y me da frío. Cuando llegamos al puente de la calle Wagner, me asomo a la barandilla y veo, casi exactamente debajo del puente, el gran portalón de madera de la casa donde vive Crisantema. La puerta está abierta de par en par, y la pared de la puerta tiene una franja pintada de azul. Al pie de la entrada una chica y dos niños están desgranando judías. No me ven, y yo puedo mirarlos todo el tiempo que quiera. Tienen las judías en un cesto; tiran las vainas al suelo y los granos a una olla de tierra. De repente, Crisantema levanta la cabeza y me ve. El sol se ha puesto ya, y la riera está un poco oscura. «¿Qué haces ahí arriba?» «Te miro.» Se levanta, sacude el delantal. La niña y los niños nos miran como si me conocieran, porque se echan a reír sin dejar de limpiar judías. «¿Te ha enviado tu tío?» «No. Estoy paseando.» «¿De dónde has sacado ese perro?» «Es mío.» «¿Cuándo lo habéis comprado?» «No lo sé, pero es mío.» «¿Seguro que no te has escapado de casa?» «No. El tío me ha enviado a comprar. Y me he entretenido...» «¿Quieres bajar? Nos ayudarás a mondar judías, y luego te acompañaré a casa.» «No, no quiero que me acompañes, pero me gustaría bajar... ¿Por dónde se pasa?» Venía a toda marcha un tranvía y no pude oír lo que me decía, pero la vi levantarse y tirar riera arriba hasta desaparecer en una esquina. Pocos momentos después, estaba a mi lado y me cogió de la mano. Al perro no le gustó nada y empezó a ladrarle. A Crisantema le dio miedo, y soltó mi mano. Entonces, el perro se calmó. Yo le iba diciendo: «¡Cállate! ¿Me oyes? ¡Cállate!...» Emprendimos la marcha, dimos la vuelta por detrás de unas casas de la plaza de la Villa, bajamos unas escaleras y salimos a la riera. La noche antes había llovido mucho y aún bajaban reguerillos de agua, pero a cada lado había espacios de tierra seca cubiertos de hierba. El lecho del torrente estaba cubierto de guijarros, y los había blancos, y la claridad triste de la riera parecía emblanquecerlos aún más. El perro saltaba de un lado a otro como si se hubiera vuelto loco, y ladraba con alegría. «¿Adónde vas con esta barra de pan medio comida?» «Es que le he dado al perro. Tenía tanta hambre... Es un perro que come mucho. Cuanto más le das, más quiere. Por eso es tan grande. Nos lo regaló una visita que vino a casa.» Todos miraban al perro, que iba y venía sin parar. «¿Cómo se llama?» «Tiene un nombre muy raro y no me acuerdo. Pero cuando le digo "Ven", viene, y cuando le digo "Vete", se va. Lo entiende todo. ¿Me dejas pelar judías?» Del portal llegaba un olor a humo y se veía brillar un rescoldo de brasas en el hogar. Pronto me cansé de pelar judías. Pero me gustaba contemplar aquel fuego que había dentro de la casa. Me habría pasado horas y horas sentada en el paso de la entrada, cerca de la claridad del fuego y del rumor leve del agua de la riera, que corría abajo, alisando las piedras y curvando las hierbas. «¿Puedo ir a casa por la riera?» «¡Claro! Es el camino más recto. Es el que hago todos los días para ir a tu casa a trabajar. ¿Ves?, tira siempre hacia abajo y no dobles hasta la calle Padua.» «Ya sé dónde es.» «Entonces vas por la calle Padua, y cuando estés en la calle Ríos Rosas...» Dije adiós y empecé a andar. El perro se quedó plantado. Me miraba, pero no me seguía. Yo, de vez en cuando me volvía y él seguía quieto. Me detuve, y él se sentó, con la cabeza alzada y las orejas muy tiesas. Y, entonces, ocurrió la desgracia. Uno de los chiquillos echó a correr hacia el perro gritando: «¡Arre, arre!», como si el perro fuera un caballo, se inclinó, cogió una piedra y se la tiró al animal. El perro, en vez de escapar, se levantó, con las patas de delante muy clavadas en tierra, el cuerpo hacia atrás, los ojos redondos, y empezó a ladrar amenazadoramente. El chico cogió otra piedra, pero no tuvo tiempo de tirarla. El perro se lanzó contra él, el niño tropezó y cayó de espaldas. El perro empezó a pegarle dentelladas por donde quiso y nadie acudió a tiempo. Como pudo, Crisantema le ató una cuerda al cuello. El chiquillo se levantó con una de las mangas de la camisa manchada de sangre. Lo llevaron a la farmacia. Yo tenía hambre, cogí más pan y se lo di al perro, que me miraba con ojos inocentes. No esperé a que volvieran de la farmacia. Desaté al perro, y me fui torrente abajo. El perro me seguía. A un lado de la riera había puertas pequeñas. Algunas estaban pintadas de verde y otras de marrón. Eran puertas de jardines. Al otro lado, una pared seguida: la pared que cerraba el bosque de Casa Brusi. Se levantó un poco de viento y se movían las ramas de los viejos árboles encima de mi cabeza, altas y espesas. Llegaba un olor a humedad. El muro que cerraba el bosque estaba cubierto de hiedra que colgaba hasta el suelo y el viento movía las hojas a un lado y otro con un rumor de papel frotado. El perro me seguía con las orejas gachas, silencioso como mi sombra. Cuando me volvía a mirarlo, tropezaba con sus ojos clavados en los míos. El viento traía un olor a hojas secas y a hongos. El viento hacía crujir las ramas altas. Todos los árboles gemían por encima de mí y la poca agua que se deslizaba de las lluvias de la noche anterior se volvía oscura y parecía inmóvil. Si apretaba el paso, el perro hacía lo mismo. Por un momento me pareció que el mundo no existía, que el mundo era aquel viento, aquel torrente, aquel hilillo de agua, el perro y yo. El perro se detuvo, se sentó sobre las patas de atrás, y empezó a aullar. Un lamento largo y muy triste. Sentí que se me paralizaban las piernas. Quería correr y no podía. Intenté cantar, y no me salió ningún sonido. Maquinalmente, me apoyé en la pared, y un animalito atemorizado corrió entre mis pies buscando ligero el cobijo de la hiedra y la pared. Chillé. No podía quedarme allí siempre, clavada por el miedo a la pared. Tenía que ponerme a andar, hacer un esfuerzo. Aún no había dado tres pasos cuando oí las pisadas del perro, y en una revuelta vi un poco de luz, y la luz se fue ensanchando, ensanchando... hasta convertirse en un farol de la calle Padua. Pronto vi la llama verde y amarilla del gas encerrada entre los cuatro cristales. Sentado en el suelo estaba un hombre de pelo muy negro, y cuando me acerqué, me dijo: «Buenas noches.» El perro se pegó a mis faldas y le enseñó los dientes. «¿Adónde vas, guapa?» Mi tío me había dicho que no me parara nunca en la calle y que no hablara con extraños, pero aquel hombre me pareció muy buen hombre. Tenía la voz aguardentosa, pero bonita. Y también llevaba gorra, como el hombre del organillo. «Voy a casa.» «¿Y no tienes miedo, por la riera, con este viento, y tan oscuro?» «No. Me paseo sola y voy a donde quiero, y no me paro hasta que me canso.» «¡Pues sí que eres valiente! Eres muy valiente, y como eres tan valiente, voy a enseñarte una cosa: ¿Te gustan las medallas?» «Sí, señor.» «¿Te gustaría que te diera una? ¿Eh?... ¿Te da vergüenza? ¿No quieres contestar?» Rebuscaba en el bolsillo sin dejar de mirarme, y al cabo de mucho rato de rebuscar por el bolsillo, sacó la mano vacía. «¡Qué cara has puesto! Acércate, que te las voy a enseñar... ¿Crees que te engaño? Pues es verdad, traigo muchas medallas.» Se volvió a meter la mano en el bolsillo, hizo tintinear las medallas y sacó la mano, y quizá tenía veinte. Sin moverme, estiré el cuello para verlas mejor; brillaban mucho, y las había blancas y amarillas, es decir: de oro y de plata. «¿Quieres una?» «Sí...» «Si quieres una, tienes que acercarte.» Yo no me movía de mi sitio: «Acérquese usted.» «No, eres tú quien tiene que acercarse —y miró al perro—. Está bien, no quieres acercarte, ¿eh? Pues no te daré ninguna. ¡Ninguna!...» Su voz era ahora muy fina, y me miraba como pasmado. «Y ahora voy a enseñarte una medalla que no has visto nunca...» Le temblaban las manos. Quería desabrocharse el pantalón y no podía. Entonces, justo detrás, se abrió una ventana y una mujer gorda empezó a regar las clavellinas con un cazo. El hombre se quitó las manos del pantalón y se fue rezongando riera arriba. «¿También se lo enseñas a las criaturas? Y tú, qué haces aquí como una boba... ¡Anda, vete!...» Y me salpicó de agua. No era necesario. Aún no habíamos andado cien pasos cuando empezó a llover. El viento, tan pronto me frenaba como me empujaba. Cuando llegué a casa, la luz del jardín estaba encendida, y tío Joaquim estaba allí, esperándome, de pie, junto a la verja, con un paraguas abierto. El agua me chorreaba por la nariz y por el pelo. Mi tío no dijo ni una palabra; me hizo entrar, me empujó por la espalda con la mano, subió un par de escalones, salió luego a la calle, con el paraguas aún abierto, y le pegó una patada al perro. Se me encogió el corazón como si la patada en las costillas la hubiera recibido yo. El perro soltó unos aullidos terribles y empezó a ladrar. Cuando llegué al recibidor, mi tío cogió el poco pan que quedaba, lo tiró al suelo, me alzó en el aire y me pegó una paliza. Cuando volví de nuevo al suelo, escapé a mi cuarto. No lloré. A la hora de la cena, tiré el plato al suelo y me fui a la azotea. Estaba lloviendo. El perro estaba en la calle, junto a la verja. Gemía. Yo me hacía daño en la cara de tanto apretarme contra los pilares de la barandilla. De pronto, me sentí alzada en el aire y mi tío me cogió bajo el brazo como si fuese un fardel. Me llevó abajo, me dio un par de bofetadas, y, quieras o no, me metió en la cama. La cama de mi tío era muy alta: tenía tres colchones. Aun así, cuando me quedé sola, en camisa y descalza, bajé de la cama y, poquito a poco, pegada a las paredes, intenté volver a la azotea. Cuando iba por la mitad de la escalera, mi tío me cogió y me llevó de nuevo a la cama. «Si no te estás tranquila, te bañaré.» De un tirón, me sacó de la cama y me metió en el fregadero. Mientras se calentaba el agua, empezó a enjabonarme, y me frotaba de arriba abajo con el estropajo. Yo apretaba los dientes y temblaba de frío como una hoja. Mis labios estaban tirantes. Me echó por encima unos cuantos cazos de agua para aclararme, y me calmé un poco. No podía evitar unos suspiros profundos que de vez en cuando me agitaban por entero. Me cogió por el cuello, y me llevó a la cama. «Vas a resultar peor que tu madre.» Abrió las contraventanas y empezó a desnudarse. De momento, la habitación había quedado oscura, pero, lentamente, las cosas se fueron haciendo visibles, y la claridad del farol de la calle hacía moverse, en la pared, la sombra de unas ramas. Mi tío se metió en la cama. «¿No duermes?» No le respondí. «Ahora vamos a rezar un padrenuestro para que Dios te vuelva buena y obediente.» Empezó a rezar. Yo también. Decía: «... y haz que mi tío se muera ahora mismo.»

MUERTE DE TÍO JOAQUIM

Tenía yo doce años, y el verano estaba terminando cuando murió tío Joaquim. Salió de casa bastante temprano para ir al banco, no sé si a sacar dinero o a ingresarlo. Estaba bien, como siempre, y no se quejó de nada. Quizá desde hacía unos quince días estaba más afectuoso conmigo: la noche antes, mientras cenábamos, me había dicho que estaba a punto de ser una chica mayor y que tendría que empezar a preocuparse seriamente de mi educación. «Hasta ahora has sido una niña pequeña; ahora, todo ha cambiado. Quiero que seas una chica instruida, y que si un día necesitas valerte por ti misma, puedas hacerlo. ¿Qué te gustaría hacer o ser?» Yo, la verdad, también alguna vez había pensado en eso, y me habría gustado ser algo así como actriz o decoradora, o casarme. Pero me gustaba dibujar y quizá por eso respondí: «Pintora.» Tío Joaquim me miró a los ojos y dijo con voz muy segura: «Ahora tienes doce años, ¿no? Pues bien, cuando tengas dieciocho, si aún piensas igual, irás a París. Te haré pasar una temporada en París, porque sé que eso será muy bueno para ti.» Y no volvimos a hablar de eso, pero yo notaba que él estaba satisfecho de mí.

Aquel día no vino a comer. Y a media tarde aún no había vuelto. Crisantema, que no quería dejarme sola, me decía: «Si le hubiera pasado alguna desgracia, lo sabríamos ya. Las malas noticias corren como un relámpago.» Pero no puedo recordar qué hice aquella mañana, es decir, no puedo recordar en qué pensaba mientras esperaba a que mi tío volviera. Siempre que he hecho un esfuerzo para recordarlo, no he conseguido más que sentir una angustia muy fuerte y un terrible deseo de llorar. Sólo recuerdo que a media mañana llamó el hombre que venía a mirar el contador de electricidad.

El contador estaba detrás de la puerta de entrada, y Crisantema me dijo: «Vete a abrir.» Atravesé el jardín, abrí la verja y el hombre entró. «¿No está tu tío?» «Ha salido.» «Lo decía porque me prometió unos esquejes y no sé si se habrá acordado. ¿Se lo recordarás?» Iba andando detrás de mí. Era un hombre alto y delgado. Llevaba gorra, y, siempre, antes de mirar el contador, se la echaba hacia atrás con un golpecito de lápiz en la visera. Tenía la cara larga y las orejas muy grandes y separadas de la cabeza. Y recuerdo que cuando pidió la libreta para apuntar la electricidad que habíamos gastado, la libreta no estaba en el lugar donde solíamos dejarla, y tuvimos que buscarla durante un rato, y el hombre se impacientó y protestaba en voz baja. Al fin, Crisantema la encontró, y yo volví a acompañarlo hasta la verja. Se fue hacia la calle de Zaragoza y se metió en un portal. A mediodía, Crisantema se fue. A veces me parece que comimos juntas y otras me parece que comí sola, en la cocina. No lo sé. A media tarde llamaron tres o cuatro veces seguidas. Ante la reja estaba una ambulancia, corrí a abrir, y dos hombres, después de preguntarme si vivía allí Joaquim Roca, metieron en casa a mi tío tendido en una camilla, sin conocimiento. Tenía las manos crispadas sobre el vientre, y jadeaba, con un estertor que le duró hasta morir. Los dos hombres lo metieron en la cama, y yo lo miraba todo sin saber qué hacer. Uno de ellos me preguntó: «¿Dónde está tu madre?» Y yo dije: «No tengo.» «¿Pues quién hay en casa?» «Sólo yo.» Y añadí, para que no me mirara con aquella pena: «Está tío Lluís. Viene los domingos.» No sabía qué decir, y las palabras me parecían sin sentido, como un sonido que no saliera de mi garganta, que no tuviera nada que ver con ninguna cosa viviente. De repente, vi a una mujer de pie delante de mí, con cara triste, y empezó a hablar con aquellos hombres, y se fueron los tres. Me quedé plantada en medio del cuarto. Era la hora en que la gente empieza a cerrar las ventanas, y empezaban a llegar los carros a las cuadras de delante de casa. La mujer, de pronto, estaba otra vez a mi lado, y entonces me di cuenta de que no me era desconocida, aunque nunca hubiera hablado con ella. No se oía más que aquel jadeo en el cuarto, y la vecina se acercó a la cama y me dijo: «Tiene fiebre. Habría que llamar al médico.» Y, entonces, mi tío se incorporó a medias, con los ojos salidos y vidriosos, y quería hablar y no podía. Me acerqué a él, y con su mano apretó la mía, y su mano parecía de madera, y apretaba, apretaba, y yo no sé si me veía o no, pero los labios se le movían y no salía ni una palabra. Volvió a descansar la cabeza en la almohada y la frente se había perlado de sudor con el esfuerzo que tuvo que hacer. Soltó mi mano, y de sus ojos entornados salieron unas lágrimas, y el jadeo aún se hizo más profundo y más oscuro. Sin saber cómo, me encontré en la riera. Todas las puertecillas de los jardines estaban cerradas, y los árboles que asomaban por encima de las paredes tenían las hojas amarillas y escasas. Sólo la hiedra, iluminada por el farol, aquel macizo de hiedra donde me había apoyado de muy niña un día en que me siguió un perro, estaba verde, y se movía con oleadas lentas. También estaba la estrella. Me volví a mirarla y estaba allí, de cristal y sola, quizá un poco más inclinada sobre el árbol. Crisantema estaba preparando la cena, y en cuanto me vio adivinó que había ocurrido una desgracia. Y cuando le expliqué lo que había pasado, me dijo: «Vete a casa.» Me dio un cachetito en la mejilla, y me fui. Y eso sí que ha quedado clavado en mi espíritu. Y es terrible. Fue terrible. Me pareció como si volviera a llevar aquel perro a mi lado, el único compañero que realmente he tenido en mi vida. Como si, bruscamente, de un manotazo, me hubieran hecho volver atrás: sólo faltaba el agua deslizándose riera abajo, porque hacía días y días que no había llovido, y la estación del año no era la misma. Las hojas de los árboles amarilleaban, pero, como era ya bastante oscuro, no se sabía de qué color eran. Y yo tenía frío, pero frío por dentro, como si mi frío, en vez de venir del aire y de la humedad del anochecer, viniera de muy dentro de mí: de la sangre y de los huesos. Andaba deprisa, y, mientras andaba, oía la voz de mi tío cuando gritaba allá arriba, en la azotea, y me pegaba porque yo quería el perro. Y cuando volví a pasar por delante de la hiedra, cogí una hoja y me la metí junto al pecho, y me sentí fuerte. Sola y fuerte, porque aquella cosa que había deseado una noche se cumplía como si acabara de pedirla.

La vecina estaba aún en casa, y ponía trapos de agua fría en la frente de mi tío. Pensé: «Haga lo que haga, mi tío está muerto y nada podrá salvarlo. Es como si estuviera muerto ya.» Y la vecina me dijo: «Me voy un momento. Tengo las judías al fuego y deben de estar cocidas ya, pero vuelvo en seguida. Cámbiale los trapos, que se secan muy pronto...» Y cuando volvió, yo no le había cambiado los trapos, porque me daba miedo. Sentí miedo porque en cuanto me quedé sola crujió la cómoda, y cuando mi tío estaba bueno, cada vez que el mueble crujía, me decía: «Alguien nos avisa de que hay que rezar...» Y me quedé quieta; pero notaba latidos furiosos en las muñecas, y en la boca un sabor cada vez más amargo. Era como una piedra que tuviera orejas para notar el miedo. Haciendo un gran esfuerzo de voluntad, toqué con la mano aquella hoja que había guardado en el pecho: estaba aún, y me hacía compañía. Y la hoja hizo un ruidito, muy pequeño, muy pequeño, como si sólo fuera para decirme que estaba allí. El tío respiraba más bajo: «Mejor; así oiré más claro si el mueble vuelve a crujir.» Volvió la vecina, pero venía con Crisantema, y Crisantema decía: «De paso que venía para aquí, avisé al médico, y mi hermano ha ido a casa del señor Lluís.» Y la vecina, mientras escurría el trapo, le explicaba que cuando acompañó a los hombres de la ambulancia, le explicaron lo que había pasado. «Dicen que estaba tomando café en la Maison Dorée y que, de pronto, los de la mesa de al lado y el camarero vieron a un hombre que caía al suelo y la taza de café se rompía en mil pedazos. Y desde allí mismo llamaron para que viniera una ambulancia a recogerlo. Y un señor con sombrero dijo: "Es una imprudencia. Han llamado a la ambulancia sin saber la dirección del accidentado." Y entonces, un joven muy decidido le buscó la cartera y encontraron la cédula dentro.» Y Crisantema me miró y dijo: «Estás blanca como una toalla... Vete a tu cuarto. ¡Hala!» Pero yo no podía moverme. No, no podía moverme. Como si me hubieran clavado los pies a las baldosas. «Ésta es muy señoritinga...» Y me miró de arriba abajo con unos ojos llenos de desprecio. Y fue entonces cuando rompí a llorar. No lloraba por nada de lo que decían ni por lo que pasaba. Lloraba porque no me podía mover y porque debían de creer que no quería moverme, que lo hacía adrede. Al fin, Crisantema me cogió de la mano, y dije: «No puedo andar.» Y me cogieron las dos por debajo de los brazos y me acompañaron: «Se ve que la ha impresionado mucho.» Y Crisantema decía: «Sí. Es que ella quería mucho a su tío, ¿verdad, guapa...?» Y me tumbé en la cama, y aunque me pusieron el edredón encima, sentía el frío de las lágrimas en el cuello y los dientes me castañeteaban. Cuando mi tío estuvo muerto, vino mucha gente a verlo. Había flores en el cuarto y un cirio encendido en cada extremo de la cama. Y las flores tenían un olor diferente al de las flores. Olían a flores de muerto. Tío Lluís y Crisantema no se movían de casa, y tío Lluís, en un momento en que no había visitas, me dijo: «Vete a buscar el reloj de tío Joaquim. Le daré cuerda. Está en el cajón de la mesita de noche.» Obedecí, pero estaba deslumbrada y no veía nada. Tuve que abrir un poco la ventana, y, mientras cogía el reloj, el viento abrió la puerta de paso y la corriente abrió la ventana. Tenía el reloj en la mano y estaba tocando la cama. Y vi a tío Joaquim. Tenía un hilillo de sangre cuajada en un lado de la boca, y la piel de la cara le brillaba como si tuviera aún el sudor de la agonía. Bajo la oreja, una mancha morada se extendía cuello abajo y le subía por la mejilla. El viento movió su pelo e hizo temblar los pétalos de las rosas de un ramo que le habían colocado sobre el pecho. También temblaron los pábilos de las velas, y la sábana que caía ondeó levemente: como si todo lo que había en el cuarto se hubiera puesto a vivir. Pero la puerta de paso se cerró con un golpe violento, dos velas se apagaron, y todo quedó inmóvil. Salí del cuarto con el reloj, y por un momento contuve la respiración.

Tío Lluís cogió el reloj, le dio cuerda, lo puso en hora con el de la pared y dijo, metiéndoselo en el bolsillo: «Es viejo, pero bueno.»

Por la tarde, la casa se llenó de gente con cara triste. Vi a dos inquilinos de Badalona y al albañil que había tapado las goteras. Vinieron dos o tres chicos del amo de los carros con su madre. A los demás, no los conocía. Estaba de pie en el recibidor cuando se llevaron la caja, y todos me miraban. Pensé: «Tendrías que llorar», pero no podía llorar. Pasaban los de la funeraria con coronas, y todo se iba llenando de aquella especie de olor de flores de cuarto de muerto. Empezaron los curas a cantar, y la gente que pasaba por la calle se paraba, y un señor se quitó el sombrero. Cuando acabó todo, fui con Crisantema al comedor, y en el comedor estaba una mujer sentada ante la mesa. Crisantema le dijo: «¿Quiere una taza de café?» Y ella no contestó, y me miraba mucho. Me senté, y me quedé con la cabeza hundida y las manos en el regazo, y, mientras me entretenía haciendo girar los pulgares uno tras otro, sentía pesar sobre mí la mirada de aquella mujer. Y me preguntó: «¿Te llamas Maria, verdad?» Y comprendí perfectamente que lo decía por decir algo. Alcé los ojos, y aquella mujer estaba llorando. Abrió el portamonedas, sacó un pañuelo blanco muy plegado y se secó los ojos, lo volvió a meter en el portamonedas y lo cerró con un ruidito pequeño y seco. Me levanté, porque no sabía qué hacer. «No le haga caso. Es una niña un poco huraña.» Y Crisantema se fue a la cocina a hacer café; oímos cómo ponía un cazo al fuego, cómo encendía el gas, cómo echaba el café en el molinillo y cómo lo molía. Yo miraba el dibujo de las baldosas. Eran grises, y en medio tenían un trébol de un gris más oscuro, bordeado de rojo. «Querías mucho a tu tío Joaquim, ¿verdad?» Y me preguntó eso con el cuerpo inclinado hacia delante y con una sonrisa que más parecía una mueca. «Me llamo Isabel.» Entonces, todo el comedor se llenó de perfume de café. Crisantema lo sirvió en aquellas tazas de flores que me había regalado un día por mi santo. «Mi madre la conocía de cuando era jovencita, y usted me conoce a mí desde cuando lo era yo.» Y Crisantema iba echando café. Y, de pronto, tuve como un sobresalto: «Las cartas de Isabel...» Cuando acabamos de tomar el café, Crisantema dijo: «Venga, que le enseñaré la casa», y se fueron hacia las habitaciones de delante. La vi salir del comedor. Iba vestida de negro, y era menuda y delgadita. Y mientras tomaba el café, a cada trago se limpiaba los labios con el pañuelo y miraba a Crisantema y me miraba a mí. Desde el recibidor, Crisantema dijo: «¡Niña, lleva las tazas a la cocina y acláralas!» Cuando acabé, fui de puntillas hasta el cuarto donde ellas estaban y me quedé detrás de la puerta, que estaba entreabierta, y aquella mujer estaba diciendo: «Me había prohibido que viniera, pero no podía, no podía...» Y oí que abrían los cajones, y que hurgaban en ellos. «Si llega ahora, me matará.» Y Crisantema le daba ánimos: «¡Vaya por Dios! ¿Es que no son suyas...? Si no las coge ahora, no las verá nunca más. Me parece que las tenía guardadas en este cajón, pero, ¿sabe?, a menudo cambiaba las cosas de sitio.» Me pareció que desistían y me fui hacia la cocina sin hacer ruido. Al cabo de un rato salieron al jardín y aquella mujer estaba llorando. Yo las veía por la persiana de la cocina, y ellas no podían verme a mí. Estaba muy cansada, y la claridad verde que se filtraba por las varillas de la persiana me daba sueño. Hacían como si miraran las plantas, pero hablaban de cosas que no querían que oyera yo. De repente, entraron corriendo, porque empezaba a llover. Unas gotas gruesas y pesadas golpeaban en la persiana, y pronto noté el olor de tierra húmeda. «Maria, Maria, ¿qué haces?» Salí de la cocina: «Nada.» «Me has asustado. No sabía dónde estabas.» Y Crisantema me preguntó: «¿Sabes si tío Joaquim había perdido el reloj?» «Tío Lluís le dio cuerda y se lo quedó.» Las dos mujeres se miraron y, muy suavemente, como si no quisiera asustarme o como si no quisiera darle importancia, ella me dijo: «¿Te había enseñado las joyas tío Joaquim?» «¿Joyas?» Y recordé una escena en la que no había vuelto a pensar. Un año hicieron obras en una de las casitas de Badalona y mi tío dijo que tenía que quedarse allí para cuidarse de que le hicieran bien las cosas, y que no quería que el maestro de obras hiciera las reformas a su manera y luego le presentara una factura enorme. Y me llevó con él. Pero antes, una noche, cogió un martillo y una escarpa, alzó un trozo de loseta que era una especie de añadido en un rincón de su dormitorio, y cuando tuvo el trozo de loseta, vació la tierra hasta la profundidad de un palmo, y vi que metía oro allí. Cuando volvimos de Badalona, un día, después de comer, me llamó, me sentó en sus rodillas y me preguntó: «¿Dónde escondió tío Joaquim las cosas de valor?» Antes de irnos, me había enseñado la lección, y me explicó que si, algún día, alguien, quien fuera, me preguntaba si sabía dónde estaban las joyas, tenía que contestar que no lo sabía, y añadió: «Aunque te lo pregunte tío Lluís.» «No lo sé», respondí. Y sacó del bolsillo un paquetito de caramelos y me dio un puñado. Pasó el tiempo: dos o tres años, no lo sé. Pero un día oí —jugaba yo a hacer montones de arena y a buscar las pocas conchas que aún quedaban en ella— que golpeaba con un martillo en su cuarto. Y me llamó. Estaba en el rincón donde había enterrado las joyas, agachado y con la cara roja: «A ver, tú que tienes la mano más pequeña, mira si puedes cogerlas. Busca, busca...» Yo metía la mano en el agujero e iba sacando pendientes, una cadena con un colgante, un anillo y otras pequeñas cosas. Y él seguía diciendo: «Busca, busca...»

Crisantema insistió: «Sí, joyas. ¿Sabes dónde están?» Y se volvieron asustadas porque tío Lluís acababa de entrar con el paraguas chorreando y la espalda completamente mojada. Entró en la cocina, dejó el paraguas en el fregadero, y volvió a salir. «Me voy, me voy...», dijo aquella mujer con voz temblorosa. «¿Buscabas las joyas? ¿Por eso has venido, o por ver qué cara tenía? Todos los muertos ponen la misma cara, ¿sabes? Poca diferencia hay entre unos y otros. Más o menos hinchado el vientre, todos se quedan fríos y con la cara blanca.» «¡Calla, calla...!» Y aquella mujer dio unos pasos hacia la puerta. Él la cogió por el brazo y la hizo retroceder, y hubo entonces un silencio bastante largo, y él lo rompió, diciendo: «Es tu madre.» Crisantema desapareció hacia la cocina, como si se la llevara el diablo. «No sabías que tuvieras madre, ¿verdad?» Esto último lo dijo gritando mucho y yo me tapé las orejas para no oírlo. Fue un gesto instintivo, que le indignó. Se acercó a mí, y veía su cara junto a mis ojos: en las muñecas le quedaban aún unas cuantas gotitas de lluvia. Retrocedí maquinalmente hasta dar con la pared. «Es tu madre.» Lo dijo poco a poco, silabeando. «Y tú, ya puedes irte...» Y se volvió hacia Isabel: «Y no llores. Ya llorarás cuando me muera yo. Porque tú —y apuntó el índice hacia su frente—, tú, no vas a morirte nunca.» Entonces se sentó en una silla y, con los puños cerrados, se golpeaba en las manos. Crisantema asomó la cabeza por la puerta de la cocina, aterrorizada. Mi madre salió del comedor como una sombra, y cuando él se calmó, ella ya no estaba en casa. «Crisantema, Crisantema...» Le dijo que aquella noche él se quedaría a dormir allí, conmigo. Y que habría que preparar la habitación. «¿La habitación de tío Joaquim? ¡Ay, ay! ¿Y no va a tener miedo?» No le respondió, y fuimos los tres al cuarto. Aún había una especie de relente a flores marchitas, aunque la ventana estaba abierta de par en par. Había entrado agua de lluvia, y había un charco junto a la ventana. Tío Lluís se acercó a la cama, arrancó la colcha y se hizo ayudar por Crisantema para darle la vuelta al colchón. «¿Y va a dormir en este colchón, sin hacerlo limpiar antes?» Tío Lluís le echó una mala mirada y ni le contestó. «¡Venga, venga, déle la vuelta y no pierda tiempo.» Crisantema lo miraba como si no lo entendiera. Yo iba recogiendo el agua del suelo con la bayeta que había ido a buscar a la cocina mientras los dos hacían la cama. Después, Crisantema se fue, y mi tío y yo cenamos juntos. No podía tragar nada, y él se iba comiendo lo que yo dejaba. A la hora de los postres, me dijo: «Tu madre y mi hermano hacía años que estaban enfadados. Se dijo, y así lo creyó tu tío Joaquim, que la culpa era mía. Pero no es verdad. No. La vida está llena de malentendidos. Pero, bueno, ¿sabes?, de eso ya hablaremos más adelante. Ahora sólo quiero anunciarte que te prepares a cambiar de vida. No vas a seguir viviendo aquí... Vivirás conmigo y con tu madre... Vamos, dobla la servilleta y a la cama. Rápido...» Me acompañó a mi cuarto. «Si tienes miedo, dejaré la puerta abierta.» Le oí desnudarse, dar cuerda al reloj y dejarlo sobre la mesita de noche.

[LA CASA NUEVA]

Poco a poco empecé a conocer mis calles. Las nuevas. Los chaletitos con jardines, las plantas trepadoras en las paredes, el viento entre las ramas, las entradas de los chalets con los peldaños de mármol aglomerado, el sol de las distintas estaciones que alarga o acorta las sombras. Las verdulerías y fruterías, los drogueros, las tiendas de platos y ollas, la mercería. Yo, sola y libre a la hora de ir a comprar. Fuera de la casa donde estaba, como si me asfixiara un poco. Por la calle podía pensar en mi tío Joaquim, y a veces tenía que pararme porque era como si lo tuviera ante mí, alto, con sus ojos llenos de bondad, quitando el pulgón de un rosal o regando los tiestos con la regadera. Lo veía con el guardapolvo, con unas alpargatas blancas que Crisantema, cuando las lavaba, ponía a secar en el fondo del jardín, allá donde, en el crepúsculo, se arrastraba el sol. Durante muchos años, uno de mis deseos más fervientes era ir al cementerio y pasar un rato en el lugar donde estaba enterrado. Tenía un recuerdo muy vago del cementerio de San Gervasio, ante el que había pasado una vez que mi tío Joaquim quería comprar unos solares. Y me parecía que, sola, no iba a saber encontrarlo. Pero durante mucho tiempo, todas las noches, antes de quedarme dormida, hacía el viaje hasta mi cementerio, y era mío porque lo había hecho nacer de mi imaginación, y lo veía con caminos estrechos cubiertos de hiedra espesa, y la hiedra tenía las hojas verdes y oscuras, y unas flores rojas como trompetas, sin perfume. Todo el cementerio olía a flores muertas, el mismo perfume del cuarto lleno de coronas y ramos, el día en que mi tío se murió. Un olor triste que impregnaba las paredes, y las cortinas, y la ropa de la cama. Y después de andar mucho rato por los caminos de las hiedras, desembocaba en la tumba donde estaba enterrado mi tío, porque cada camino tenía su tumba al final. Un camino para una tumba, como si a cada muerto le correspondiera su casa y su libertad, su espacio y su aire. Y me gustaba, metidita en cama, mientras tío Lluís, sentado en la mesa del comedor, pasaba las cuentas del día y se ponía como loco si faltaban cinco céntimos, andar por los caminos sombreados de mi cementerio, y salir a la luz, y quedarme de pie pensando que mi tío Joaquim vivía allá y que allá viviría para siempre, incluso más allá de mi muerte.

A veces me venían las lágrimas a los ojos, como un agua difícil. Añoraba la casita de la calle de San Hermenegildo, y, más que las flores suntuosas, más que los jazmines tan tiernos que trepaban por la barandilla de la azotea, pensaba en los geranios blancos, desmedrados, con la raíz devorada por los escarabajos; en la flor de nieve, tan vieja, que sólo daba media docena de flores al año y todas pequeñitas, que se secaban antes de tener el color blanco. Al día siguiente tenía dolor de cabeza, estaba muy pálida, y las ojeras, de color violeta, me hundían los ojos. Mi madre me miraba cuando creía que yo no la veía, y sentía pasar sobre mí su mirada como una piedra. Si cuando me miraba estaba yo sentada de espaldas, las piernas se me paralizaban. «Tanto como come, y no sé dónde lo mete.» Y con mi madre discutíamos si me convenía más la carne o el pescado, o si sería mejor echarme una yema en el café con leche de la mañana. Nunca más volví a Badalona. Es un mundo que desapareció como una isla engullida por el mar. Las casitas eran mías. Tío Joaquim había dejado la tutela de mis bienes a tío Lluís, pero eran mías, y los inquilinos de Badalona eran mis inquilinos. Cuando tío Lluís se preparaba para ir a cobrar los alquileres, sentía una punzada en el corazón, y le habría pedido que me dejara acompañarlo si no me hubiera cerrado la boca una especie de orgullo.

«Siéntate», dijo mi madre.

Tío Lluís tenía visita. Una señora con su hijo, que venía por una hipoteca. Mi tío se los llevó arriba, y mientras subían por la escalera, oí que les decía: «¿Saben? Aunque la garantía no es gran cosa, estoy dispuesto a ayudarles. El interés será un poco más crecido, pero me arriesgaré, me arriesgaré.» Me senté en el diván. Mi madre estaba sentada en una butaca junto al balcón. Como el balcón estaba abierto, el aire leve que venía del jardín, perfumado de hojas y de tierra, hacía oscilar la cortina de los pájaros. Parece que de esas cortinas con pájaros había un cajón lleno. Eran las cortinas del salón de Badalona. Este salón formaba un ángulo. Había en él dos balcones cara al mar, y dos al norte. Los balcones eran amplios, y en cada uno había dos cortinas recogidas a ambos lados con cordones de borlas de seda. Eran unas cortinas de una tela gruesa, de color tostado, con pájaros bordados, negros y rojos. Cuando la cortina se movía un poco, parecía que los pájaros volaran.

Mi madre tenía las manos en los brazos de la butaca. Unas manos muy blancas, con los dedos largos y finos, sin nudos, con las venas hinchadas y las uñas anémicas.

«Escucha: ¿Sabes si tío Joaquim...? Hace tiempo que te lo quería preguntar... ¿Sabes si tío Joaquim tenía joyas?»

Entonces le expliqué que un día tío Joaquim levantó una baldosa de su cuarto y me hizo coger unas joyas que tenía escondidas allí. Me las hizo sacar diciendo: «Tú tienes la mano pequeña», y, mientras las iba sacando, me decía: «Busca, busca...».

«¿Y recuerdas qué había?»

Le dije que había muchos anillos y pendientes y brazaletes y un corazón de brillantes que el tío me había puesto al pecho diciéndome que tendría que llevarlo el día de mi boda.

Sus manos se crisparon sobre los brazos de la butaca, y se levantó. Tenía la cara congestionada y los ojos le huían de la cabeza. Jamás habría creído que mi madre, tan suave, tan débil, fuese capaz de una reacción violenta. Se sentó a mi lado.

«Eran mis joyas, ¿sabes...? Mis joyas de soltera, de casada. Algunas habían sido de mi madre... y de la madre de ellos...» Dijo *ellos* como si hablara de gente forastera.

Los domingos, Crisantema no venía. Como la casa era bastante grande, siempre había una habitación u otra que había quedado por limpiar. Los domingos por la tarde yo hacía zafarrancho en una habitación. Sacaba todos los muebles al pasillo; entonces quitaba las telarañas, limpiaba los cristales y, a la hora de fregar, él y mi madre se sentaban en unas banquetas del recibidor que tenían el asiento de cuero rojizo, y me miraban mientras yo fregaba. Alguna vez, desde el rincón donde estábamos sentados y que previamente había fregado, mi tío decía: «Ha quedado un poco encharcado ahí. Vuelve a pasar la bayeta, pero escúrrela mejor. Tenemos que enseñarle a hacer de ama de casa.» Cuando el suelo de la habitación estaba seco, se levantaban y desaparecían, y entonces yo metía otra vez los muebles en el cuarto. Cuando había acabado, venía mi tío, echaba un vistazo, y si una silla había quedado fuera de sitio, o una mesita de noche un poco desplazada, me echaba un discursito sobre el arte de hacer un trabajo bien hecho. Y se iba al comedor, donde mi madre ya lo estaba esperando. Acabábamos la tarde así, sentados los tres hasta la hora de ir a preparar la cena.

«Lo hace mejor que Crisantema.» «Es que estas asistentas todo lo hacen por fuerza», decían.

[LA PARTIDA. PARÍS]

I

Todo estaba a punto para irme. Me tenía que acompañar a la estación un vecino que era chófer, porque la hora de mi marcha coincidía con la hora en que él iba a casa a comer. Aún me parece ver las maletas al pie de la verja y me parece oír la recomendación de mi madre: «No pierdas las llaves de las maletas. Vuelve a mirar el portamonedas.» Mi madre las había atado, juntas, con un cordel de color rosa, de aquellos de pastelería. Comimos más temprano, y, después de comer, fui a vestirme. Cuando estuve lista, y mientras me lavaba las manos, llamaron a la puerta. Mi madre me llamó, y cada una cogió una maleta y la subió al coche. Nuestro vecino las acomodó. Mi tío, que inmediatamente después de comer se fue al jardín, hizo exactamente como si no existiéramos. «El día en que marches de casa no te querré ver, ni querré volver a oír tu voz.» Las carolinas medio lo ocultaban: estaba inclinado y hurgaba en el suelo. Pensé: «Es él quien tiene razón. No tendría que irme.» Y abarqué con una sola mirada los árboles del jardín con un deseo intenso de no olvidarlos nunca más. Mientras mi madre hablaba con el vecino, entré a buscar la gabardina. Al pasar por delante del perchero vi la chaqueta de mi tío, y un rayo de sol hacía brillar la cadena del reloj desde el ojal de la solapa al bolsillo de arriba. Aquel resplandor me hizo daño en los ojos. Gemí. Acababa de darme un golpe muy fuerte en la rodilla con la esquina de una silla. Mañana estará morado, pensé. Al coger la gabardina, vi un reguero de agua en el suelo. Salía del cuarto de baño. Había dejado abierto el grifo del lavabo, y el agua se derramaba y se iba extendiendo. De puntillas, y con cuidado para no pisarla, fui a cerrar el grifo. Y un deseo, aún un poco confuso, me hizo temblar las manos. Sentí como una especie de vértigo y pensé: «Ahora te desmayarás.» Y con la mano que tenía libre me sostuve contra la pared. Él estaba aún allí, revolviendo la tierra. Oí la voz de mi madre: «A ver si va a perder el tren. Se está entreteniendo...» Y el vecino decía: «No tenga miedo. Iremos volando.» Y cuando pasé por delante de la chaqueta, perfectamente consciente de lo que hacía, tiré de la cadena de oro y me quedé con el reloj. «Gracias a Dios», dijo mi madre cuando me vio. A la claridad del día, en medio de la calle, la vi tal como era: con la cara marcada por el sufrimiento, con las venas de los brazos oscuras, un poco hinchadas junto a las manos, sin juventud y sin alegría. Cuando el taxi arrancó, estuvimos un rato diciéndonos adiós: yo desde la ventanilla de atrás, ella erguida, en el portal de la casa. Nos decíamos adiós un poco maquinalmente, como si nada valiera nada: ni vivir ni morir. Sentí una envidia sorda de aquel hombre que había sido una sombra dura en mi vida desde que yo era una niña. Él podría quedarse allí, en mi jardín, sobre aquella tierra de mi casa. Y sonreí al pensar en el disgusto que se iba a llevar cuando se diera cuenta de que le había desaparecido aquel reloj del que se había apropiado, como se había apropiado de las joyas que no eran de él.

Mi vecino me ayudó a colocar las maletas en el

vagón. Habíamos llegado un poco temprano y pude elegir sitio. Cuando me quedé sola, lo primero que hice fue mirar el reloj. Era mío. Ya antes era mío. Tío Joaquim me lo dejaba escuchar cuando le daba cuerda. Me lo ponía junto a la oreja para que lo oyera bien, y alzaba la tapa y me dejaba mirar las ruedecillas. Y me explicaba que aquellas gotitas rojas eran rubíes, y que había más aún, pero estaban escondidos. Sería mi único recuerdo de tío Joaquim. Aunque un día me muriera de hambre, aquel reloj no lo vendería nunca.

Empezó a subir gente. Miré si llevaba las llaves. Y, sin más ni más, noté que huía de mí la tristeza que había sentido hasta entonces, y me invadió el espíritu un bienestar y una gran calma. Mañana estaría en París. Eso, la sensación de libertad, de irme, de poder hacer lo que quisiera, me hacía circular la sangre como si desde aquel momento se hubieran acabado las cosas difíciles y desagradables y empezaran las buenas y fáciles. Me esperaban horas y horas de ver pasar pueblos y campos. El tren dio una sacudida. El barullo de la estación me parecía un murmullo uniforme, y toda la gente que iba y venía, a toda prisa y cargada de maletas, era de un mundo que empezaba a nacer para mí. La aguja grande del reloj de la estación saltó cinco minutos. Y las ruedas del tren empezaron a girar, a girar... Y cuando el tren empezaba a tomar velocidad, me asomé a la ventanilla con el corazón al galope y un calorcillo suave en las mejillas. Fue entonces cuando creí soñar. En la cola del tren, corriendo y mirando las ventanillas, vi a mi tío. Y me parece, es decir, tuve la seguridad de que tenía en los ojos aquella misma expresión desesperada que el día en que tío Joaquim lo tiró al suelo de un puñetazo en la mandíbula. No lo quise ver más. Me senté en mi sitio y lo imaginé, impotente y rabioso, de pie en medio del andén, y, de prisa, de prisa, haciéndose pequeño, muy pequeño.

II

Aunque los amigos de mi madre habían enviado un telegrama anunciando mi llegada, en la pensión no había nadie. Es decir, no había nadie fuera de la criada que me dijo qué habitación me estaba destinada y me acompañó hasta ella. Mientras subíamos, crujían los peldaños de la escalera. Era una escalera oscura, iluminada dificultosamente por una bombilla en cada rellano. Se notaba una especie de olor —o de hedor— muy curioso: una mezcla de cera, de polvo incrustado en las paredes y de comida pasada. Tenía la habitación 9. Aquel día, no me di cuenta. Aquella mañana no sabía nada ni veía nada, todo me dolía, y sólo tenía ganas de lavarme y dormir. Y antes de dormir, tendida en la cama, pensar un poco en mí y en mis cosas. La criada me subió las maletas y se fue. Me acerqué a la ventana y aparté el visillo de encaje: se veían muchas ventanas, casi al alcance de la mano, y tuve que levantar la cabeza e incrustar la nariz en los cristales para ver un poco de cielo. Era mi paisaje. Y habría sido imposible si a la derecha, en un espacio sin casas, no asomara la cabeza de un árbol, inmóvil en aquella hora de la mañana. Había tenido el tiempo justo de quitarme la gabardina cuando llamaron muy suavemente a la puerta. Antes de que pudiera contestar, entró una mujer bajita y regordeta, y se presentó: «Soy la dueña de la pensión, y Angèle me dijo que habías llegado ya... Te trataré de tú... Tu madre y yo nos habíamos tratado tanto...» No había sido ella, sino su hermana, muerta ya hacía años, la que había sido amiga de mi madre, pero no quise llevarle la contraria. En el pecho le brillaba una aguja de oro ovalada, con el retrato de un hombre en medio. Fui a buscar el bolso que había dejado sobre la cama, y saqué la carta de recomendación que me había dado mi madre. Sentía pesar su mirada en mi espalda, y eso me cohibía. Cogió la carta con dos dedos, y dijo: «La leeré con calma.» Entonces me di cuenta de que llevaba la ropa llena de manchas. Un traje de chaqueta negro, ni demasiado nuevo ni demasiado viejo, pero con toda la parte de delante llena de manchas de diferente tamaño, bien instaladas y cubiertas de polvo. Imponía sus manchas como la primavera las flores, y no dejaba de mirarme con tal insistencia que sus ojos ya parecían los de una persona miope. Pero lo que más me inquietaba en aquella mujer era que, pese a tener la cara fofa, llena de grasa y vacía de nervios, toda ella, de arriba abajo, estaba llena de vivacidad. Y la misma vivacidad la tenía en la mirada cuando no quedaba como ida ni intentaba descubrir qué había más allá de mi presencia. Fue hacia la ventana, echó una mirada fuera, y cerró. «París no es Barcelona. El aire es malo, sobre todo a esta hora.» Y al darse cuenta de que miraba la aguja que llevaba al pecho, la cogió muy finamente con el pulgar y el índice y la hizo oscilar: «Es mi marido cuando era joven... Ya lo conocerás, ya lo conocerás... Muchos pensionistas lo toman por un pariente viejo... Y es que yo, hija mía, tanto de carácter como de cuerpo, estoy ahora como hace veinte años. Toca.» Me cogió una mano y me la apretó contra su muslo. «¿Qué te parece? Es como una peña.» Y se le ensanchó la boca en una sonrisa de satisfacción. «A él, lo que lo ha envejecido son sus trucos. Tiene trucos para todo. Y el mayor fue el de casarse conmigo.» Apretó el timbre y se sentó a los pies de la cama. «Tu madre no puede imaginarse lo que ha sido mi vida. Nadie puede imaginárselo...» Tenía las piernas cortas, y los pies no le llegaban al suelo, y los balanceaba con calma, lo que contrastaba con su voz, que se le iba excitando poco a poco, y yo los miraba como si fuesen unos pies sin propietario, unos pies que avanzaban y retrocedían solos en el extremo de unas piernas cubiertas por unas medias de lana de color rata. «Nunca le lleves la contraria. Cuando le llevan la contraria se desencaja y es otro. Entonces, es terrible.» Alzó los brazos como si quisiera bendecirme, e hizo mover las manos por encima de su cabeza. Llamaron a la puerta y entró Angèle, como un cohete. «Angèle, estas cortinas hay que lavarlas hoy mismo. Antes de que acabe la temporada. Por la fama de la pensión, no pueden pasar colgadas ni un día más... Y tú, no dejes abierta la ventana. Siempre lo digo: el hollín de las chimeneas mancha las cortinas.» «¿Quiere que haga subir a Miguel y las descolgamos?» «De aquí a la noche tenéis tiempo. Miguel, ahora, tiene otras cosas que hacer.» Angèle se volvió como había venido. «Hay que ser autoritaria, dominar. ¿Vas a estar mucho tiempo en París?» Le expliqué en cuatro palabras mis proyectos, y mientras se los explicaba me iba mirando y se veía que pensaba. «Muy bien, muy bien. A tu edad, yo pensaba como tú. ¿La familia? Cero. ¿La tradición? Cero. ¿La vida? Un trago. Iba por el mundo con una enorme audacia, y quería tener el mundo a mis pies...» Sonrió con la cabeza un poco inclinada y con los ojos entornados, llenos de malicia. «Fue terrible. Las pasé moradas, moradas...» Y hacía mover los pies más deprisa, les hacía participar de su alegría. «Aún no llevaba un año de casada, y se enamoró de mí un señor... Un gran señor... Si pudiera dar mis recuerdos a los que son desdichados... Mis recuerdos y esta pensión son toda mi riqueza. Y aún pienso en él cuando me calzo. ¿Quieres creer que en todo el tiempo que nos quisimos, todos los días me traía flores? Rosas, preferentemente. Y, antes de irse, las deshojaba dentro de mis zapatos. La primera vez... "¿Qué es eso?" Y todo el interior del zapato estaba lleno de pétalos... Y el otro zapato, igual... Siempre así. Siempre estas delicadezas.» Llamaron al timbre, y, casi inmediatamente, en vez de Angèle entró un hombre flaco, con una barriga insolente. «¿Me llamabas?» «No. Sólo he llamado una vez. ¿Dónde estabas?» «Arriba... Trabajando.» «¡Ah!», dijo ella. «Te presento a la nueva pensionista. Es hija de una amiga mía de juventud.» El hombre me dio la mano con indiferencia. Entonces, ella dijo: «... Mi marido. Ya le había hablado un poco de tu llegada...» Y dijo él: «Supongo que le habrá dicho mi señora que estoy haciendo un trabajo muy importante. Se trata de un trabajo de investigación: hago, muy detallada, la historia del vestido. Serán media docena de volúmenes de letra menuda... No se ría...» Yo no me reía. «La cosa tiene su importancia desde todos los puntos de vista, sobre todo porque descubro la importancia del vestido sobre la influencia de las grandes oleadas revolucionarias. Y cuando digo revolucionarias, quiero decir...» De vez en cuando miraba a su mujer para asegurarse de que iba por buen camino. Y ella se había ido volviendo insignificante, casi había desaparecido en una inmovilidad de piedra. «Esta mañana me llamó mi amigo Berguedà, y se interesó tanto por mi obra que me invitó a cenar, porque dijo: "Hombre, con los años que llevábamos sin vernos, no podía imaginar que te dedicases a una cosa tan importante... Me gustaría conocer más detalles. Cuando vuelva a Barcelona, hablaré con Robert Armins..."» Se sentó en una butaca al pie de la ventana. Respiró profundamente y cruzó las manos sobre el vientre. «Sobre la cota de malla, ¿ve...?, podría hablar tres días seguidos.» Y, dirigiéndose a su mujer: «Te he disculpado. Le dije que estabas ocupadísima... Mi mujer lleva una vida de trabajo intenso... Ya se sabe... Matrimonio sin hijos... Te he disculpado... Te he disculpado...» De pronto, se levantó como empujado por un viento furioso, salió y cerró la puerta tras él... Volvió a asomar la cabeza, dijo «Perdón», y desapareció definitivamente. Entonces, ella volvió a animarse. «No sé ni qué ha dicho.» Se levantó y gimió el somier. De puntillas, se acercó y aplicó la oreja a la puerta. Y la abrió de golpe. «Me había equivocado.» Y se fue también.

Dormí toda la tarde, y, cuando me desperté, me dolía la cabeza y tenía mal sabor de boca. Había dormido profundamente y sin sueños. Mientras dormía, habían pasado un papel bajo la puerta. Decía: «Cenamos a las siete. Te ruego que seas puntual. Si no bajas a la hora en punto, harás que todo vaya mal.» Saqué el reloj del bolso: le había dado cuerda por la noche, en el tren. Eran las siete menos cuarto. Lo guardé un rato entre las palmas de las manos, estrechándolo, sin pensar en nada, y volví a meterlo en el bolso. La operación de lavarme y vestirme no duró más de un cuarto de hora. Y en el mismo momento en que abría la puerta para bajar, oí las siete en un campanario vecino. No encontré el interruptor para iluminar la escalera, pero la luz de abajo, la de la entrada, aunque mortecina, me bastó para no tener que bajar a tientas. En cuanto puse el pie en el primer peldaño, la madera gimió. Sin ningún motivo, el corazón se me paró un momento, y luego latió con prisa. Aquellos gemidos de la escalera ya habían tenido la virtud de crisparme la primera vez. Como cuando, en la escuela, una de las chiquillas pasaba el dedo húmedo de saliva por los cristales. Pero las dos sensaciones no eran exactamente iguales. Tanto un gemido como el otro me crispaban, desde luego: pero el de los peldaños me causaba una angustia mezclada con cierta sensación de peligro. Todo esto, naturalmente, menos exagerado de lo que las palabras puedan hacer suponer, pero desagradable. Y fue entonces cuando vi que, bajando muy pegada a la pared, no crujían los escalones. Ante la mesa, medio puesta todavía, había un hombre sentado. Estaba de espaldas a la puerta y no debió de oírme, pues no hizo el menor movimiento cuando entré en el comedor. Tenía la cabeza inclinada hacia delante, y los codos alzados y separados del cuerpo. Una... dos... tres... De una botellita amarilla salían unas gotas oscuras que iban a parar a un vaso de agua. Cuatro... cinco... Por la puerta de la derecha salió Angèle y puso los platos en la mesa. Me senté en un rincón, junto al aparador. La lámpara del comedor era de metal, con unos pámpanos de cristal rosa rizado. Y al dejar de mirarlos, mis ojos se clavaron en un cuadro de dimensiones considerables: una ola alta, alta y verde, con encajes de espuma, como inmovilizada en el aire por un suspiro de Dios. Y el papel de la pared estaba florecido de campánulas de todos los colores. Once... doce... Dejó la botellita sobre la mesa con un gesto enérgico y un golpe seco. Bebió de un trago el contenido del vaso, con el dorso de la mano puesto bajo el mentón.

—Se lo puede llevar ya... —apartó el vaso y volvió la silla hacia mí, en el mismo momento en que entraban una señora y una chica extraña.

—Se está poniendo feo el tiempo, muy feo... Mire la niña, qué pálida... No falla nunca.

La chica me miraba sin parpadear. Era alta y delgada como un hilo, y bastante cargada de espaldas. Las piernas, flacas como bastones, acababan en unos zapatos *sport* gruesos como picaportes. La chica debía de tener mi edad.

—Ya se sabe..., ya se sabe... —dijo el hombre—. ¿Y qué noticias hay? ¿Buenas?

—De momento, ni buenas ni malas. Hoy hemos dedicado el día a la Isla de Saint Louis. Casa por casa, puerta por puerta, piso por piso...

El señor se dirigió a mí y me dijo: «Está buscando a su hermano.»

—Me perdonarán. Vamos a dejar el paraguas y el bolso, y bajamos en seguida, en seguida... ¡Y con este lío que nos ha armado la señora Elisa...! Vamos, vamos, niña.

—Usted es nueva, ¿no...? —iba a responder, pero él me detuvo con un ademán—. Pues voy a darle un consejo: cuando un señor a quien usted aún no conoce, y que aún no ha llegado, pero que ya conocerá, porque pronto aparecerá por esa puerta, le diga si quiere firmar un documento, firme.

La señora Elisa entró como habría entrado un huracán: «¿Sólo ustedes dos? ¡Qué escándalo, qué escándalo...!»

El hombre de la medicina ni la miró; sacó el pañuelo del bolsillo y se sonó ruidosamente.

—Ya sabe que me molesta que se suene así. Un poco más de educación no le haría ningún mal. ¡Caramba, también!

—Si no tuviera tanta paciencia...

—La paciencia la tengo yo, pero le aseguro que se me está acabando. Y cuando se me acaba la paciencia....

—Se viene todo abajo.

Como si no lo hubiera oído, ella se puso a gritar: «Las siete y diez, las siete y diez y aún no están aquí...»

—Hasta el día en que no volverán más. ¡Ah! Nuestro querido profesor ya ha desembarcado... ¡Bienvenido, Martins...!

Entró un muchacho de unos veinticinco años,

Parecía tímido y educado. Un mechón de pelo rebelde caía sobre la frente, y de vez en cuando lo echaba atrás con los dedos abiertos.

—Le presento al único extranjero en la casa. Ha caído aquí, con la gramática bajo el brazo, como una golondrina del nido.

Martins no lo entendió, pero sonrió y se fue hacia arriba.

—¡El profesor Martins, profesor Martins! —*madame* Elisa corrió tras él. «Es profesor de inglés», dijo el hombre de la medicina. La señora Elisa lo tenía agarrado por el brazo, al pie de la escalera, y le hablaba muy nerviosa al oído. Volvió al comedor con un visible aire de triunfo en la mirada. «Siempre los extranjeros tienen que ser los mejores.» Y desapareció muy excitada. El hombre de la medicina me miró, sonrió y dijo: «Si no fuera usted una chiquilla, le diría que es mejor tratar con locos que no son nada nuestro que con los locos de la familia, y cuando en la familia todos están locos... Al menos aquí me divierto... ¿Qué le parece esta marina?» Y nos echamos a reír: y cuando Martins y la señora con la chica rara bajaron, aún teníamos los ojos brillantes. Martins se había peinado. La chica extraña lo miraba cuando le parecía que él no se daba cuenta. Dieron las siete y media. La señora Elisa entró refunfuñando, se sentó y nos rogó que empezáramos, aunque faltaran dos: uno de ellos, su marido, entró a la primera cucharada de sopa vestido de negro y con corbata de pajarita. Se sentó entre la indiferencia general, probó la sopa, y gritó: «¡Angèle, la sal!», y cuando, acabada la sopa, Angèle iba quitando los platos, la señora Elisa, con la cabeza muy alta y la voz pausada, dijo: «Ahora que estamos todos reunidos...» El hombre que tomaba la medicina la interrumpió: «Señora Elisa, perdone que la interrumpa, pero se equivoca. Como adivino lo que nos quiere

205

decir —y es fácil de adivinar, porque se trata de una historia vieja—, me permito hacerle notar que la pensión no está completa.» «Angèle, esta sal está húmeda, y como no la he podido graduar, la sopa estaba salada... ¿No tiene sal seca?» «Cuando acabes tu reclamación, acabaré de decir lo que quiero decir.» «Habla.» «Sólo quiero advertirles una cosa, me he enterado —desde luego, por casualidad— que algunos de los alojados están descontentos de la casa. Yo sólo puedo decir: Señores, las puertas de esta pensión están abiertas para todos, tanto para salir como para entrar. Aquí no se retiene a nadie por la fuerza. ¿Entienden?»

—¡Ay, ay! —dijo la madre de la chica extraña, moviendo la cabeza de un lado a otro como si le tirasen de los tendones del cuello—. Yo estoy muy contenta, y mi hija también, ¿verdad, niña? Además, yo soy una persona que no me meto en nada. Sólo tengo un anhelo: encontrar a mi hermano, y todo lo que no sea eso, para mí no cuenta. Pura bagatela. Sólo me preocupa el cumplir la voluntad de mi padre.

—¿Qué pasa? —preguntó el marido de la señora Elisa secándose los labios con la servilleta—. ¿Siguen hablando de la puntualidad?

—Nuestro Benjamín... —todo el mundo volvió la cabeza para mirar al recién llegado. Y la señora Elisa acogió al muchacho que acababa de entrar como un huracán con una sonrisa benévola—. ¡Angèle, Angèle, la sopa del señor Bera!

El señor Bera era rubio, de ojos azules, piel muy blanca, tan blanca como la de una chica, y tenía veintidós años.

—Mañana voy a pintar el mejor cuadro del mundo. Y luego, ¡a Suecia!—. Se sentó, se acomodó y estiró los pies bajo la mesa; sin querer, tropezó con los míos y me sofoqué. Y, mientras esperaba, se cruzó las manos detrás de la cabeza. Preguntó: «¿Ha encontrado ya a su hermano? ¿Qué barrio le tocaba hoy?»

—Hoy hicimos la Île Saint Louis. Piso por piso y puerta por puerta, ¿verdad, niña?

—¿Cómo dijo que se llamaba su niña? ¿Dolores?

—Se llama Dolores.

—Siempre me confundo. ¿Y el anuncio del diario, no dio resultado...? ¡La sopa! —Angèle acababa de ponerle el plato delante—. He llegado tarde adrede para librarme de la sopa, ¡y aquí está! Cuando sea viejo y famoso, pensaré en estos platos de sopa, en esta sopa que hace glu-glu cuando pasa por el cuello. Siempre diferente y siempre igual. Y los recordaré a todos con la boca abierta, todos con la cuchara en los dedos, llena de espesores gelatinosos cuya composición, con la excusa de hacer crecer, puede matar. Narices inclinadas hacia la sopa, bocas llenas de sopa, discretos jarabes... Angèle, ¿qué pasaría si me negara a tomar la sopa? —Angèle sonrió y se fue. Entonces, la señora Elisa dijo: «Bera, le presento a nuestra nueva alojada. No es pintora, pero lo será.» Bera levantó los ojos del plato y me miró con una mirada llena de inteligencia. Pero fue una mirada rápida y, en seguida, su rostro adoptó aquella expresión destinada a la patrona, a los alojados, a todo aquel pequeño mundo que dominaba sin un gran esfuerzo de imaginación. Pero aquella mirada, lo recuerdo bien, me hizo sentir sola y un poco desplazada. Y sentí un deseo muy fuerte de estar en mi cuarto, sola físicamente, con la ventana abierta, y, si la noche era oscura y no me dejaba ver el árbol, adivinarlo.

III

Cuando subía la escalera para irme a dormir, Bera, que subía detrás de mí, me adelantó y se sentó en un peldaño. Me tuve que parar, porque me preguntó: «¿Ha venido a París para aprender a pintar?» La primera reacción fue decirle que a él qué le importaba, pero me mordí los labios y respondí: «Sí», con cierta amabilidad bastante bien fingida. Mi preocupación más importante en aquel momento era la de saber qué iba a hacer. Que me hubiera parado y que me hablara, era algo que me halagaba y me irritaba al mismo tiempo. Que se hubiera sentado en un escalón, me hacía reír, y tenía que hacer un esfuerzo para que no se diera cuenta. Además, como tenía la convicción de que quería resultar gracioso, yo quería demostrarle que no me hacía ninguna gracia. Si llegábamos a hacernos amigos, su amistad no iba a ser la que tuve con X. Porque X no habría hecho aquello de sentarse y pararme para preguntarme una trivialidad. No sé qué habría hecho, pero se las habría arreglado para darme a entender que quería hablar conmigo sin esta especie de simpático descaro que era una de las características de Bera. Para no parecer grotesca, para hacerle ver que yo también podía hacer lo que él hacía, me senté a su lado. «¿Por qué no ha ido a Italia en vez de venir a París?...» Se apagó la luz de la escalera, y a la claridad escasa que venía de abajo apenas podía verle el rostro, pero habría jurado que sonreía con una expresión de burla y de superioridad. Y entonces, para no hacer como él, para ser más fuerte que él, hice como si no me diera cuenta de su intención y le dije que si había venido a París era porque tenía aquí más amigos que en Italia. Y, después de una larga explicación, dije muy rápidamente: «¿Y por qué no va usted?» Me equivoqué. Más rápida que mi pregunta fue su respuesta: «No me hace ninguna falta.» Y dijo más claro: «Claro que hay tantos museos...» Me cogió una mano y me dio unas palmaditas en ella: «He oído que te llaman Maria... Oye, Maria..., y te voy a tutear porque me gustas bastante: mañana iré a Luxemburgo a pintar. Y vendrás conmigo. Así veras un poco lo que pasa por el mundo.» Me dijo que estuviera lista a las diez, se levantó y se fue poco a poco escaleras arriba.

Entré en mi cuarto a oscuras y me tendí en la cama. La rodilla me dolía. Me asustó aquella presencia del tiempo: el dolor de la rodilla. Justamente ayer me había dado aquel golpe, y había vivido y visto tantas cosas en aquel espacio de noche y día... Me pasé la mano por la rodilla, la froté un rato para dormir el dolor que un mal gesto había desvelado, y tenía la impresión de que aquella rodilla pertenecía al día de ayer, que no había venido a Francia, que mientras yo estaba tendida en la cama en la calle R. de París, en el barrio sexto, la rodilla dolorida estaba en la calle B. de Sarriá. Y se había quedado allí para recordarme las cosas que yo no quería recordar: el último gesto de mi madre, el agua por el suelo, la última mirada llena de frialdad de mi vecino el taxista; lejos, todo lejos, menos mi rodilla, que, sin embargo, era mía, y el tictac del reloj en el cajón de la mesita de noche, como una compañía y como una amenaza. Todos los engranajes que no cesaban de girar, de ir y de venir hacia delante y hacia atrás, los rubíes como minúsculas gotas de sangre: todo aquello, tan pulido, medía la claridad y la oscuridad. Todo aquello recordaba que el día tiene veinticuatro horas, y cada hora sesenta minutos, y sesenta segundos cada minuto, y estos golpecitos de los segundos son el tiempo que pasa, y que pasa así: quieto y seguro; y cuando una palabra para tu vida, o cuando sientes un dolor más violento que éste ahora de la rodilla, quisieras que el tiempo se precipitara y huyera; el tiempo está aquí, dentro de esta caja de oro redonda y vieja y robada, y no cambia...

Cuando me desperté, el cuadro que se dibujaba en el marco de la ventana era gris. Justamente apuntaba el día, y se me había pasado el sueño. Me levanté, iba aún vestida, y abrí la maleta. Iba sacando todas mis cosas y las iba poniendo en el armario. No tuve mucho trabajo, porque mi equipaje era más bien reducido. Sólo me interesaba que el vestido que iba a ponerme para ir a ver a la persona encargada de irme dando las mensualidades no estuviera demasiado arrugado. Una vez acabado este trabajo, y como no sabía qué hacer, me desnudé y volví a meterme en la cama. Había cogido frío, y, bien tapada, viendo la claridad que iba volviéndose blanca, pensaba que era la misma claridad que nacía y se extendía sobre mi casa. Sentí subir cuatro lágrimas a mis ojos, y me quedé dormida. Y no me desperté hasta que llamaron a la puerta. Era la señora Elisa, que, según me dijo, me traía el desayuno «personalmente». Y en aquel instante, por el solo hecho de traerme el desayuno a la cama, como a veces había hecho tío Joaquim cuando en invierno hacía demasiado frío, me pareció que la quería.

—Pensé que al despertarte el primer día fuera de casa estarías triste... —estaba melancólica, y yo, por mi parte, tuve que hacer un esfuerzo para no llorar. Para no confesar ni confesarme que todo, desde que crucé la puerta de mi casa, me empujaba a volver. Pero el café con leche estaba caliente y el humo que salía de la taza perfumaba la habitación, y el pan estaba tierno, y yo tenía hambre.

Mientras comía, ella permaneció sentada a los pies de la cama; le dije que a las diez vendría a buscarme Bera, porque tenía que darme una lección de pintura, y que por la tarde iría a buscar el dinero que me permitiría vivir un mes.

—Supongo que tu madre te habrá dicho ya lo que has de hacer para ir por el mundo. Pero quizá tenga yo una experiencia más directa de la vida... Ese muchacho, quiero decir, Bera, tiene una debilidad: esto —y, con dos dedos, se agarró una punta de la falda, y la movió como si abanicara—. Y no creas que los años le pongan un límite. Si yo te explicara... Has de pensar que hasta a mí, un día... Fue una escena. Mejor que no te hable. Por suerte, bajó mi marido, y estoy segura de que sin esto... no sé cómo habría acabado. No te diré que se comportara de un modo sucio y vulgar... Pero me hizo unas insinuaciones... Una cosa que... En fin: guárdate de los hombres. De todos: de los jóvenes y de los viejos.

Yo iba desayunando sin decir palabra, pero, por dentro, no sabía qué me pasaba.

—Además, quiero hablarte de un asunto: de la puntualidad a la hora de cenar. Te ruego que seas puntual. Si todo el mundo fuera puntual, no habría problemas, pero ya viste ayer: la cena es a las siete y todo el mundo llegó a las ocho. Y, la verdad, para mí que exageran un poco. Si lo hicieran una vez, qué vamos a hacerle... Pero es que cada día estamos con las mismas. Recuerda las horas: a la una y a las siete. Y recuerda mis consejos. Ya le diré a Angèle que suba a quitar las cortinas...

Estaba tomando el último trago de café con leche cuando llamaron, y pensé que sería Bera, y ya iba a gritar que no estaba aún lista, cuando se abrió la puerta y entró, sin excusarse, sin pedir permiso, el marido de *madame* Elisa.

—He visto que mi mujer salía de tu habitación, y me he dicho: «Seguro que ha ido a explicarle una historia a la pequeña —la pequeña era yo— y se me ocurrió venir a ponerte en guardia, para que no dejes que te dé la lata con sus cosas y te ponga la cabeza como un bombo.» ¿Te ha hablado de Elvira?

Dije con la cabeza que no, al tiempo que dejaba la taza y el platillo en la mesita de noche y volvía a meterme en la cama.

—Te lo explicaré deprisa, porque no estamos seguros de que no esté detrás de la puerta... Si le dices que escucha por detrás de la puerta, se pone como un gallito de pelea y dice: «¿Realmente pensáis que soy tan vulgar?...», y la verdad es que, en toda su vida, no ha hecho más que escuchar detrás de las puertas. Cuando nos casamos, siempre que Elvira entraba en el cuarto a traerme el café, ella salía con cualquier excusa y se quedaba detrás de la puerta con la oreja pegada al ojo de la cerradura. Y Elvira, pobre chica, un día abrió la puerta y rompió el plato y la taza y el azucarero: todo se fue al suelo, porque la señora estaba agachadita escuchando. ¡Tiene narices la cosa!, porque Elvira, pobre chica, lo que menos podía pensar es que mi mujer sospechara, pero echaba-las-cartas. Era una gran echadora de cartas. Cuando mi mujer salía a estirar las piernas al atardecer, yo subía al cuarto de Elvira y nos estábamos allí una hora echando las cartas, y muchas cosas me las adivinaba. ¿Ves? Me adivinó todos mis viajes. Y que tendríamos una pensión en París, eso también me lo dijo. Y un día, cuando le hice una pregunta arriesgada, me tranquilizó en seguida. Porque entonces, mi mujer salía mucho y... Pero tú eres joven, y es mejor no hablar de ciertas cosas. Lo único que quería saber es si ella te ha hablado de Elvira...

Le dije que no me había hablado, y ya se iba, cuando volvió atrás y me dijo:

—A comer, ¿sabes?, ven a la hora que te dé la gana... Nunca tiene la cena a punto... Nunca ha tenido sentido de la exactitud.

El día estaba cubierto, y le pregunté a Bera si podía pintar en días así, cuando ni los colores se ven. Pasábamos por calles tranquilas, casi desiertas, y todas las casas eran viejas y estaban sucias. Y al cabo de media hora de andar por calles tranquilas, vi la reja de un parque con las puntas de las lanzas doradas. Los árboles eran muy altos, y se oía un arrullo de palomas. Los árboles eran muy altos y tenían un color verde profundo, y de vez en cuando caía una hoja pequeña y amarilla, de esas que no llegan a formarse y mueren mucho antes del otoño. Bera caminaba a mi lado y no me decía nada, y yo no me atrevía tampoco a hablarle. Me extrañaba que no llevara caballete. Sólo una tela bajo el brazo y la caja de las pinturas. Lamentaba llevarlo al lado, y me habría gustado más estar sola en aquel parque y andar por donde quisiera y detenerme donde me pareciera mejor. Su simple presencia me impedía gozar plenamente del hecho de hallarme bajo aquellas copas tan altas, y tenía miedo de gritar mi admiración por un espectáculo que para Bera debía de ser tan cotidiano que ni se daba cuenta. Me dijo que me sentara en un banco de madera, porque así no tendríamos que pagar silla, y añadió que cuando fuera millonario me regalaría un parque como aquel, pero con una piscina, además, para mí sola. Cerca de donde estábamos, apoyado en una barandilla, estaba un hombre viejo y mal vestido, rodeado de gorriones. Debía de darles migajas de pan, y los gorriones debían de conocerlo porque le cogían de la mano lo que él les tendía, y lo rodeaban piando muy bajo. Iban y venían. Los que podían coger una miguita alzaban el vuelo, sin alejarse demasiado, la comían y volvían a buscar más.

—¿Quieres ayudarme? —Bera estaba agachado, y yo me agaché delante de él, y preparó la caja de colores—. Tú me irás pasando los colores. De momento, dame el azul de Prusia. —Cogió el tubo que le di, lo destapó con calma, apretó el tubo, y una gota de pintura, espesa, cayó sobre la tela. «Tapa.» Me alargó el tubo de pintura, se agachó, y con el índice empezó a extender el color de una manera muy calculada—. Ahora el siena. —Poco a poco iba embadurnando la tela blanca, y algunos colores los alisaba con una ramita que había encontrado en el suelo. El hombre que daba migajas a los gorriones estaba todavía allí, clavado en la barandilla con todo aquel enjambre a su alrededor. Una mujer con dos chiquillos se detuvo junto a nosotros llena de curiosidad, y yo hubiera querido que se me tragara la tierra. No sé bien por qué. Quizá porque Bera me parecía loco, o el hombre de los gorriones, un personaje de otro mundo, o porque aquella mujer con las dos criaturas estaba como abobada, o porque, de repente, me dio escalofríos el que Bera, distraídamente, me rozara el brazo con su mano. Quizá porque recordé la confidencia absurda de la señora Elisa. Poco a poco, el tiempo había ido empeorando, el cielo se cubría, y un viento de lluvia movía de un lado a otro las copas altas de los árboles. Todos los troncos se habían vuelto negros, todas las ramas. Y la hierba de los parterres parecía de terciopelo. La mujer y los dos niños se fueron, y por los caminos pasaba gente sin entretenerse. El viento iba haciéndose frío y Bera seguía pidiéndome colores y mezclándolos sobre una mancha que, primero, era redonda, y ahora parecía la cicatriz de una enfermedad fea. —Cuesta trabajo encontrar las formas. —Y cuando la lluvia ya había mojado los lugares que no estaban protegidos por los árboles, dijo que podíamos irnos ya. Estuvimos aún mucho rato en el parque. Andábamos bajo los árboles, y de vez en cuando una gota de agua nos caía en la cara o, con un son opaco, en el cabello—. ¿Crees que vas a revolucionar el mundo dejándolo con la boca abierta ante todo eso que han sido obras maestras? Dentro de veinte años, sólo se pintará así. Los que empecemos en este sentido seremos importantes, y te lo digo sobre todo a ti...

EPÍLOGO

[BURDEOS]

I

Bajé la escalera poco a poco, no con la intención de escuchar sino, más bien, para no molestarlos, para que Eulalia no pensase que yo tenía la intención de entrar mientras tenía visita. Los escalones de madera, generalmente, sobre todo los días muy secos, crujen cuando alguien baja; pero si en vez de poner el pie en medio del peldaño lo pone uno al lado, no hacen ruido. Yo bajaba poco a poco y ella tenía la puerta entreabierta, y por la rendija se veía un trozo del espejo del armario, y ella de espaldas al espejo, un poco encogida, poniéndose las medias. La conversación estaba ya iniciada y parecía interesarles mucho. La voz de hombre decía: «¿Y por qué quiere volver, si ya no la conocerá nadie? También yo volví una vez, y encontré mi lugar ocupado y el trabajo fue encontrar dinero para irme.» Eulalia hizo un gesto característico con los labios: «Pss... qué sé yo... Es una manía suya... Dame la liga. Está bajo la cama, agáchate. Gracias. Si la vieras por la noche, cómo cuenta el dinero. Despeinada y a medio vestir: parece una bruja. Y que no cierra los ojos para contarlo. Está quieta, con los ojos muy abiertos, y hace dos montoncitos sobre la mesa, uno para el dinero que va a guardar; el otro para el que va a gastarse en comida. ¡Y si vieras lo que come! Está gorda de pasarse todo el día tumbada...» «Ya se ve que es gandula. Está como una vaca.» «¡Sí, pero métele un dedo en la boca! Cuando se enfada, es como una víbora...» «Tendríamos que matarla a escobazos.» «¡Ay, no me hagas reír, que me duele!» «¿Y dónde tiene el dinero?» «Mejor que no te preocupes de eso. En definitiva, miseria y compañía. Me gusta verla cuando hace sus sisas, y a veces la miro por el ojo de la cerradura...» Sentí ganas de estornudar, y acabé de bajar deprisa. Salí a la calle trastornada, y de momento andaba sin saber hacia dónde. Así que Eulalia se reía de mí y difundía mis secretos. Y yo que creía que podía contar con su lealtad. Yo, que le había explicado cosas que nunca había explicado a nadie. Y, de repente, me vi más repugnante aún de lo que les debía de parecer. Sí que contaba el dinero, pero con más desazón de la que ella creía. Y lo contaba y lo volvía a contar y pensaba siempre en el que tenía y en el que tendría y en el que habría tenido si hubiera ido con más cuidado. Para ahorrar cinco céntimos me habría alimentado con mi sangre si hubiera podido. Ahorraba migaja a migaja, calculando, escatimando, y a veces apretando los dientes si tenía más hambre. Y cuanta más hambre pasaba, más engordaba, como si todo mi cuerpo quisiera ayudarme a engañar a la gente y a engañarme a mí misma. Pero mi cara, la de verdad, la que había bajo la capa de polvos y colorete, no la veía nadie. Mi cara redonda, blanca como la luna. Sin músculos en el cuello, y con bolsas bajo los ojos. Mi cara en el espejo cuando me quedaba sola por la noche sin recuerdos, toda yo un presente desesperanzado. Y tenían razón: con el cuerpo gandul, para poder trabajar mi alma. El cuerpo atornillado a la cama, alimentado y harto de cama, para poder estar lejos: toda yo dentro del baño de luz de mi casa. ¿Qué sabían de mí estos dos que se reían? Tras la piel vencida, estaba el orgullo. Pero como una mancha negra en la retina me acompañaban las palabras de aquel hombre cuya cara no había visto, pero que parecía bastante familiar en casa de Eulalia. «Yo también volví, una vez, y encontré mi lugar ocupado.» Me senté en un peldaño de entrada a la plaza Meriadek. Los vendedores de trastos viejos empezaban a montar sus tenderetes. Venían empujando carretones, y armaban las mesas de ropa vieja, de zapatos gastados, de loza cuarteada, de todo lo que pueda haber en una ciudad de maltrecho y fuera de uso. Iba viendo cómo tendían los toldos: los más favorecidos tenían un jamelgo para tirar del carretón; los menos, lo empujaban a brazo. Unos cuantos árabes se instalaban en lugares estratégicos con paquetitos de tabaco de colillas. Estaba la tienda de aluminio y la tienda de objetos de hierro. El hombre que estañaba cacerolas y el que alineaba llaves y cerraduras herrumbrosas. Un rastro, pero el rastro de un pueblo que sabe contar, y cuando tira una cosa es porque ya no tiene ninguna utilidad. Se acercó a mí un árabe y empezó a mirarme con ojos tiernos, pero yo no estaba para idioteces, y me fui. También yo estaba herrumbrosa. Y aquel rato que pasé sentada en el suelo, me había dejado entumecida. Giré velas y me volví a casa. No se oía a nadie en el cuarto de Eulalia. Llamé con los nudillos. «Entra.» Estaba peinándose. Un rayo de sol, aún tímido, entraba por la ventana. Eulalia me miró, y yo le miré el pelo. Pelo de gitana, pensé, negro y reluciente, aceitoso. Me acerqué a su cama, sin ganas. «¿Vienes de dar una vuelta?» No le contesté: el sol me tocaba la punta de un pie y extendí la pierna hacia delante para encontrar un poco más de sol. «¿Estás de morros?» Me lo preguntó sin malicia, con aquella voz afectuosa que tenía su éxito en las noches. No le guardaba rencor. En definitiva, entre ella y yo, ¿dónde estaba la diferencia? A veces, pasaba media hora peinándose, primero inclinada hacia delante, con el pelo sobre la cara; luego, tirada hacia atrás, con el pelo a la espalda. Lo hacía porque sí. Sin placer, como si no fuera posible pasar menos tiempo peinándose. Mi pie, y el tobillo al sol, parecían ya el pie y el tobillo de la señora Elisa, y al darme cuenta, me vinieron ganas de reír. «¿Qué te pasa ahora?» Y yo no podía hablar. Toda la cama agitada por mi risa. Y al final, hasta contagié a Eulalia, y reíamos las dos, reíamos como tontas. Ella se reía al verme reír y yo me reía al ver el pie gordezuelo y corto. Y cuando se me pasaban las ganas de reír, entonces movía lentamente la punta del pie, y volvía a estallar de nuevo la risa.

Por la noche, cuando me quedé sola, sentí una gran tristeza. ¿Si me venían ganas de volver, qué me quedaría? ¿Esto?: la cama con el somier rechinante, la palangana gris desconchada, las cortinas de ganchillo con flecos comidos por los años, el cajón de madera con una dirección escrita al lado y la palabra *potatoes* que aguantaba la cocinilla de gas, el espejo leproso enmarcado en bambú... Y cuando se hundiera todo el armazón, ¿qué? «No pienses en eso, chica, no pienses.» Tenía que comenzar la operación mágica. Me aseguré de que no hubiera nadie en el rellano y cerré con llave, y la saqué de la cerradura, y cerré el ojo con una pelotilla de papel, y colgué además una chaqueta del pomo de la puerta. Precauciones. Saqué lápiz y papel y la cajita de lata con las economías. Era sábado. Todos los fines de semana comparaba las ganancias y los gastos de una semana y otra. Acabadas las cuentas, encontré que había ganado ciento veintidós francos más que la semana pasada. Me metí en la cama, sin haber podido saber de dónde venían esos ciento veinticinco francos más. Todos los días había ido apuntando escrupulosamente lo que había gastado y lo que había cobrado. Y no me salían las cuentas. Me metí en cama de mal humor. Estaba realmente cansada. Y antes de quedarme dormida se me hizo la boca agua porque decidí que con aquellos veintidós francos me compraría un pastel de aquellos de crema que a veces me permitía el lujo de ofrecerme los primeros días de mi estancia en Burdeos.

II

Si fuera aún joven, diría que me encuentro en un momento importante de mi vida. Hoy sólo digo que las cosas han cambiado un poco para mí; y que han cambiado en un sentido favorable. Por eso tengo interés en escribir lo que me ha pasado: para poner un poco de orden en mis ideas y ver más clara mi situación.

Ayer salí de casa con mi herencia cosida a la faja. El dinero en una bolsita al lado derecho y el collar y los anillos en otra bolsa al lado izquierdo. Nadie puede imaginar la sensación de paz que eso me daba. Como si de pronto me hubieran echado en el corazón un jarro de agua de rosas. Recordé una frase que se me ocurrió una vez, y no recuerdo a quién se la dije, o si realmente la dije a alguien que no fuera a mí misma: «Llevaba el infierno dentro y ahora me han puesto un cielo.» Estas dos pequeñas cajas de caudales que me he fabricado yo misma me restituyen a la vida. Yo, que he dado pruebas de desinterés, que he renunciado al bienestar material cada vez que mi alma no ha aceptado pactos, ahora, y me da tristeza decirlo, toda mi felicidad me viene de este dinero y de estas joyas, que no representan ninguna fortuna pero sí la realización de mis deseos.

Salí a la calle al mediodía. Era la hora en que la gente acababa el trabajo, y la calle y las tiendas de comestibles estaban llenas de gente. Hacía sol. Un aire de finales de marzo, aún fresco, pero agradable, anunciaba la primavera. Sentía ligero mi corazón como en el inicio de una borrachera, y andaba deprisa, pero de vez en cuando me decía: «Chica, párate, hoy es día de fiesta para ti, no vas a ningún sitio, no tienes que ir a ningún sitio. Aprovecha el tiempo y el aire y este sol que parece el del comienzo del mundo.» La plaza Meriadek era un horno, y la gente bullía de primavera. El vendedor de novelas me saludó con un simpático *«Bonjour madame»*. Los bares tenían las vidrieras de par en par, y una mujer que vendía tiestos de flores junto a la acera estaba tomando una bebida brillante y de color rojo, muy sentada en su mesa y a pleno sol. Había pobres tumbados por el suelo, arrinconados contra las paredes de las casas; había uno con una botella de litro vacía a su lado. Estaba dormido, y respiraba fatigosamente. Me detuve un momento a mirar sus andrajos, su pecho desnudo y su cara congestionada. Le lloraban los ojos, y, entre los párpados cerrados, brillaba una lágrima que aún no había resbalado. Eso me hizo pensar que el hombre no dormía, que el vino y el sol lo habían abotargado y que tenía el vino triste. Se había aislado del mundo cerrando los ojos. No, él era como yo. Cerraba los ojos porque estaba bien así, porque el vino era agradable y porque siempre, con piojos o sin ellos, con ropa limpia o con ropa sucia, hay una felicidad que no viene de nada de fuera. Y te das cuenta de que era una felicidad triste cuando te ponen sobre la piel una pequeña fortuna. Iba andando: poco a poco las calles se iban vaciando de gente y me parecía estar sola en un pueblo en el que cada piedra me conocía y en el que cada ventana, en vez de cerrarse porque yo pasaba, era cerrada para que yo pasase. Iba andando por el lado del sol. De vez en cuando pasaba un tranvía, y el polvo que levantaba me hacía volver la cabeza. «Te has vuelto muy fina, chica. Cualquier cosa te hace arrugar la naricita.» Y me di cuenta de que llevaba dos años sin salir a la calle a aquella hora. Dos años viviendo de noche, como los pájaros: toda ojos y toda pluma. Qué ganas de reír y de correr; si al menos las piernas hubieran seguido la prisa del corazón... «Parezco un tarro de confitura en lo alto de una estantería.» No, no es eso; ahora diré lo que es, ahora, mientras voy por la calle de Ares abajo, casi ya en la plaza Gambetta; es difícil decirlo, pero lo diré: «Niña pequeña, duerme.» Es eso, es eso lo que me dijeron cuando la enterraron con el Banco de España bajo la almohada. No la enterrada, yo. Cuando estuve en cama, oculté el tesoro al alcance de la mano, y con la habitación muy oscura y los ojos abiertos, dije como si rezara el rosario: «Niña pequeña, duerme.» Y entonces lo adiviné todo. Soy mi madre: mi madre he sido yo. Una madre que ha adorado a su hija, que le ha permitido hacer todo lo que ha querido, que ha perdonado todos sus errores, que la ha mimado hasta viciarla, que la ha malcriado; una madre a quien, a veces, su hija ha dado miedo; esta ternura por la niña del perro; estas lágrimas en los ojos por la jovencita que llegó a París un día de lluvia; esta pena por la primera noche de amor estropeada; esta añoranza de lo que habría podido ser y no fue: son los sentimientos de una madre por una hija que tira por el mal camino y que no sabe cómo apartarla de él para que no se moleste, para que no sufra. Pero ahora la madre se va, y me quedo sola conmigo y digo, como si estuviera en lo alto de un escenario: «Señores, pueden mirar ya. Vean, soy la misma que salí antes, pero con paraguas. La chica de la gabardina, que tanto les gustaba, con pelo de seda y dientes de cascar almendras. La chica que esperaba por los cafés y todos la miraban, por una especie de juego de manos se ha convertido en la mujer del paraguas. Aún estoy en el escenario, señores. Mírenme bien si no me conocen: no están la pierna ni el brazo torneados, ni la oreja como una concha. No, todo eso se ha acabado. Y, en vez de gabardina, paraguas. Entre la chica de la gabardina y la mujer del paraguas hay un montón de años. No me hagan decir cuántos, señores, porque no vale la pena de aperrearse por tan poca cosa. Y, mírenme bien, porque ahora, cuando gracias a Dios soy la mujer del paraguas, les digo: "Adiós, y a ser buenos."» Y una reverencia.

Me senté en un banco de la plaza Gambetta. ¡Qué bien se estaba!... El ideal en la vida sería quedarse en un banco de la plaza Gambetta, de cualquier plaza, y que siempre fuera primavera y la hora en que la gente está comiendo. De vez en cuando baja un gorrión de un árbol y se entretiene con la arena y pica migajas que alguien ha tirado y que otro gorrión no ha visto... Pero sentí hambre. Un hambre sana, en la punta de los dientes de la boca hecha agua. Y me fui a un restaurante. Comí una hermosa tortilla a las finas hierbas y una buena porción de pollo asado, y queso y fruta y pastel y café y coñac. La mujer del paraguas ha salido del restaurante aturdida por la comilona y la bebida, y se va a unos almacenes a hacerse pasar el capricho. Y los almacenes estaban vacíos. Las dependientas del turno de mediodía, tras los mostradores, ni ganas tenían de mirar a quien pasaba. Algunas hacían punto, otras se hacían las uñas. De pronto, sentí que me cogían por el brazo y me encontré ante la cara de una amiga de Eulalia: «He sabido por casualidad que Eulalia ha muerto; ¿de qué murió? ¿Sufrió mucho?» Sí, sufrió, pero nadie sabe de qué murió. Hacía unos dos meses se cayó subiendo la escalera. Y se quejaba de que el canto de un peldaño se le había clavado en el estómago y estuvo unos cuantos días en los que vomitaba todo lo que comía. Después le pasaron los dolores, pero no le volvieron las ganas de comer. Hacía su vida normal, pero su mirada era triste y, cuando le hablabas, parecía como si hiciera un esfuerzo por comprender lo que le decías y no acabara de entenderlo. Yo le llevaba el desayuno a la cama, y le compraba cosas que le hacían falta. No salió nunca más a la calle. Un día se animó un poco y me dijo: «Hoy me veo con ánimos de dar un paseo, ¿quieres acompañarme? ¡Llevo tantos días sin salir!...» Se vistió, y salimos cogidas del brazo. «Tendré que llamar al médico. No sé qué tengo... No me duele, pero desde aquella caída no estoy para nada.» Volvimos pronto a casa, y parecía una muerta: estaba blanca, y tenía en los labios un poco de color, un color violeta. Yo pensaba que le habría quedado algo resentido de la caída y que era mejor que la viera el médico, por precaución, pero suponía que la cosa no iría más allá. Por la noche, antes de quedarme dormida, bajé a verla y me dijo que había vuelto a vomitar, y que había salido un poco de sangre... Al día siguiente fuimos al médico. El médico la miró detenidamente y le ordenó reposo, y comer cosas ligeras, y que volviera al cabo de unos días, porque quizá habría que hacerle una radiografía. Al día siguiente la encontré llorando a lágrima viva: «Si al menos pudiera morir en casa...» «¿Quién habla de morir? Cuando estés buena, te reirás de lo que acabas de decir, y en el fondo sé que lo dices sólo para darme lástima.» Me miró con odio, y no contestó. «También yo querría morirme en casa, y tengo más motivos que tú para desearlo. Muchos más motivos de los que pueda tener nunca nadie... Y me callo. Y no hablo nunca de mi casa y quizá ni supieras que tengo una casa. Y mi casa...» Mientras decía esto, era como si viera mi casa de hace veinticinco años, con la buganvilla, con las carolinas floridas y olorosas, con todo el sol de la tarde contra los cristales del comedor y el cielo reflejado en los vidrios. Mi casa y mi jardín. Podría hablarle de las lilas y de lo que hay que hacer para que no se hielen los rosales en invierno, y cómo se hacen los esquejes de las clavelinas. Pero dejé de pensar en esto, porque me miró sin decir una palabra y le temblaba el mentón porque estaba aguantando las lágrimas. Y me miraba como diciéndome: «Tú eres fuerte. Tú tienes salud. Yo estoy enferma y no voy a vivir mucho.» Me fui, y cerré la puerta bruscamente y me encerré en mi cuarto, celosa de todo lo que pensaba y que, estando con ella, no podría pensar. En el fondo, me daba miedo su mirada y su vida, que me recordaba la mía. Sin saber por qué. No quiso volver a ver al médico ni quiso que le hicieran la radiografía. «¿Lo entiendes? —me decía con voz cansada y sin mirarme—. El médico no puede hacer nada. Soy yo quien tendría que querer... y no quiero... Cuando una empieza a vomitar todo lo que come, es que la cosa va mal, y, si quisiera curarme, suponiendo que tenga cura, los médicos me dejarían sin un céntimo... y prefiero acabar de una vez...» Fue la primera vez que hizo alusión a su dinero, y eso me hizo pensar que no era tan tonta como yo había creído. Yo, que le explicaba todo, todas mis cosas materiales las sabía... Y sabía que yo quería irme, que deseaba huir de este país, pero que no quería llegar a mi casa tendiendo la mano como una desgraciada. Mi candidez me irritó. No es que esperara ya mucho de la gente, pero si a una persona como ella le inspiraba tan poca confianza, ¿qué pasaría con los demás? ¿Tendría que ser siempre yo quien daba? Pero no; no tenía que dar importancia a cosas que, en el fondo, eran normales: a la gente hay que tomarla como es y no pedirle más de lo que te da. Pero, de todas formas, ella, bruscamente, cambió de personalidad. Sabía callar y sabía disimular. Lo que yo creía una caja vacía, era una caja llena de cosas. Tenía una vida propia más secreta que la mía. Ella sabía de mis ahorros, casi día a día, momento a momento; mi desesperación cuando las cosas subían, porque eso me alejaba de mi finalidad.

Aquella noche me instalé en su cuarto. Después de la una, naturalmente, y después de haber hecho mis cuentas para el día siguiente. No me oyó entrar. Bajé una manta y me senté en una butaca, con una silla para apoyar los pies. Apenas llevaba una hora durmiendo, y me despertó un gemido. Encendí una cerilla y la acerqué a la lámpara de petróleo. Pronto osciló la llamita verde e hizo oscilar mi sombra contra la pared. Me acerqué a la cama. Estaba durmiendo, pero tenía la frente perlada de sudor. Le pasé un pañuelo húmedo por la cara y no se despertó, pero al volverse de espaldas empezó a gemir débilmente, y estuvo gimiendo hasta que se hizo de día. Cuando despertó, quedó sorprendida al verme instalada en su habitación, y me dijo que no entendía por qué se me había ocurrido hacer eso, que ella estaba bien, sólo un poco fatigada. Pasó así unos quince días, gimiendo una noche sí y otra también. Un día, me puse seria y le dije que iba a buscar al médico tanto si le gustaba como si no, porque, en definitiva, éramos amigas, vivíamos casi juntas y me sentía responsable de lo que pudiera pasarle. Fui a avisar al médico y, cuando la vio, dijo que lo más práctico sería hospitalizarla, y que quizá habría que operarla. Y, al pie de la escalera, añadió que estaba muy gastada y que había dejado pasar mucho tiempo sin hacer nada por curarse.

Cuando entré, la encontré llorando con la cara apretada contra la almohada. «Pero si el médico ha dicho que te curarás...» «Deja al médico...», dijo entre sollozos. Y, bruscamente, sentándose en la cama y mirándome a los ojos, dijo: «¿Crees que tengo ganas de ir alargando esto? ¿Para qué?» De pronto, se llevó las manos al estómago y chilló. Y no paró ya de chillar hasta que murió. La agonía duró tres días que parecían largos como tres años. Ni en un solo momento perdió la lucidez. Me atrevería a decir incluso que supo cuándo cerraba los ojos por última vez y cuál fue su último suspiro. Pensé que me iba a volver loca. Aún volvió el médico, pero sólo para decir lo que ya se veía que iba a pasar. Un atardecer, durante cinco minutos que el dolor la dejó en paz, me dijo que me sentara a los pies de la cama, y, con voz débil pero segura, me dijo: «¿Ves?, mira las patas del armario —eran dos bolas medio carcomidas y sucias de polvo y manchadas—. En la pata de la derecha encontrarás dinero. En la pata de la izquierda, unas joyas. Cuando me muera, todo es tuyo. Sólo te pido una cosa: no se lo digas a nadie, que nadie sepa que yo tenía eso. Para sacarlo, vacía el armario: primero lo alzas de un lado y sacas una pata, y una vez hayas sacado lo que hay dentro, la vuelves a poner. Luego, vacías la otra pata. Que no te ayude nadie.» Se lo tuve que jurar para que quedase tranquila. «Hay un collar... Era de una persona que me humilló. Y cobré la humillación. Si te da reparo, lo vendes. Pero es tuyo, y muy tuyo, porque es mío, y soy yo quien te lo da.» No sabía qué decir ni qué hacer. Estaba tan sorprendida que no podía llorar. «No te preocupes. No me des las gracias. No te he querido nunca. No sé por qué, pero no te he querido nunca. Todas las cosas las haces porque quieres, porque calculas, y yo no quiero a la gente que calcula.» Me levanté de un impulso y sentí una ola de fuego que me subía mejillas arriba. «Es verdad.»

Murió a la madrugada, y el silencio llenó la habitación. Esperé a que se hiciera de día, y a las ocho fui a avisar a la mercera, y me ayudó a lavarla y vestirla. En la cabeza, en vez de cerebro, me parecía tener una esponja. Hacía las cosas maquinalmente y sólo deseaba que se acabara todo para poder dormir. Tuve problemas para hacerla enterrar. Al fin, después de muchas visitas y consultas, todo lo que conseguí es que pusieran una cruz con su nombre. Reposaba en la fosa común, como reposaría yo si me quedaba aquí. A mí, en definitiva, me era igual. En el entierro éramos tres personas: la mercera, el panadero y yo. La enterraron a las cuatro de la tarde, y hacía sol. El cementerio estaba desierto. Compré un ramo de flores a una florista de la entrada, y me estafó. En la plaza de delante del cementerio había un montón de chiquillos jugando y gritando. Nada hacía pensar en la muerte. Y, sin embargo, la muerte estaba allí, no en el cementerio, claro y tranquilo, sino dentro de cada uno de nosotros, instalada un poco por todas partes, en las arterias. Plácida, pero atenta y segura.

Cuando llegué a casa me despedí del panadero y de la mercera y fui a su habitación. Quería limpiarlo todo antes de darle las llaves a la propietaria. Me fui a desnudar y bajé con la escoba y un cubo. Me daba reparo empezar la operación del armario, como si al sacar las cosas escondidas tuviera que ocurrir una desgracia. Remoloneé un rato, deshice la cama, recogí su ropa e hice un paquete con todo. Había demasiada luz. ¿Esperaría a que estuviera más oscuro? Pero, al mismo tiempo, empezaba a invadirme una especie de desazón pensando que quizá todo lo que me había dicho era mentira y que allí, escondido, no habría nada. Fregué con calma, y cuando pasaba la bayeta por las patas del armario, me levanté decidida a no esperar más. Pero tuve paciencia, y volví a la tarea. Cuando el cuarto estuvo listo empezaba a oscurecer, pero en el cuarto había claridad suficiente para que no fuera necesario encender la luz. Cerré la ventana y la puerta. Y cuando iba a vaciar el armario, me pareció que subían por la escalera. Continué. Al fin y al cabo, si venía alguien, ¿qué tenía de raro que sacara la ropa del armario para ver qué había de aprovechable y qué tenía que tirar? Cogí un trozo de madera y lo puse bajo el armario: serviría de pata mientras vaciara la de verdad. Me latía el corazón y las muñecas, y la saliva me huía de la boca y de la garganta. De repente, tuve la sensación de que el tiempo no había pasado, que no había cambiado nada, que yo obedecía la voz de mi tío cuando me decía: «Busca, busca... Los pendientes tienen que estar ahí... Busca bien.» Y sentía la molestia de aquel granito de arena que se me metió entre el dedo y la uña. Cuando saqué lo que había dentro de la pata, me latía el corazón al galope. Los billetes estaban muy doblados y llenaban todo el espacio vacío. Estaban amazacotados, pero me pareció que era mucho dinero. Eran billetes de diez, casi nuevos todos ellos. Puse la pata en su sitio y empecé la operación por el otro lado. Había dos anillos, dos solitarios, dos monedas de oro y... por un momento pareció como si se me parara el corazón: no, no era aquel collar. Era un collar de oro, pero no aquél. No puedo explicar qué me pasaba. No lo puedo explicar.

Aunque llevaba días sin dormir, aquella noche la pasé en blanco, y a la mañana siguiente tuve que tomarme dos aspirinas porque parecía como si la cabeza me fuera a estallar. Como de pequeña, como de joven, como siempre, las emociones se traducían en dolor. Dolor. Me adormilé un poco hasta las nueve de la mañana, y cuando fui a buscar la leche parecía una desenterrada. La gente de la lechería, que más o menos me conocía, me miraba con aire de decir: «¡Qué noche!» Sí, ¡qué noche! La noche más terrible de mi vida. La más emocionante. Ahora ya podía volver.

Me deshice como pude de la amiga de Eulalia, y fui al primer piso, allá donde vendían maletas. A la sección de las maletas. Las había a centenares, y de todos los tipos y precios. ¿Y si comprara la más cara, para poner furioso a tío Lluís? Aquella de piel de cerdo con cantoneras de níquel. De la herencia de billetes había apartado uno de diez mil francos. Y paseando, paseando, me vi en un espejo. No, la más cara no. Nada caro encajaba conmigo. Para aquella mujer del espejo, ya era suficiente una maleta de cartón, justo para llegar a casa y tirarla luego. Si empezaba a cambiar dinero, se me iría en un soplo. Pasé una semana yendo a los almacenes todos los días. Y durante aquella semana, fuera del día en que comí en el restaurante, no gasté ni cinco céntimos. E hice incluso un negocio. Aquella amiga de Eulalia vino a verme para que le presentara a la propietaria. «Aquella habitación me iría muy bien a mí, ¿sabes? Más vale clientes malos, pero seguros, que pasarse una las noches viendo cómo se alza la niebla.» «Es que, precisamente, me interesa a mí.» No era verdad. Se me ocurrió de pronto que podía hacer un negocio. Puso una cara larga, y eso me hizo suponer aún más que la habitación le interesaba. «Me interesa a mí porque hay que subir menos escaleras, y por el armario y el espejo.» Y añadí: «Y el alquiler... Casi no se paga nada de alquiler... Y tiene sol por las mañanas...» Hablamos durante horas. No sé siquiera cómo fue; sólo recuerdo que tenía un hambre que me moría, que era tarde, y que cuando se fue dijo que volvería al anochecer con cinco mil francos para que renunciara a la habitación. Y aún más: al cabo de pocos días alquilé una habitación en un barrio más decente, barata, y cedí la mía a un comerciante de la plaza Meriadek por tres mil francos contantes y sonantes con la condición de que me ayudara en el traslado. Así lo hizo, y todo fue como una seda. Había hecho una operación digna de mi tío Lluís. Entonces me dediqué de lleno a la compra de la maleta. Pensaba en ella todas las noches, pero cuando estaba en los almacenes, en la sección de maletas, no acababa de decidirme. Al cabo de unos días sabía el precio de todas y me había hecho amiga de la vendedora. Hablábamos un rato, y me aconsejaba que esperara una semana, porque tenía que llegar un surtido nuevo. Pronto me habló de su vida. Era hija de padre natural, pero eso no le había impedido casarse con un chico muy honrado que trabajaba en Correos, en la sección de distribución. Su marido había muerto en un campo de concentración, en Alemania. Le quedaban dos hijos, de dieciséis y diecisiete años, que eran la viva estampa de su padre. Un día me invitó a tomar café en un gran establecimiento de la plaza Gambetta. Nos quedamos en la terraza, aunque el aire era un poco fresquito. Mirábamos pasar la gente, y parecía que nos conociéramos de toda la vida. Yo le dije que también mi marido había muerto en la guerra, que era cocinero de un gran restaurante de París, y que nos llevábamos muy bien. Entonces quiso que le hablara de París. Ella había estado allá de jovencita, en casa de una tía que era modista, pero la tía se murió y ya no pudo volver más. Decía que se acordaba un poco de los Campos Elíseos y de los *boulevards*, pero que, en definitiva, se sentía allá un poco aturdida, y que prefería ser de provincias a ser una parisina. «Aquí se vive con más tranquilidad.» Pero, de todas formas, quiso que le hablara de París y me hizo explicar dónde vivíamos, y qué vida hacíamos y si íbamos a menudo al teatro. Nos hicimos bastante amigas y la acompañé un rato. Pero, al pasar por una tienda de cosas de cuero, me hizo entrar, y fue ella quien empezó a mirar maletas y a preguntar precios. Nos despedimos, y, al día siguiente, volvimos a tomar café juntas. Pero estuvimos en la terraza menos tiempo, pese a que era su día de fiesta. Volvimos a la tienda de las maletas y luego fuimos a otra, más modesta, de la avenida K. Todos los días íbamos a ver una tienda de maletas u otra. Al final ya sabíamos qué tipo de maletas tenía cada casa, y quién se las servía, y sabíamos las casas que compraban a los mismos fabricantes. Llegó al fin el nuevo surtido a los almacenes, y las maletas estaban bastante bien, pero no mucho más que una que habíamos visto en la tienda de la avenida K: tenían un compartimiento menos, pero el aspecto era mejor, y también la calidad, aunque el precio era casi el mismo. Volvimos a la tienda y nos encontramos con que aquella maleta la habían vendido ya, y no tenían más de aquel tipo. Pero la dueña nos dijo que pedirían a la fábrica que les enviaran más, si nos interesaba, pero que tendríamos que esperar unos quince días. Yo dije que bueno, y salimos las dos muy contentas, porque, realmente, de todas las maletas que habíamos visto, aquélla era quizá la mejor. Un día me llevó a comer a su casa. Vivía cerca del río, en una calle estrecha y triste, pero el comedor del piso daba al río y era bastante alegre, si no fuera por los retratos del marido en todas las edades de su vida, y los muebles, demasiado grandes para las dimensiones del comedor. Me presentó a los hijos. Los dos estaban empleados de ciclistas en Correos, y por las noches iban a una academia, a aprender mecanografía e inglés. «Si necesita algo urgente, los chicos pueden serle muy útiles.» Pronto me llamaron «la señora de la maleta». Y alguna vez más que me quedé a comer, a los postres, siempre hablábamos de maletas. Los dos chicos decían que cuando yo estuviera en Barcelona, vendrían a verme, y yo les decía que podían alojarse en mi casa: que tenía una casa muy grande, con un jardín lleno de flores de todas clases. Un domingo por la tarde fuimos al fútbol. Me aburrí bastante, pero los dos chicos saltaban y aplaudían y gritaban que hasta parecía que se volvieran locos.

Al final, los de la tienda recibieron la maleta y la compré. Y entonces empezó el miedo.

ÍNDICE

Prólogo, por Carme Arnau 5

Primera parte

LA CALLE DEL DESEO

La operación 13
En casa 119
Muerte de la madre 125

Segunda parte

DIARIO DE MARIA

[Tío Joaquim] 139
Muerte de tío Joaquim 177
[La casa nueva] 189
[La partida. París] 195

EPÍLOGO

[Burdeos] 219

Impreso en el mes de octubre de 1992
en Romanyà/Valls
Verdaguer, 1
Capellades
(Barcelona)

070 LF FM 1124
09/05/96 32550